S. A. S.

CROISADE A MANAGUA

DU MEME AUTEUR

CHEZ LE MEME EDITEUR

S.A.S. A ISTANBUL
S.A.S. CONTRE C.I.A.
SAMBA POUR S.A.S.
S.A.S. OPERATION APOCALYPSE
S.A.S. RENDEZ-VOUS A SAN FRANCISCO
S.A.S. DOSSIER KENNEDY
S.A.S. BROIE DU NOIR
S.A.S. CARAIBES
S.A.S. A L'OUEST DE JERUSALEM
S.A.S. L'OR DE LA RIVIERE KWAI
S.A.S. MAGIE NOIRE A NEW YORK
S.A.S. LES TROIS VEUVES DE HONG-KONG
S.A.S. L'ABOMINABLE SIRENE
S.A.S. LES PENDUS DE BAGDAD
S.A.S. LA PANTHERE D'HOLLYWOOD
S.A.S. ESCALE A PAGO-PAGO
S.A.S. AMOK A BALI
S.A.S. QUE VIVA GUEVARA
S.A.S. CYCLONE A L'ONU
S.A.S. MISSION A SAIGON
S.A.S. LE BAL DE LA COMTESSE ADLER
S.A.S. LES PARIAS DE CEYLAN
S.A.S. MASSACRE A AMMAN
S.A.S. REQUIEM POUR TONTONS MACOUTES
S.A.S. L'HOMME DE KABUL
S.A.S. MORT A BEYROUTH
S.A.S. SAFARI A LA PAZ
S.A.S. L'HEROINE DE VIENTIANE
S.A.S. BERLIN CHECK POINT CHARLIE
S.A.S. MOURIR POUR ZANZIBAR
S.A.S. L'ANGE DE MONTEVIDEO
S.A.S. MURDER INC. LAS VEGAS
S.A.S. RENDEZ-VOUS A BORIS GLEB
S.A.S. KILL HENRY KISSINGER !
S.A.S. ROULETTE CAMBODGIENNE

S.A.S. FURIE A BELFAST
S.A.S. GUEPIER EN ANGOLA
S.A.S. LES OTAGES DE TOKYO
S.A.S. L'ORDRE REGNE A SANTIAGO
S.A.S. LES SORCIERS DU TAGE
S.A.S. EMBARGO
S.A.S. LE DISPARU DE SINGAPOUR
S.A.S. COMPTE A REBOURS EN RHODESIE
S.A.S. MEURTRE A ATHENES
S.A.S. LE TRESOR DU NEGUS
S.A.S. PROTECTION POUR TEDDY BEAR
S.A.S. MISSION IMPOSSIBLE EN SOMALIE
S.A.S. MARATHON A SPANISH HARLEM
S.A.S. NAUFRAGE AUX SEYCHELLES
S.A.S. LE PRINTEMPS DE VARSOVIE
S.A.S. LE GARDIEN D'ISRAEL
S.A.S PANIQUE AU ZAIRE
S.A.S. CROISADE A MANAGUA

L'IRRESISTIBLE ASCENSION DE MOHAMMAD REZA, SHAH D'IRAN

AUX PRESSES DE LA CITE

LES SOUCIS DE SI-SIOU
PAPILLON EPINGLE
LES DOSSIERS SECRETS DE LA BRIGADE MONDAINE
LA MORT AUX CHATS
LES DOSSIERS ROSES DE LA BRIGADE MONDAINE

GÉRARD DE VILLIERS

S. A. S.

CROISADE A MANAGUA

PLON

Conseiller technique :
Gérard P. Alloncle
P.D.G. de Raymond Gérand S.A.

ISBN : 2 - 259 - 00435 - 0

CHAPITRE PREMIER

Le colonel Otero Nuncio respirait sur un rythme de plus en plus rapide, les mains accrochées aux rebords de la chaise longue qui contenait difficilement ses trois cents livres enveloppées de peau olivâtre. Toute son énorme masse gélatineuse tremblait, faisant grincer le rotin. Mercedes Puntas se dit qu'il était au bord de l'orgasme ou de l'infarctus. Sa crainte était qu'un jour ses artères sclérosées ne supportent plus le choc du plaisir qu'elle lui dispensait à chacune de ses visites, avec une patience, une technique et une absence de dégoût qui forçaient l'admiration.

Allongé sur le dos, comme une baleine échouée, sa panse pointant vers le ciel, les yeux fermés, son maillot jaune baissé sur ses énormes cuisses couvertes de poils noirs, la bouche ouverte, le patron de la *Guardia Nacional* du Nicaragua se concentrait sur le plaisir qu'il sentait enfin prêt à jaillir. La configuration monstrueuse de son corps l'empêchait, hélas ! d'augmenter son excitation au spectacle de la tête brune qui montait et descendait le long de son ventre avec la régularité et l'obstination d'un derrick. Agenouillée à même le marbre blanc entourant la piscine en forme de haricot, son corps bronzé et musclé enduit d'huile solaire, un petit slip noir couvrant très partiellement ses fesses rondes, Mercedes Puntas se trouvait admirable. Ses seins tressautaient à chaque aller-retour de sa bouche, elle avait une crampe à la mâchoire et la sueur dégoulinait le long de ses flancs. Bien que sa villa soit située sur une colline à trois cents mètres d'altitude, la chaleur était étouffante et humide. Elle jeta un coup d'œil à sa Rolex croulante de diamants : vingt-sept minutes de labeur en plein soleil. Elle était en passe de battre le record du monde. Décidée à ne pas passer le cap de la demi-heure, elle enfonça résolument sa main gauche sous une des énormes fesses blanches, l'index en avant, afin de porter l'estocade finale qui déclencherait le plaisir de la Bête... Demandant à sa mâchoire fatiguée un dernier effort. Délicat travail de coordination réclamant quelques secondes.

Devant cette attaque dont il raffolait, le colonel Otero Nuncio émit un grognement ravi.

Au moment où l'index atteignait son but, un coup de klaxon impérieux et violent venant de la grille rompit brutalement le charme.

Mercedes Puntas redressa instantanément son dos ankylosé. Lorsqu'elle faisait la sieste avec le colonel, personne ne devait les déranger. Otero Nuncio entrouvrit péniblement un œil torve, émergeant de son exquis phantasme. D'une voix enrouée par la frustration, il glapit :

— *Mierda de Dios !* Quel est...

Un des soldats de la Guardia en sentinelle à la grille apparut au coin de la maison, s'avançant sur la pelouse. En toute hâte, Mercedes Puntas enfila un soutien-gorge et couvrit avec le maillot jaune la nudité peu glorieuse de son amant. Tant de mal pour rien. La perspective d'avoir à recommencer à zéro lui donnait des boutons.

Le soldat approchait timidement, casqué, engoncé dans son gilet pare-balles verdâtre qui le faisait ressembler à un explorateur polaire, traînant un Garand (1) presque aussi grand que lui. Il s'arrêta respectueusement à quelques mètres du couple. Diablo, l'énorme labrador noir de Mercedes, s'était levé et l'observait avec une curiosité gourmande. Il n'aimait pas les uniformes.

— Le señor Navajita désire voir el Coronel, cria-t-il. *Muy importante !*

Le colonel se redressa, essayant de reprendre un peu de dignité, le maillot en boule sur le haut de ses cuisses.

— Le porc a intérêt à ce que ce soit vraiment important, dit-il aimablement. Qu'il vienne.

Le soldat fit demi-tour et s'éloigna en courant. Otero Nuncio se leva lourdement et remit son maillot, puis lissa machinalement ses cheveux calamistrés et ondulés. Après avoir remis ses lunettes à grosse monture d'écaille, il se sentit mieux. Un homme de haute taille, en tenue de combat, surgit du coin de la maison. Doug Swiners était un des mercenaires américains prêtés par la CIA à la Guardia. Américain de l'Indiana avec une petite moustache et des cheveux blonds soigneusement crantés. Un mètre quatre-vingt-cinq, quarante ans, des yeux gris, des épaules de docker, l'estomac plat et quelques varices. Son surnom de Navajita — la lame — lui venait de son habileté à mener les interrogatoires au poignard. Son nom étant difficile à prononcer en espagnol, tous les soldats de la Guardia utilisaient son surnom. Mercedes Puntas observait le nouveau venu avec un plaisir teinté de malaise. Il lui faisait peur. Elle l'avait « essayé » discrètement, comme tous les hommes « comestibles » qui passaient à sa portée, mais ne le trouvait

(1) Fusil américain.

pas assez sophistiqué. Il l'avait culbutée comme une femme de chambre, à même la moquette de sa salle de bains, et ne lui avait même pas envoyé de fleurs.

Le colonel Nuncio dissimulait mal sa mauvaise humeur. Il n'aimait pas exposer sa vie privée à ses subordonnés. L'Américain avançait de sa démarche chaloupée, coupant la pelouse épaisse.

Mercedes alla à sa rencontre, après avoir chaussé des mules en plastique transparent qui la grandissaient.

— Doug ! *Como esta ?*

Elle l'embrassa sur les deux joues. Grâce au tennis et à un régime strict, Mercedes ne paraissait pas ses quarante ans. Elle avait des épaules presque trop larges, avec une poitrine assez petite et des jambes musclées. En dépit de ses cheveux noirs coupés très court, son visage respirait la sensualité. On voyait à peine qu'elle avait eu le nez refait par un « sorcier » brésilien, élève de Pitanji. Ses yeux en amande étaient extraordinaires de vie et de gaieté, avec de brusques lueurs provocantes. Mercedes ne comptait plus les hommes qui avaient tiré des accords de son corps généreux et vivait ses pulsions sexuelles avec une grande simplicité. Elle était née pauvre, dans le quartier d'Alta Mira, à Managua. Son premier patron, importateur milliardaire, était tombé fou amoureux d'elle. Mercedes l'avait épousé, lui précisant, le soir même de ses noces, qu'elle avait bien l'intention de mettre d'autres hommes dans son lit. Elle avait amplement tenu parole. Divorcée et riche, mais continuant à amasser, hantée par la peur de manquer, elle abordait la quarantaine avec une sérénité joyeuse. Haïe des femmes et entourée d'hommes. Ses anciens amants, les tenants du titre, et les futurs. Ce qui aurait rempli déjà un petit stade. Son seul problème, disait-elle, c'est qu'une fois dans son lit un homme n'avait plus envie d'en sortir.

Doug Swiners sourit, embarrassé, et s'écarta aussitôt, gêné par la présence du colonel.

Otero Nuncio attendait, les sourcils froncés, encore plus impressionnant en maillot qu'en uniforme.

— Señor Coronel, annonça Swiners, nous avons capturé Julio Zelaya, « El Cero ».

— *Madre de Dios !*

Le colonel Nuncio se dressa, comme piqué par une tarentule. El Cero était un des chefs de la rébellion sandiniste qui bravait le pouvoir du général Anastasio Somoza Debayle, dictateur héréditaire depuis des années, et devenait franchement dangereux. Un guérillero qui se terrait dans les montagnes de la région de Matagalpa ou dans le pays voisin, le Costa Rica. Jamais on ne l'avait signalé à Managua, la capitale, solidement tenue par la Guardia.

— Comment l'avez-vous pris ? aboya le colonel, remontant son maillot sur les plis de son ventre.

Pudiquement, Mercedes s'éloigna à travers la pelouse, pour soigner ses citronniers. La politique lui était indifférente. Elle aimait le régime Somoza parce qu'elle en profitait au maximum, mais un autre ferait aussi bien l'affaire. La conversation des deux hommes ne l'intéressait absolument pas... Pour elle, la vie se résumait à gagner beaucoup d'argent en se servant des hommes de toutes les façons. Ce à quoi elle excellait. Ses ennemies disaient qu'elle était capable de faire marcher n'importe quoi, sauf un briquet. Mélangeant artistement la fausse pudeur à une provocation éhontée.

Une belle nature.

Doug Swiners essuya sur son treillis ses doigts pleins de l'huile solaire de Mercedes.

— Nous l'avons pris grâce à un *orejas* (1), dit-il. On savait qu'il devait venir à Managua aujourd'hui. Rencontrer quelqu'un dans une maison de Las Colinas.

— Qui ?

L'Américain secoua la tête.

— Je ne sais pas. Pas encore.

Le colonel Nuncio se rassit, épuisé par la chaleur.

— Il faut le savoir, grommela-t-il, vite. Pour prendre l'autre aussi. Interrogez-le tout de suite.

Doug Swiners se sentait mal à l'aise dans le cadre luxueux.

— *Muy bien,* señor Coronel, acquiesça-t-il. Vous voulez que je l'interroge ici ?

— Oui, confirma le colonel. Là-bas.

Du menton, il désignait un bungalow d'un étage aux murs recouverts de verdure, dans le fond du jardin, style colonial anglais. Il s'ouvrait face à la montagne, à l'opposé de la piscine.

— Bien, fit le mercenaire. (Sans enthousiasme.) Mais je n'ai rien ici...

Il ne se promenait quand même pas avec son attirail de torture.

— Il est blessé ? demanda Otero Nuncio.

— Non, señor Coronel.

— Très bien, sortez-le de la voiture et emmenez-le là-bas. Quand tout sera prêt, je viendrai le voir et je vous donnerai quelques idées.

Il regarda l'Américain s'éloigner vers la maison. Du bon travail. D'abord savoir à tout prix qui El Cero était venu voir à Managua. Il fallait que ce soit quelque chose de fondamental pour les sandinistes, sinon, il n'aurait jamais pris le risque de sortir de sa jungle. Le moteur de la jeep ronfla, et la voiture

(1) Mouchard.

contourna la pelouse avant de disparaître derrière le pavillon.

Mercedes, riant aux éclats, jouait avec son énorme labrador noir comme la nuit, lui jetant des citrons pas mûrs. Le colonel la rejoignit, enlaça sa taille, d'excellente humeur, et la serra contre lui. Elle le repoussa avec une indignation feinte.

— *Querido*, attention ! Nous ne sommes plus seuls.

Otero Nuncio serra le bras de Mercedes si fort quelle poussa un cri.

— Salope, dit-il à voix basse, tu as déjà couché avec lui !

Elle se dégagea, amusée.

— Swiners ! Tu es fou ! Il ne me plaît pas. Et puis je ne baise pas avec n'importe qui..., ajouta-t-elle moqueusement. Ou alors il faut qu'il ait beaucoup d'argent.

Il l'aurait tuée.

— Je vais m'habiller, dit-il. J'ai du travail.

Elle fit la moue, cachant son lâche soulagement.

— Dommage.

Otero Nuncio la regarda bien en face.

— Tu es une menteuse. *Pero chupas como una regina* (1).

Il s'éloigna vers la maison, roulant des épaules et des fesses. Le sol semblait s'enfoncer sous lui. La récréation était bien finie.

***

— Tout est prêt, señor Coronel.

Otero Nuncio, qui avait remis une chemise et un pantalon, suivit Swiners sans mot dire. Mercedes Puntas les vit disparaître derrière le pavillon. Le

(1) « Mais tu suces comme une reine. »

colonel s'arrêta dès qu'il fut hors de vue, fixant le spectacle avec satisfaction. Un homme était attaché à un des poteaux de bois carrés qui soutenaient la galerie, les mains liées derrière le dos par des menottes, le visage masqué par un foulard, avec un T-shirt blanc, nu à partir de la ceinture, à part des baskets et des chaussettes. Deux soldats, au visage plat d'Indien, veillaient sur lui, indifférents, assis à l'ombre, leur Garand entre les jambes. Derrière eux s'ouvrait l'intérieur du bungalow avec des canapés verts, des tables basses, un bar et un juke-box.

Le colonel Nuncio contempla longuement le prisonnier, puis tourna la tête vers Doug Swiners.

— Vous l'avez interrogé ?

— Pas encore, señor Coronel, annonça le mercenaire d'une voix égale.

Otero Nuncio hocha la tête.

— Enlève-lui son bandeau, je veux lui parler.

L'Américain défit le foulard, découvrant le visage du prisonnier. Celui-ci cligna des yeux devant la lumière. Il portait une courte barbe et une fine moustache, ses yeux noirs étaient très enfoncés, le nez épais et droit, les mâchoires solides. Un visage de paysan dans la trentaine, sûr de lui. Il ne semblait même pas effrayé. Son regard se fixa sur les trois cents livres d'Otero Nuncio avec une certaine surprise. Celui-ci avança à le toucher et demanda :

— Tu sais qui je suis ?

Le prisonnier secoua la tête sans répondre.

— Je suis le colonel Otero Nuncio de la *Guardia Nacional*, annonça le colonel avec une certaine emphase, et mon métier est de mettre hors d'état de nuire les vermines communistes comme toi. Tu es fini, jamais tu ne retourneras dans tes montagnes. Mais tu peux encore t'en sortir bien si tu réponds à mes questions. Je suis un *caballero*. Je n'aime pas m'acharner sur un homme sans défense. Tu comprends...

Julio Zelaya secoua lentement la tête avant de laisser tomber d'une voix absente :

— Otero Nuncio. J'ai entendu parler de toi quand tu n'étais que capitaine... Les paysans t'appelaient « Fuego ». Du moins ceux qui survivaient à ton lance-flammes... Tu avais eu des ennuis, n'est-ce pas, parce que tu avais prétendu que tu brûlais les cadavres pour éviter les épidémies. Mais tu ne disais pas que tu les brûlais avant..., quand ils étaient vivants. Pour leur voler leur café... Non ? Tu te...

La gifle lancée à toute volée arrêta Julio Zelaya. Otero Nuncio le frappa encore trois ou quatre fois, les lèvres serrées, jusqu'à ce qu'il soit aussi haletant que sous la bouche de Mercedes. A chaque coup, ses bourrelets de graisse s'agitaient, comme doués d'une vie propre. Swiners s'était reculé et regardait le sol. Il n'aimait pas les gens qui se contrôlaient mal, mais, après quelques années d'Amérique latine, il commençait à avoir l'habitude des officiers hystériques... Le colonel souffla bruyamment et demanda :

— Qui es-tu venu voir à Managua ?

Julio Zelaya ne se donna même pas la peine de répondre. Il récupérait, le menton dans les épaules, contracté, dans l'attente de nouveaux coups. Le silence se prolongea, pesant, tendu, rompu seulement par la respiration haletante du gros homme qui transpirait sous le soleil. Celui-ci ne reposa même pas la question. Julio Zelaya n'était pas de l'espèce à parler facilement. Et puis il avait envie de lui faire payer l'histoire du lance-flammes. Il s'éloigna et parla à l'oreille de Doug Swiners.

L'Américain hocha la tête, indifférent.

— *Muy bien,* señor Coronel.

Le colonel jeta un regard mauvais sur le ventre nu du prisonnier, où pendait un sexe de belle taille dans un buisson de poils noirs. Il aurait bien aimé assister au supplice, mais son rang ne le lui permettait pas. Il s'éloigna, suivi de Doug Swiners.

Mercedes Puntas, allongée sur une chaise longue à côté de la piscine, jouait avec son labrador. Elle adressa un sourire radieux aux deux hommes.

— Vous voulez boire quelque chose ?

Doug Swiners secoua la tête avec gentillesse :

— *Muchas gracias,* señora, pas maintenant. Je voudrais seulement vous emprunter Diablo.

Mercedes éteignit tout de suite la lueur de surprise dans ses yeux en amande.

— *Como no* (1) ! Mais pourquoi ?

Le mercenaire eut un sourire contraint et gentil.

— Oh ! je veux faire peur au type qu'on a attrapé.

Il s'approcha du chien, le prit par le collier et l'entraîna vers le pavillon. Otero Nuncio se laissa tomber avec un sourire d'aise dans une chaise longue. Sans mot dire, Mercedes se leva, se versa trois doigts de J.&B. dans un grand verre, y ajouta quelques glaçons et en avala le tiers d'un coup. Suivant l'homme et le chien des yeux. Elle connaissait Swiners de réputation et cela lui faisait peur.

Un soldat apparut quelques instants plus tard et traversa la pelouse. Mercedes le vit discuter avec sa cuisinière et revenir avec une grosse boîte en fer, faisant semblant de ne pas voir la femme aux trois quarts nue.

***

Accroupi aux pieds du prisonnier, Doug Swiners

(1) « Bien sûr. »

plongea les doigts dans la boîte de saindoux et commença à l'étaler soigneusement sur les testicules de Julio Zelaya. Diablo, le labrador, jouait avec une balle, assis par terre au milieu des coussins verts. Swiners éprouvait une répulsion viscérale à toucher la peau poilue. Il se força à penser à Mercedes. Julio baissa les yeux sur lui et demanda d'un ton ironique :

— *Chupas, maricon* (1) ?

Doug Swiners fit semblant de ne pas avoir compris. Il avait presque fini son travail. Le tiers de saindoux y était passé. Il était remonté jusqu'à la verge. Julio Zelaya savait ce qui l'attendait. Au moment où Doug Swiners allait se relever, un jet d'urine jaillit soudain de son sexe, inondant la poitrine et le bas du visage de l'Américain.

— *Motherfucker* (2) !

L'Américain fit un bond en arrière, se recevant sur les mains, et se releva, tremblant de rage, devant les soldats hilares. Le labrador s'était dressé, lui aussi. Doug Swiners faillit envoyer un coup de pied à toute volée sur le sexe découvert. Puis il se calma en une fraction de seconde : c'était un professionnel. Il n'avait pas le droit de frapper un prisonnier pour se venger, pour son plaisir. Il lui restait quand même quelque chose de l'éthique de l'école de police de l'Indiana... Rageusement, il arracha sa chemise et la jeta par terre. L'odeur de l'urine montait à ses narines. Il prit une serviette sur les coussins et s'essuya soigneusement, puis alluma une Rothmans pour dissiper l'odeur. Julio Zelaya l'observait, surpris de son sang-froid. Un Nicaraguayen l'aurait tué pour cela. Ces *gringos* appartenaient vraiment à une autre race.

(1) « Tu veux me sucer, pédé ? »

(2) « Enculé. »

Essuyé, Doug Swiners prit le labrador par son collier. Il eut du mal à le forcer à s'approcher du prisonnier. A force de mots tendres, Doug Swiners parvint à ce que le gros museau noir frôle les poils des jambes de Julio Zelaya. Tirant sur le collier, l'Américain força la truffe à remonter le long des cuisses jusqu'à l'entrejambe. Enfin, Diablo sentit l'odeur du saindoux. Son museau carré s'enfonça de lui-même entre les cuisses poilues, trouva les testicules, les flaira quelques secondes. Le droit pendait beaucoup plus bas que l'autre. Délicatement, le museau un peu de travers, le labrador avança les crocs, fit glisser le testicule dans sa gueule d'un coup de langue et enfonça ses crocs dans la peau imprégnée de saindoux.

CHAPITRE II

Le hurlement inhumain envoya une décharge électrique dans la colonne vertébrale de Mercedes Puntas. Le cri, venant du pavillon, se termina en une sorte de sanglot affreux. Elle tourna la tête vers Otero Nuncio. Le colonel était en train de s'extirper de sa chaise longue, les jambes comiquement écartées à cause de son poids. Il se précipitait déjà à travers la pelouse. Au coin du pavillon, il se heurta presque à Doug Swiners, l'air furieux.

— Excusez-moi, señor Coronel, dit l'Américain, je ne pensais pas qu'il gueulerait autant. Ce con de chien lui a arraché la moitié d'une couille au premier coup de dent. Il va falloir faire attention, ou il va le tuer.

— Il faut qu'il parle avant, grogna le colonel, essouflé. Et empêchez-le de gueuler !

— J'ai une idée, señor Coronel, fit Swiners. Le juke-box. M'autorisez-vous à le faire marcher ?

— *Claro que si !* grogna Otero Nuncio. Mais je ne veux plus entendre de cris. La señora Mercedes va se dire qu'il se passe des choses affreuses ici.

Il tourna les talons, repartant vers la piscine. Mercedes l'attendait, appuyée sur un coude, un peu contractée.

— Donne-moi un « flooded cañon », dit Otero Nuncio. Sans coca.

Elle fila vers le bar. Le « flooded cañon », c'était du rhum doux avec du coca-cola. La boisson favorite à Managua. Sans coca, ce n'était pas triste. Mercedes alla remplir un verre au petit bar protégé par un parasol et le rapporta au colonel, qui en vida la moitié d'un coup. Au même moment, venant du pavillon, s'éleva le tumulte assourdissant d'un rock and roll. Mercedes essaya d'oublier le cri, laissant son cerveau s'emplir de la musique syncopée. De nouveau, c'était la sieste de luxe dans un décor de rêve. Le cauchemar était oublié, rayé, dissous dans les poum-poum-poum de la batterie.

*
* *

Doug Swiners tourna délicatement le bouton commandant la puissance sur le côté du juke-box. C'était un appareil semblable à ceux que l'on trouve dans les bars, mais, au lieu d'y introduire des pièces, on poussait une touche « crédit ». L'Américain appuya ensuite sur une dizaine de touches, sélectionnant uniquement des disques de rock. Cela lui donnait une demi-heure de tranquillité. Enfin, il se retourna vers le prisonnier.

Julio Zelaya se mordait les lèvres pour ne pas hurler. Un filet de sang coulait le long de sa cuisse. Des élancements violents comme des coups de poignard partaient de son testicule perforé par les crocs du labrador tenu en laisse par un des soldats. Celui-ci attendait de continuer son festin, la langue pendante, assis en face du prisonnier. Doug Swiners s'approcha de Julio, le prit par les cheveux et lui tira la tête en arrière sans brutalité. Il n'aimait pas ce job, mais il fallait bien que quelqu'un le fasse.

— Julio, dit-il, il vaut mieux que tu parles maintenant. Je ne veux pas trop t'abîmer. J'ai juste besoin d'un nom. Le bon, *claro* ?

Il parlait espagnol avec un fort accent, mais couramment.

Julio ouvrit les yeux et dit faiblement :

— *Gringo,* tu vas peut-être m'arracher les couilles, mais toi, tu repartiras dans ton pays entre quatre planches.

Doug Swiners ne répondit pas. Julio Zelaya ne parlerait pas de lui-même. C'était un dur. Il se demanda si à sa place il en ferait autant. Mais ce n'était pas le moment de philosopher. Le rock and roll hurlait dans ses oreilles, assourdissant. Cette fois, le chien ne se fit pas prier, enfonçant directement son museau entre les cuisses de Julio. D'un grand coup de langue, il enleva une partie du saindoux de l'autre testicule et entreprit de le nettoyer de la même façon.

— *Son of a bitch !* grogna Swiners.

C'était un comble. Julio Zelaya laissa tomber :

— Tu vois, *gringo,* tu es pire qu'un chien. Lui a compris.

Le labrador avait terminé. Il se tourna vers Swiners, l'air interrogateur, et se rassit.

Excédé, l'Américain prit le pot de saindoux et recommença son travail d'enduit. Comme il empoignait le testicule mordu, Julio poussa un grognement de douleur aussitôt étouffé. Swiners se releva et reprit le labrador.

— Allez. Vas-y !

Il y alla. Mais encore à coups de langue ! Fou furieux, Swiners le tira en arrière.

— Con de chien !

C'était le troisième disque qui commençait. Otero Nuncio devait espérer un résultat rapide. Bien sûr, Swiners pouvait travailler le prisonnier au poignard, mais ce n'était pas la même chose. Le bon côté du chien, c'était la terreur dûe au fait que l'animal ne contrôlait pas ce qu'il faisait.

Si c'était Swiners, Julio saurait que l'Américain ne le tuerait pas...

Froidement, Doug Swiners envoya un grand coup de pied au chien. Suivi de plusieurs autres. Les oreilles en arrière, le gros chien noir commença à gronder, retroussant les babines. Puis, brusquement, Swiners se mit à le caresser et à lui parler gentiment. Enfin, il le prit par le collier, désignant Julio.

— Attaque ! attaque ! Bouffe-lui les couilles, à cet enfant de salaud.

Le labrador se rua comme un perdu. Malgré lui, Julio eut un mouvement de recul. Et il se produisit ce que Swiners avait prévu. Le chien fonça sur ce qu'il connaissait déjà, guidé par l'odeur du saindoux. D'un coup, il goba les deux testicules, enfonçant ses crocs dans le scrotum, et, arc-bouté sur ses pattes de derrière, commença à tirer pour arracher le tout.

Swiners crut que Julio allait desceller le poteau. Le sandiniste, d'un sursaut de tous ses muscles, réussit à se décoller un peu. La bouche ouverte, il hurlait sans discontinuer, sous la douleur abominable. Voyant qu'il n'arrivait pas à emporter le morceau, le labrador lâcha prise et mordit un peu plus bas, en plein dans les testicules, les broyant à moitié dans sa gueule puissante.

Julio perdit connaissance avec un dernier cri, la bave aux lèvres. Aussitôt, Swiners se précipita, tapant à coups de poing sur le museau du labrador, jusqu'à ce qu'il abandonne sa proie. Heureusement que les disques continuaient. Il était en sueur, bien qu'il soit torse nu. Tendant la laisse du chien au soldat, il se laissa tomber sur les coussins verts. Quel métier ! Julio Zelaya était toujours inanimé. Le mercenaire se releva et alla inspecter les dégâts. Pas beau.

Le sang coulait des blessures, et les deux testicules étaient en train de doubler de volume. Il les effleura et, aussitôt, d'un sursaut, Julio lui fit comprendre qu'il avait repris connaissance. Swiners se dit que s'il laissait le chien continuer il allait tuer le prisonnier. Les testicules arrachés, on ne devait pas vivre longtemps. Le labrador continuait à grogner, les yeux fixés sur Julio, prêt à l'attaquer de nouveau.

La main de Swiners se referma autour des testicules, et il serra brusquement.

D'une détente de tout son corps, Julio tenta de lui échapper, puis le cri jaillit, à s'arracher les cordes vocales. Atroce. Malgré lui, Doug Swiners relâcha sa prise. La tête de Julio était retombée sur son menton. Il était évanoui. Embarrassé, l'Américain se releva et tourna le coin du pavillon. En le voyant, Otero Nuncio se leva vivement et roula jusqu'à lui.

— Il a parlé ?

— Non, señor Coronel, avoua l'Américain, et le chien l'a pas mal abîmé. Il faudrait peut-être continuer au « Casino », à l'électricité. S'il arrive quelque chose...

Le colonel secoua la tête, l'air furieux.

— Non, il faut y arriver ici.

Il tourna les talons sans laisser à Swiners le temps de répondre. Ce dernier repartit, franchement ennuyé. Chaque mois, il avait une prime qui pouvait atteindre plusieurs centaines de dollars. Il en avait besoin pour acheter sa maison dans l'Indiana. Donc, il fallait que Julio parle.

Ce dernier semblait toujours évanoui. Mais Doug était sûr qu'il simulait. Il en aurait fait autant. Il s'approcha de lui et cria pour couvrir le bruit de la musique :

— Ecoute, Julio. (C'était bon de l'appeler par son prénom, cela créait un lien. On lui avait appris cela à l'école des Forces spéciales de Panama.) Il faut que tu me dises ce nom. Sinon, c'est le colonel qui va venir t'interroger lui-même. Et lui, tu le connais. Il n'en a rien à foutre. Ne fais pas le con et on va te mettre dans un bon hôpital. Tu t'en sortiras.

Julio Zelaya ne répondit pas. De la sueur coulait sur son visage, et il était livide. Une odeur âcre s'élevait de son corps torturé.

— Tant pis, fit Swiners. Je suis obligé de lâcher le clébard.

Il se retourna, claqua des doigts. Le soldat lâcha la laisse, et le labrador se rua sur le prisonnier. Cette fois, il commença par mordre la cuisse, l'abandonna et de nouveau s'attaqua à ce qui pendait. Hurlements déments de Julio. Mais sur un ton différent. Doug Swiners mit quelques secondes à comprendre pourquoi. Le chien avait changé de tactique. Il ne cherchait plus à couper la peau, mais il était en train de mâcher les deux testicules enflés dans sa gueule ! Julio jappait de douleur, les yeux hors de la tête, impuissant comme un paralytique.

Affolé, Swiners fonça au juke-box et tourna la puissance à fond. Les cris étaient de plus en plus aigus, insupportables. Il avait lui aussi envie de hurler. Il distingua des mots au milieu des jappements et des grognements.

— Enlève-le ! Enlève-le !

C'étaient des sanglots, des supplications.

— Tu vas parler ? hurla Swiners.

Julio, la bouche ouverte, ne pouvait plus parler. Le labrador tira un peu, ce qui lui arracha un cri. Sans lui faire complètement lâcher prise, Doug Swiners le retint par le collier.

— Le nom ? dit-il.

Julio dit quelque chose, mais il ne comprit pas.

— Répète.

Il répéta. Cette fois, Swiners avait compris. Il

était tellement étonné qu'il en oublia le chien, et un nouveau hurlement jaillit de la gorge de Julio. Celui-ci n'avait pas menti. Pas dans cet état. Swiners donna un coup de poing sur la tête du labrador et, comme cela ne suffisait pas, lui serra la gorge de toutes ses forces.

L'animal recula en grognant. Aussitôt, un des soldats le prit par son collier. Julio Zelaya haletait, livide. Doug Swiners voulut constater les dégâts, mais, dès qu'il effleura sa peau, le sandiniste poussa un tel hurlement qu'il retira ses doigts. Les testicules étaient enflés, noirâtres, pleins de sang et de bave. Malgré son entraînement, Doug Swiners eut un haut-le-cœur. Cela lui rappelait le lynchage d'un Noir en Alabama.

Le juke-box jouait toujours. Il coupa le son et se tourna vers le soldat.

— Détache-le et emmène-le au « Casino ». Dis qu'on le soigne.

Dès que le soldat le toucha, Julio se mit à hurler. Doug Swiners bondit jusqu'au juxe-box et le remit en marche. Les deux soldats détachèrent le prisonnier et le rhabillèrent au milieu des cris et des gémissements, avec une impassibilité tout indienne. Ils en avaient vu d'autres.

— Enlève les taches, ordonna Swiners.

Il y avait quelques gouttes de sang au pied du poteau carré. Un des soldats les essuya avec son mouchoir, jusqu'à ce que le marbre soit impeccable. Puis ils prirent le prisonnier par les jambes et les épaules. La tête de Julio Zelaya pendait sur le côté, les yeux fermés. Doug Swiners remit sa chemise. Puis il prit le labrador en laisse. L'animal grogna en voyant disparaître Julio. Brusquement l'Américain fut saisi d'une rage aveugle contre l'animal. Le tenant solidement par le collier, il se mit à le bourrer de coups de pied. D'abord, Diablo se défendit, puis s'aplatit sur le sol, jappant plaintivement.

Doug Swiners ne s'arrêta qu'avec le disque. Haletant. Il tira violemment sur la laisse, remettant l'animal sur ses pattes.

— *Vamos !*

Le labrador le suivit, la queue basse, sans même tirer sur le collier. Il ne restait aucune trace du supplice. La jeep démarra, emportant ce qui restait de Julio Zelaya. Le nom qu'il avait lâché à Doug Swiners tournait dans sa tête. C'était le début d'une affaire très ennuyeuse. Pour lui aussi. Il était, hélas ! certain que le guérillero avait dit la vérité...

Tenant toujours le chien en laisse, il tourna le coin du pavillon. Le colonel Otero Nuncio avait disparu, et Mercedes Puntas lisait un magazine, allongée sur une des chaises longues, au bord de la piscine. Le labrador fonça aussitôt se réfugier près d'elle, la queue entre les jambes.

— Qu'est-ce que vous lui avez fait ? demanda Mercedes. Il a l'air d'avoir peur.

— Oh ! ça doit être la musique, fit Swiners. Les chiens, ça les rend toujours nerveux. Où est le colonel ?

— Il est parti se reposer dans une chambre en haut, il avait trop chaud.

« Le salaud, pensa le mercenaire. Il s'est défilé. » Il regarda ses mains et s'aperçut qu'elles tremblaient. Et aussi qu'elles étaient tachées de sang. Mercedes Puntas l'avait remarqué aussi. Son regard s'adoucit.

— Viens, dit-elle d'une voix douce. Il faut que tu te laves les mains.

Il la suivit à travers la pelouse, comme un automate.

La maison était meublée en style californien, moderne, confortable, avec une épaisse moquette blanche. Ils traversèrent le grand living plein de photos de Mercedes et pénétrèrent dans une salle de bains de marbre rose. Mercedes ferma la porte. Cela sentait le parfum, et Doug Swiners en fut troublé.

Mercedes ouvrit les robinets et fit couler l'eau dans le lavabo. Puis elle lui prit la main droite entre les siennes, comme à un enfant, et commença à la frotter pour faire partir le sang. Son corps nu, à part le minuscule deux-pièces, s'appuyait contre celui de l'Américain.

Il avait devant lui sa nuque et ses cheveux noirs, ses narines s'imprégnaient de l'odeur de son parfum, mêlée à celle de l'huile solaire. Son cœur battait encore violemment, mais le tremblement de ses mains se calmait. Tout à coup, il sentit une autre émotion l'envahir. Tout aussi violente.

— Donne-moi l'autre main, dit Mercedes.

Au lieu de se tendre, la main de Doug Swiners se plaqua sur la sienne. Une poigne de fer la cloua au lavabo. Mercedes leva la tête, croisa un regard cruel et fou. L'Américain la fit pivoter, le dos contre le lavabo, et avança une jambe entre les siennes.

— Non, il est en haut ! souffla Mercedes.

L'eau coulait toujours. Doug Swiners s'écarta un peu et se baissa rapidement. Mercedes voulut lui échapper, avança. Aussitôt, elle sentit quelque chose la piquer, juste à la limite de son slip de maillot. Elle baissa les yeux et vit le poignard commando du mercenaire, à l'horizontale. Elle eut l'impression que tout son sang se retirait de ses extrémités pour se concentrer dans son estomac. Ce n'était pas un jeu, le regard fou et vide du mercenaire en témoignait. Sa main gauche quitta le poignet de Mercedes et alla crocher dans ses cheveux noirs.

Il la plaqua brutalement contre lui. La pointe du poignard suivit sa taille et se glissa sous la boucle du maillot. Un coup de poignet, et le tissu se déchira en deux sous la morsure de la lame. Swiners s'écarta un peu. Le maillot tomba sur le marbre rose. Mercedes s'efforça de sourire.

— Mais, *querido*... Tu ne...

— Tais-toi, dit Swiners à voix basse. Tais-toi, putain.

De nouveau, la pointe du poignard piqua sa chair, dans la hanche.

— Déboutonne-moi, putain...

Elle déboucla la ceinture du treillis, puis défit les deux premiers boutons, en dessous. Doug Swiners lâcha ses cheveux, lui prit le poignet et poussa sa main à l'intérieur jusqu'à ce qu'elle sente le battement de sa hampe brûlante.

— Plus vite, *putana,* plus vite.

La pointe d'acier piqua sa hanche et elle poussa un cri léger. Elle avait peur. Jamais Swiners ne lui avait parlé de cette façon. Il était fou. Des craquements se firent entendre au plafond. Otero Nuncio venait de se relever. Maladroitement, elle acheva d'ouvrir le treillis, qui tomba sur les chevilles du mercenaire. Maintenant, elle avait hâte que ce soit fini. Tenant la hampe entre ses doigts, elle voulut l'approcher de son ventre.

— Attends, fit Swiners. Embrasse-la d'abord.

Joignant le geste à la parole, il empoigna de nouveau les cheveux noirs et lui abaissa la tête, si fort que Mercedes sentit la tige brûlante lui plonger au fond de la gorge, à l'étouffer. Docilement, elle commença à faire ce qu'il voulait. Doug Swiners la fixait, comme hypnotisé par les mouvements de sa tête, respirant lourdement.

Tout à coup, dans le même mouvement, il arracha la tête de lui, repoussa Mercedes jusqu'à ce que ses reins heurtent le rebord du lavabo, se baissa, tâtonna à peine et la pénétra d'une seule poussée.

Ses yeux étaient tellement fous qu'elle crut qu'il allait la tuer. Le poignard remonta et vint s'appuyer sur son cou, la pointe sur la carotide. Il ne bougeait pas, installé massivement en elle. L'arête du lavabo lui meurtrissait la colonne vertébrale. Elle avait peur. Du poignard et du colonel. Pourtant, elle sentit une onde de chaleur palpitante irradier son ventre. D'elles-mêmes, ses mains se nouèrent autour des reins de l'Américain, ses pieds décollèrent du sol. Doug Swiners vit ses yeux changer d'expression. D'un mouvement rapide, il plongea le poignard dans l'étui de sa botte et saisit Mercedes par les hanches. Il soufflait, les traits crispés, la bouche ouverte, la besognant à grands coups de reins.

Elle le sentit exploser en elle avant qu'il pousse un râle bref et sourd. Ses yeux se voilèrent d'une taie comme s'il allait perdre connaissance, il demeura abuté en elle quelques instants, puis, d'un geste brutal, la repoussa.

Mercedes tomba dans la cuvette du lavabo, se meurtrissant le dos à un robinet, les pieds battant le vide. Indifférent et muet, Doug Swiners remonta son treillis, se reboutonna et sortit de la salle de bains, sans un regard pour Mercedes.

L'eau coulait toujours.

Pleurant de douleur et d'humiliation, Mercedes s'extirpa de son lavabo et claqua la porte. Ses jambes flageolaient. Elle ne comprenait pas ce brusque accès de rage sexuelle. Et elle avait honte de s'avouer qu'elle venait de ressentir un des orgasmes les plus violents de son existence aventureuse. Son ventre en tressautait encore comme un moteur qui fait de l'auto-allumage.

*
* *

Le colonel Otero Nuncio, en train de tirer sur une cigarette, étalé sur un des canapés beiges du living, fixa Doug Swiners avec surprise.

— Où étiez-vous ?

Le mercenaire s'essuya machinalement la bouche :

— Je me lavais les mains, señor Coronel. C'est terminé.

— Il a parlé ?

— *Si*, señor Coronel. Il m'a donné le nom.

Il s'avança et le lui murmura à voix basse. Les traits du colonel Nuncio se figèrent, ses yeux se vidèrent de toute expression, les faisant ressembler encore plus à des canons de fusil.

— Vous êtes sûr ?

— *Claro que si.* Il avait trop peur et trop mal.

Le colonel n'eut pas le temps de continuer. Mercedes venait d'entrer, les traits encore marqués, enveloppée dans un peignoir de bain blanc qui faisait ressortir le ton mat de sa peau.

D'une voix assurée, le colonel Nuncio apostropha le mercenaire :

— Señor Swiners, il va falloir continuer l'enquête sur ce terroriste. Je vous la confie. La première chose à faire est de s'assurer de la personne qu'il devait rencontrer. *Claro ?*

C'était exactement ce que Doug Swiners avait craint. Il était pris dans l'engrenage.

— Vous ne pensez pas, señor Coronel, qu'il serait plus habile de la laisser en liberté, pour voir où cela va nous mener.

Otero Nuncio secoua tous ses mentons.

— Non, fit-il d'une voix sèche.

Il se laissa aller en arrière sur le divan. Il lui

semblait entendre sonner dans sa tête le glas d'une époque bénie. Mais il ne tomberait pas sans combattre. Lui était lié indissolublement au régime Somoza. Il venait encore de bénéficier d'un « avantage ». En revendant au gouvernement pour la somme de trois millions trois cent quarante-deux mille dollars un terrain qu'il avait payé exactement soixante et onze mille quatre cent vingt-huit dollars trois mois plus tôt... Il avait aussi trop de sang sur les mains et ne pouvait même pas s'offrir le luxe de trahir le dictateur. Ses ennemis ne lui en sauraient pas gré.

La seule solution était la fuite en avant. Avec le précipice au bout.

CHAPITRE III

Le taxi avait quitté le Cham Bridge Freeway depuis un demi-mille environ, pour emprunter une petite route sinuant à travers le paysage bucolique des collines de Virginie. Une haute clôture métallique bordait la route à droite, signalant discrètement le territoire de la Central Intelligence Agency dont les bâtiments se noyaient dans les arbres de quelques centaines d'hectares. Le chauffeur ralentit au poste de contrôle de Dolly Madison et le garde en uniforme se pencha par la glace ouverte.

— J'ai rendez-vous avec M. Georges Mean, annonça Malko. Mon nom est Malko Linge.

Le garde consulta sa liste et cocha le nom.

— Parfait, sir. Bâtiment principal. Troisième étage.

On entrait dans la Central Intelligence Agency comme dans un moulin. Le chauffeur noir n'était même pas impressionné. Il déposa Malko en face du bâtiment central, empocha ses quinze dollars et repartit. On se serait cru dans un parc, tant les constructions disparaissaient sous la verdure. Il faisait une chaleur étouffante en cette fin août, et Malko se hâta de pénétrer dans le hall au sol de marbre blanc. En face de lui, sur un panneau s'étalait la devise de la CIA : *You shall know the Truth and the Truth shall make you free* (1).

Il sourit, pensant à la devise officieuse et irrévérencieuse de la « Company » : CYA, *Cover your ass*... (2).

Il s'avança vers les deux hôtesses chargées de remettre des badges aux visiteurs. Jusqu'en 77, en montrant même une carte de crédit, on pouvait pénétrer. Maintenant, les hôtesses étaient reliées à un terminal d'ordinateur. L'une tapa le nom de Malko et, après avoir scruté son passeport, lui tendit un badge vert portant le numéro HV 469 donnant accès à tous les étages, sauf au septième, sanctuaire du directeur, et annonça :

— Ascenseurs bleus, troisième étage, corridor B.

Malko se dirigea vers les quatre rangées d'ascenseurs, à travers la foule compacte. Quatre mille cinq cents personnes travaillaient à la division des « Covert Operations ». Cela faisait beaucoup de monde. Au troisième, un garde inspecta son badge avant de le laisser passer. La moquette verte était épaisse, les murs blancs avec les taches de couleur des portes, bleues, rouges ou jaunes. Malko appuya sur le déclenchement de la 312, qui s'ouvrit aussitôt.

Georges Mean, patron de la « Central America Division », était chauve avec un superbe œuf colonial moulé par sa chemise rayée à manches courtes. Il serra chaleureusement la main de Malko et l'entraîna vers le petit canapé coincé dans son minuscule bureau, avec une vue imprenable sur les garages du sud-ouest.

— Heureux de vous voir dans nos murs, prince,

(1) « Tu connaîtras la Vérité et la Vérité te rendra libre. »

(2) « Pas de vagues ! »

dit-il. C'est moins beau que votre château, mais c'est plus pratique.

— Sûrement, fit Malko. Que me vaut ce subit intérêt de la Central American Division ?

Il travaillait rarement en Amérique latine. Georges Mean sourit mystérieusement et balaya une pile de câbles « Immédiat » pour s'asseoir sur un coin de son bureau.

— La recommandation de notre DDO (1) bien-aimé, dit-il jovialement. Vous êtes passé par-dessus la tête de plusieurs GS 16. Il faut croire qu'on vous a à la bonne au septième étage...

Hommage douteux et périlleux...

Malko sourit. Bien que simple « agent noir », il jouissait de l'estime de David Wise, le grand patron de la division « Cape et Epée » de la CIA. Les officiers de l'Agence étaient classifiés en GS de 1 à 18, la plus haute qualification. On lui faisait beaucoup d'honneur. Mais ses résultats et le prestige entourant sa personne expliquaient beaucoup de choses. Les gens du « Eastern Establishment », qui dirigeaient la CIA étaient dans le fond flattés d'avoir comme collaborateur un représentant de la vieille noblesse européenne. Il regarda son badge. HV 469. Qu'est-ce que cela pouvait bien signifier dans le langage de l'ordinateur ?

— Je vais donc augmenter mes prix, fit-il suavement.

Georges Mean leva les yeux au ciel.

— *Please, no !* On a presque fini le budget pour cette année et on a encore cinq mois à courir. A propos, connaissez-vous le Nicaragua ?

— Non, dit Malko, et je n'ai pas envie de le connaître.

L'Américain se fendit d'un sourire engageant.

(1) Deputy Director of Operations.

— Vous avez tort, c'est un pays passionnant. Les deux mamelles du Nicaragua sont les tremblements de terre et les révolutions.

— Ah ! bon, fit Malko froidement.

L'Américain se laissa glisser de son coin de bureau, fouilla dessus, en tira des câbles couverts de cachets « Niact », (1) « Flash », « Critic Priority », les enfouit dans un dossier et regarda sa montre.

— Vous êtes convié à un *staff meeting*, annonça-t-il. Du beau monde. Un de nos anciens ambassadeurs au Nicaragua, maintenant au State Department. Deux représentants du NSC (2), le sous-secrétaire d'Etat aux Affaires étrangères, section Latin America, un lieutenant-général de la NSA et, comme président, notre bien-aimé DDO Jim Thorp.

— Et quelle est la raison de cette réunion ?

Georges Mean eut un clin d'œil joyeux.

— Nous allons étudier la prochaine éruption du volcan Santiago. En avant.

La salle de conférences se trouvait au fond du corridor C. Sinistre. Pas une fenêtre, une ventilation anémique. Tous étaient là, assis autour d'une table ovale. Des visages neutres de fonctionnaires qu'on oubliait aussitôt après les avoir vus. Jim Thorp, le DDO, au bout de la table, adressa un gracieux sourire à Malko. Avec son visage rougeaud, il tranchait sur les autres. Un dur. Il s'était promené un jour dans Lubumbashi avec le cadavre de Lumumba dans son coffre, essayant de s'en débarrasser discrètement. Jim Thorp, depuis, avait décroché et envoyait les autres au casse-pipe. Sa présence signifiait pourtant que la mission qu'on allait confier à Malko nécessitait autre chose que des gants blancs. Il se gratta la gorge et commença :

(1) Pour Night Action.
(2) National Security Council.

— Gentlemen, nous avons à affronter un problème délicat. Le gouvernement du président Somoza semble avoir perdu tout crédit auprès de la population. Il existe un mouvement rebelle, les sandinistes, soutenus par certains pays voisins, qui prend tous les jours de l'extension. En dépit des pressions amicales que nous exerçons sur lui, le président Somoza ne se décide pas à procéder aux réformes indispensables.

Malko, qui avait envie de s'amuser et qui n'ignorait pas que chez les Somoza on était dictateur de père en fils, leva la main.

— Pourquoi ne pas organiser des élections ?

Le représentant du State Department sourit.

Mean répondit vivement :

— Le président Somoza désire aller au bout de son mandat, en 81. C'est un peu tard... Plus nous attendons, plus la situation se détériore. Aussi, en dépit de l'amitié que nous portons au président Somoza, il faut faire quelque chose...

Un ange passa. Personne, dans cette pièce, n'ignorait que c'était du Nicaragua, de Puerto Cabezas, avec la complicité active de Somoza, qu'était partie l'invasion de Cuba, la célèbre et sinistre aventure de la baie des Cochons... Des services qu'on n'oublie pas. Il fallait vraiment que Somoza soit devenu gênant pour qu'on songe à s'en débarrasser. Malko attendait la suite. Les uns gribouillaient des notes, les autres regardaient le plafond. Ou leur montre. Le DDO reprit la parole.

— Nous avons donc décidé d'envoyer une mission exploratoire, menée par une personne non directement rattachable à la Company, afin d'envisager les solutions de rechange et de contacter les personnalités susceptibles de constituer un gouvernement pour succéder au président Somoza...

Le représentant du State Department leva le bras :

— Je ne saurais trop vous recommander la prudence. Le président Somoza compte de nombreux amis à Washington, au Congrès et au Pentagone. Jusqu'ici, il s'est toujours comporté en allié fidèle.

— Absolument, renchérit l'ancien ambassadeur. Ces sandinistes sont des communistes, des castristes. Castro, cela ne vous suffit pas ?

Georges Mean eut un geste apaisant.

— Bien sûr, sir, il n'est pas question de nuire aux intérêts légitimes du président, mais de l'aider à se sortir d'une situation délicate qui pourrait à la limite mettre sa vie en danger. Nous sommes conscients des liens des sandinistes, mais la mission présente doit surtout explorer la bourgeoisie locale.

L'ambassadeur se calma. Tout cela semblait un peu irréel à Malko. Il avait l'impression d'assister à une comédie bien réglée. Mais pour berner qui ?

Le DDO se gratta la gorge et annonça d'un ton solennel :

— Gentlemen, Mr. Wise a choisi pour cette mission conciliatoire un homme que nous connaissons depuis longtemps et qui a l'avantage de ne pas faire officiellement partie de notre Agence, tout en jouissant de notre entière confiance.

Il appuya sur le mot « entière » avec un regard tendre à Malko. Celui-ci écoutait, de plus en plus étonné. Ses missions, d'habitude, ne prenaient pas ce tour officiel et bien pensant. Le sous-secrétaire d'Etat l'examina comme un coléoptère d'une espèce inconnue, puis demanda :

— Mr. Linge, en quoi consiste exactement votre misson ?

Le DDO vola au secours de Malko :

— Entrer en contact avec certains hommes politiques modérés pour les sonder sur leur éventuelle participation à un gouvernement. Ensuite, à la lumière de cette étude, se concerter avec le président Somoza, afin de trouver une solution aux tensions actuelles.

— Allez-vous offrir des places aux sandinistes ? demanda l'ambassadeur.

— Sir, il est trop tôt pour le dire, affirma, la main sur le cœur, Jim Thorp. Cela fait partie de la mission de Mr. Linge de voir jusqu'à quel point ils sont récupérables. En plus de nos soucis politiques, nous devons songer à protéger nos investissements dans ce pays.

La discussion s'enlisa dans des détails sordides d'investissements et d'exportations. Malko transpirait. Cette pièce était sinistre. Le représentant de la NSA se curait consciencieusement les ongles. Il n'avait pas ouvert la bouche. Visiblement, le Nicaragua ne l'intéressait pas. L'ex-ambassadeur revint une dernière fois à la charge, foudroyant Malko du regard :

— Est-ce que Mr. Linge acceptera de paraître devant la sous-commission des Affaires politiques du Congrès afin de rendre compte de sa mission ? demanda-t-il.

— Dans la mesure où cela ne nuira pas aux intérêts de la sécurité du pays, certainement, affirma le DDO.

Du coup, le lieutenant-général de la NSA se réveilla.

— Dans ce cas, je demande à ce que me soit communiqué le témoignage de Mr. Linge, annonça-t-il.

— Certainement, affirma Jim Thorp.

Mais l'ex-ambassadeur ne désarmait pas.

— Le Comité des Quarante est-il au courant de la mission de Mr. Linge ?

— Affirmatif, dit le DDO. Nous avons des ordres écrits.

Cela cloua le bec de l'ambassadeur. Pas pour longtemps. Alors que les autres se préparaient à partir, il leva la main.

— Mr. Thorp, demanda-t-il d'une voix trop douce, vous avez, je crois, un représentant à Managua. Pourquoi ne le chargez-vous pas de cette mission ? Au lieu de dépenser l'argent des contribuables...

Jim Thorp dissimula sa rage sous un sourire de marchand de voitures d'occasion.

— Bonne question, Mr. Ambassador, très bonne question. Il y a deux raisons. D'abord, nous ne voulons pas avoir l'air de nous mêler officiellement des affaires intérieures du Nicaragua. Ensuite, notre chef de station à Managua est débordé de travail par les tâches de routine.

Sans laisser à l'autre le temps de répondre, il demanda à la cantonade :

— Pas d'autres questions ?

Comme personne n'avait ouvert la bouche après un dixième de seconde, il se leva.

— La séance est terminée, gentlemen. Merci de votre attention.

Le petit groupe se dispersa dans le couloir. Jim Thorp prit Malko par le bras :

— Venez dans mon bureau, nous avons quelques petits problèmes d'intendance à régler...

Georges Mean leur emboîta le pas. Le bureau de Jim Thorp ressemblait à celui de Goldfinger. Deux grands drapeaux croisés étaient fixés au mur derrière son bureau, beaucoup plus spacieux que celui de Georges Mean. On s'attendait à ce qu'un magnéto joue *The Star spangled Banner* (1). Il ferma la

(1) *La bannière étoilée*, l'hymne national américain.

porte et se tourna vers Malko, le visage tordu de côté par une grimace ironique.

— Bien, maintenant, on va travailler sérieusement. J'espère que vous n'avez pas cru à toute cette *bullshit*...

— Je ne vais pas au Nicaragua ? demanda Malko, plein d'espoir.

Il était arrivé la veille au soir à vingt heures par le Concorde Paris-Washington. 3 h 40 de vol fluide à deux mille deux cents à l'heure, au-dessus d'un tapis de nuages d'un blanc éblouissant. Et pas le moindre *jet-lag* (1). Il s'était réveillé frais et dispos, comme s'il n'avait pas traversé l'Atlantique. Une fois qu'on avait essayé le Concorde, on n'avait plus envie de revenir aux avions classiques.

— Oh ! si, vous y allez ! confirma le DDO. Et le plus vite possible même.

— Pourquoi faire ?

Les traits de Jim Thorp se durcirent et toute trace de gaieté disparut de ses yeux.

— Pour élucider une sale histoire. Une très sale histoire.

*
* *

Malko attira une chaise à lui et s'assit. Georges Mean venait d'allumer une Rothmans. Malko chercha le regard du DDO.

— A quoi rime la comédie de tout à l'heure ?

Jim Thorp haussa les épaules, l'air dégoûté.

— Ces cons du Congrès veulent tout savoir. Il fallait une couverture convenable pour vous envoyer là-bas. Maintenant, on va pouvoir passer au boulot sérieux.

— Mais je croyais que vous étiez au mieux avec Somoza ? observa Malko.

(1) Fatigue due au décalage horaire.

— Parlez au passé, fit sombrement Jim Thorp. Cet enculé croit qu'il peut faire n'importe quoi parce qu'il a des copains à Capitol Hill, qu'il a passé huit ans chez nous et qu'il parle anglais aussi bien que moi. On va lui montrer le contraire...

— Mais enfin qu'est-ce qu'il vous a fait ? demanda Malko.

Il connaissait Somoza de réputation. Un dictateur à la tête d'un Etat rapace et arbitraire où la police et l'armée rançonnaient ceux qu'ils avaient mission de protéger. Il se maintenait au pouvoir grâce à l'appui des Américains et à une férocité régulière dans la répression.

— Tenez, fit Georges Mean, on va vous montrer quelque chose.

Il tendit à Malko une photo. Une jeune femme blonde, assez Junon, avec un profil superbe.

— Qui est-ce ? demanda Malko.

— Brenda Trent, dit le DDO. Diplômée de l'université de Tucson, Arizona. Fille de Bruce Trent, un de nos meilleurs *case officers*. Un GS 18. Elle-même travaille à la Company depuis trois ans. Elle est GS 12. Elle était affectée à l'ambassade de Managua depuis sept mois. Comme *operation assistant*. C'est-à-dire fille à tout faire. Secrétaire, typiste, *contact woman*. Cela dépendait de son degré d'intimité avec le chef de station.

— Et alors ? demanda Malko, Somoza l'a débauchée ?

— Ne plaisantez pas, fit sèchement Jim Thorp. Nous lui avions confié une mission. Contacter les chefs sandinistes afin de savoir si on pouvait collaborer avec eux et foutre en l'air Somoza. Pour compléter le travail de notre ambassadeur, qui, lui, cherche vainement un remplaçant depuis un an. Elle n'aurait jamais eu ce boulot sans son père. Maintenant, il s'en mord les doigts.

— Pourquoi ?

— Brenda Trent est sortie de son hôtel il y a six jours, dit Georges Mean. Elle avait réussi à mettre sur pied un rendez-vous avec le chef du plus important groupe sandiniste. Un certain Julio Zelaya. Il avait accepté de descendre de sa montagne pour écouter la Voix de Son Maître...

» Là-dessus, Brenda Trent a disparu et Zelaya a été arrêté par la Guardia, torturé et mis au secret. Quant à Brenda, c'est comme si elle n'avait jamais existé...

— Vous avez quand même une station à Managua ? remarqua Malko. Et un chef de station. Il a dû essayer de la retrouver...

— Henry Gall est un con et un salaud, explosa Jim Thorp. On a su par la bande que la petite n'a pas voulu se faire sauter comme cela se fait souvent avec les COS (1) et les *operation assistants.* Il prétend qu'elle a pris des risques inutiles et que les gens de la Guardia jurent qu'ils ne connaissent même pas son nom. Mais, par une autre source, on sait qu'elle a bien été arrêtée et torturée. Maintenant, ils ont peur de la relâcher. Ils préféreraient la liquider discrètement. Cela aussi leur fait peur. Alors, ils attendent en se rongeant les ongles. Pendant que ce fumier de COS répond à nos câbles « Flash » avec des simples « Priority », ça fait gagner du temps.

Malko avait rarement vu un DDO aussi virulent envers un *case officer.*

— Que suis-je supposé faire ? demanda-t-il.

— Les conneries qu'on vous a énumérées tout à l'heure, fit le DDO. On va vous donner les noms de quelques croulants qui ont assez gagné d'argent et qui ont envie de trahir un peu. Mais votre vrai

(1) Chief of station.

boulot, c'est de retrouver Brenda Trent. Le nom de la mission est Iacougar.

A la CIA, chaque pays avait un indicatif de deux lettres et chaque mission un acronyme (1).

— Qu'est-ce que je fais vis-à-vis de la station locale ? demanda Malko.

— Ils sont prévenus, fit laconiquement le DDO. Ils savent que vous venez en mission d'exploration. C'est tout. Officiellement, pour les Nicaraguayens, vous venez acheter des terres à café. Dans la région de Matagalpa. On va vous filer les contacts de Brenda Trent plus deux ou trois autres qu'on a eus directement. Plus deux mille dollars de frais pour commencer.

— Je ne vais pas aller loin avec ça, remarqua Malko.

Georges Mean prit l'air choqué.

— Dites donc, vous réalisez qu'un COS n'a pas le droit de dépenser plus de cinq cents dollars par mois sans autorisation de son DDO ? Vous êtes un seigneur.

— Un seigneur pauvre, soupira Malko.

Comme chaque année, à l'automne, il venait de faire le bilan des dépenses indispensables pour maintenir son château de Liezen dans un état potable et passer l'hiver sans que les toitures s'écroulent ou que la plomberie rende l'âme. Sans parler du parc récupéré sur les Hongrois à qui le fidèle Krisantem s'épuisait à redonner figure humaine en y plantant des arbres volés dans les pépinières voisines...

Le plancher de toute la réception commençait à être dangereusement vermoulu. Comme Malko comptait donner un grand bal pour son anniversaire, en décembre, il souhaitait que les invités ne

(1) Nom constitué d'un sigle.

se retrouvent pas dans les caves. Il avait déjà assez mauvaise réputation à Vienne...

En plus, un mur de soutènement égrenait ses moellons. C'était une plaisanterie de six mille dollars. Sans parler du réseau d'eau chaude qui ne desservait plus que deux salles de bains sur dix. Bientôt, on en reviendrait au système du siècle précédent avec les esclaves montant les brocs d'eau chaude... De plus, Malko aurait bien aimé offrir un somptueux cadeau pour sa fiancée infidèle, Alexandra. La pulpeuse comtesse l'avait négligé pour un play-boy italien, puis était revenue au bercail. Mais, tant que Malko ne renonçait pas à la CIA, elle refusait de revenir dans sa vie. Ils s'étaient de nouveau aimés, toujours la même passion, mais chaque fois elle retournait coucher chez elle.

Il se trouvait dans la situation insolite de refaire la cour à une femme avec qui il avait fait l'amour des centaines de fois. Maintenant, chaque fois qu'ils s'aimaient, il ne savait pas si ce n'était pas la dernière fois, et cela ne lui donnait aucun droit. Il lui était facile de mettre fin à cette situation : abandonner la CIA et vivre l'existence paisible d'un hobereau autrichien, avec trois bals à Vienne par saison. Alexandra lui avait précisé que le directeur de la Bundesbank était tout prêt à lui avancer des capitaux pour monter une exploitation agricole. Mais Malko ne se sentait pas encore mûr pour le retour à la terre. Il conservait donc Alexandra comme une plaie ouverte, parfois douloureuse, parfois exquise, une sorte de cancer de l'âme qui l'empêchait d'atteindre au bonheur complet et le mettait radicalement à l'abri des élans de la passion. Sa passion, il la promenait avec lui, au fond de son cœur, au cours de ses missions, ajoutant un piment sinistre à cette situation, c'est qu'il ignorait si la mort ne viendrait pas couper court à ses projets.

L'empêchant définitivement de retrouver Alexandra.

Elle le savait aussi, ce qui donnait à chacune de leurs retrouvailles le goût amer du danger.

Cette fois encore, sa mission au Nicaragua risquait d'être moins paisible que ne l'avait laissé supposer la réunion précédente. Les Américains sont des gens pragmatiques. Malko savait que si l'agence fédérale américaine acceptait de contribuer largement à la restauration du château de Liezen, c'était parce qu'il était capable de fournir une prestation unique, selon le mot à la mode.

— A quoi pensez-vous ? demanda soudain Jim Thorp.

— A ma vie de seigneur, dit Malko.

— Bon, fit Georges Mean, on a deux ou trois choses à vous donner.

— Vous avez préparé des gadgets ?

Le Technical Department de la CIA avait la manie des gadgets sophistiqués qui marchaient rarement. On lui avait fourni un jour un pistolet électrique tirant des projectiles empoisonnés au datura qui n'avaient pas été capables de tuer un caniche. Alors, une barbouze... Quant au papier de riz soluble et mangeable pour les notes secrètes, il ne se dissolvait pas dans le J&B et il fallait le mâcher un quart d'heure sous peine de s'étouffer...

Jim Thorp secoua la tête.

— Il n'y a pas de gadgets, Mr. Linge. Seulement quelques dossiers. Récupérez cette fille, croyez-moi, il y a des gens qui vous seront vraiment reconnaissants...

— Je n'ai pas besoin de cela, dit Malko sèchement.

L'Américain haussa les épaules.

— OK. Mais cela peut toujours servir. Les messages de Iacougar devront être envoyés à mon nom avec la mention « Eyes only ». Tout en flash (1).

» Maintenant, Mr. Mean va vous faire un briefing technique sur la situation et les contacts que nous autorisons. On en a pour deux bonnes heures. Après cela, la voiture du DDO vous emmènera directement à Dulles. Je vous ai bloqué une place sur le Concorde Washington-Mexico. De là, vous prendrez la navette jusqu'à Managua. Vous économiserez du temps et de la fatigue. Et après tout, cela ne coûte que 20 % de plus que le tarif first.

» Il nous a fallu une autorisation spéciale, car Air France n'a pas le droit d'embarquer des passagers à Washington pour Mexico-City sur des vols Concorde.

— Il faut vivre avec son siècle, dit Malko. L'économie de fatigue, ça n'a pas de prix. Et je vais avoir besoin de toute mon énergie... Ma situation va être délicate à Managua. Si je ne peux pas utiliser la station...

— Vous pouvez l'utiliser, précisa le DDO, mais dans certaines limites. N'ayez qu'une idée en tête : ramener Brenda Trent vivante.

(1) Sept minutes environ de temps de transmission.

CHAPITRE IV

Malko se pencha vers le chauffeur de taxi.

— *Donde esta el centro* (1) ?

L'homme se retourna et laissa tomber, impassible :

— *Señor, no hay centro* (2).

Le taxi roulait depuis quarante minutes au milieu des ruines. Dès l'aéroport de Las Mercedes, la carretera del Norte, une longue avenue rectiligne, avec des nids-de-poule profonds comme des pièges à éléphants, des sections entièrement défoncées, bordées de bidonvilles et d'entrepôts branlants. Le taxi, une antique « américaine », se traînait à trente à l'heure, glaces baissées, laissant entrer la chaleur humide et poisseuse. Il venait de pénétrer dans ce qui semblait un immense champ de ruines, où se distinguait au fond la silhouette pyramidale de l'hôtel *Intercontinental* qui dominait le centre de Managua. Malko avait l'impression de traverser Pompéi. Les rubans d'asphalte des rues étaient bien là, se croisant sagement à angle droit comme dans une métropole américaine, avec des panneaux

(1) « Où est le centre ? »

(2) « Il n'y a pas de centre. »

STOP, mais rien n'arrêtait la vue. Il n'y avait plus de ville.

Ce qui restait allait du terrain vague au building éventré, écroulé, béant, où campaient précairement quelques malheureux. On avait l'impression de traverser les quartiers chrétiens de Beyrouth. Le seul building en état était la tour ultra-moderne de vingt étages de la Bank of America, s'élevant majestueusement au milieu de cette immensité de gravats au bord de ce qui avait été l'avenida Roosevelt. D'après la carte, c'était la capitale, coincée entre une ligne de crêtes et le lac Managua. Un espace désolé, avec des herbes folles à la place des maisons.

Ils étaient presque arrivés à l'hôtel. On aurait dit un temple maya, seul vestige d'une civilisation disparue.

Pourtant, le tremblement de terre qui avait détruit Managua datait de décembre 1972. Apparemment, rien n'avait été reconstruit. A peine le taxi s'était-il engagé dans les restes de l'avenida Roosevelt, qui montait en pente douce jusqu'à l'hôtel, qu'il commença à pleuvoir. Pas une pluie normale. On aurait cru se trouver sous une cataracte. Le taxi ralentit encore, tourna à droite et stoppa devant l'entrée de l'*Intercontinental.*

Le groom ouvrit la porte à tambour, tenant un parapluie trop petit. Malko eut l'imprudence de vouloir courir jusqu'à lui. Lorsqu'il entra dans le lobby, il semblait émerger d'une piscine. Trempé comme une soupe, il abrégea les formalités d'inscription et se fit conduire à sa suite. Tout le paysage disparaissait sous un rideau gris : c'était l'averse quotidienne de la saison des pluies. Une fois déshabillé et sec, Malko examina la vue.

A travers le rideau de pluie, il aperçut, de l'autre côté de l'avenida Roosevelt, réduite à la largeur d'un sentier, plusieurs bâtiments plats entourés d'un enclos : le « Casino » militaire, QG de la *Guardia Nacional*, abritant également la résidence du dictateur, le bunker, plat et blanc, tout en longueur, sans une seule ouverture.

Le tout était dominé par une colline, où avant le tremblement de terre se trouvait la résidence officielle du président, le Retiro. Hélas ! elle avait glissé malencontreusement dans la lagune Tiscapa, juste derrière. Ce qui restait du Retiro servait maintenant de base aux hélicoptères de la Guardia...

La pluie redoublait. Malko vit une jeep armée d'une mitrailleuse de « 50 » qui rentrait à toute vitesse dans le « Casino », ses occupants trempés jusqu'à l'os. Les sept mille cinq cents soldats de la *Guardia Nacional* maintenaient une main de fer sur le pays. Ses officiers, payés grassement, jouissaient d'un pouvoir pratiquement illimité. Commerces, importations, bordels, tout leur appartenait, les miettes, du moins, Somoza et ses intimes se réservant la plus grosse part du gâteau.

Le vol Washington-Mexico City sur le Concorde avait passé comme un rêve. La célérité du personnel au service d'Air France à Mexico avait été superbe. En dix minutes, montre en main, ils l'avaient cornaqué à travers la douane et la police, réduisant au minimun les formalités.

Malko se secoua. Il fallait se mettre au travail. Il ouvrit son dossier. La photo de Brenda Trent s'étalait devant lui. Blonde, belle, souriante. Sur le dessus d'un épais dossier technique sur les plantations de café.

Où pouvait-elle se trouver ?

Elle avait occupé la chambre 432, au même étage que lui. Il remit une chemise et un pantalon et sortit dans le couloir orange. En face de l'ascenseur, il croisa une femme de chambre qui lui sourit.

— *Buenas noches*, señor.

— *Buenas noches*, répondit Malko. Je dois laisser un message au 432. Pouvez-vous m'ouvrir ?

— *Como no !*

Sans poser la moindre question. La confiance régnait.

Elle s'effaça et disparut dans le couloir. La chambre 432 était faite. Bien rangée. Officiellement, Brenda Trent n'était qu'absente. Un attaché-case se trouvait sur le bureau, fermé. Malko inspecta la penderie, pleine de vêtements, ouvrit l'attaché-case. Rien d'intéressant. Il supposait que le COS de Managua s'y était intéressé avant lui. Malko s'assit un instant sur le lit. Plutôt déprimé.

Après ce qu'il avait lu sur les exploits de la Guardia, la disparition de la jeune Américaine n'était pas rassurante. Ce n'était qu'une longue litanie d'horreurs. La distraction la plus anodine des « guards men » consistait à faire avorter à coups de pied les paysannes suspectes de complicités sandinistes. Les meurtres de *campesinos* (1) ne se comptaient plus, les villages incendiés, les propriétaires de *fincas* mitraillés, les rebelles découpés à la scie mécanique.

Sans parler des cachots de la Guardia avec ses aiguilles électriques enfoncées sous les ongles. L'horreur, bien cachée et tolérée jusqu'alors par la CIA. Mais il y avait eu Brenda Trent. Une GS 12, fille d'un GS 18. Somoza aurait dû savoir qu'on ne touchait pas à la Company sans déclencher des représailles. La pluie continuait à marteler les vitres avec un bruit de cascade...

Comment parvenir à Brenda Trent ? Dans quelle geôle se trouvait-elle ? Que lui avait-on fait ?

(1) Paysans.

Brusquement, Malko eut l'impression de se dédoubler, de se trouver dans sa chambre à lui. Un jour, probablement, il disparaîtrait de la même façon. La CIA enverrait quelqu'un pour tenter de savoir ce qu'il était devenu.

Ou bien, simplement, on ferait parvenir ses affaires à Washington. Pour les expédier ensuite au château de Liezen avec un mot de condoléances bien neutre et pas compromettant : « Le prince Malko Linge a disparu dans des circonstances indéterminées. Tous les efforts pour retrouver sa trace ont été vains. »

Une fin bien propre. Il n'était pas *case officer*. Même pas GS 15 ou 16.

Juste un « agent ». De luxe, plein de prestige et bien payé. Mais taillable et corvéable à merci, ne faisant pas partie de l'*Establishment*. Qui pouvait disparaître du jour au lendemain sans faire de vagues. Quinze ans de bons et loyaux services pour l'Agence fédérale lui avaient certes permis de lier des amitiés au plus haut niveau, mais il n'avait pas de retraite en vue, et on continuait à l'envoyer sur les coups les plus pourris.

Malko se leva, ressortit de la chambre 432 et regagna sa suite. L'humidité semblait transpercer les murs. Il s'assit et commença à compulser ses dossiers. Il était bien tard pour faire quoi que ce soit avant le dîner.

Le premier nom dans son dossier était celui de father Thomas. Un capucin missionnaire. Le plus important aussi. Le contact de Brenda Trent avec les sandinistes. Celui qui avait arrangé le rendez-vous où elle avait disparu. Il regarda l'adresse insolite : *Tres quadras al Sur del Cine Cabrera*.

A Managua, il n'y avait ni numéro ni noms de rues, la plupart du temps. Et celles qui avaient eu des noms n'existaient plus.

Le second était un mercenaire américain, Douglas Swiners, ancien *Green Beret,* instructeur à la *Guardia Nacional* avec le titre de lieutenant. Pilote d'hélicoptère. Spécialiste du close-combat au couteau.

Puis Ruben Dario : le contact « politique », l'homme sur qui la CIA comptait pour recruter un gouvernement anti-Somoza. Malko réfléchit devant sa photo. Un homme âgé, avec des traits mous, de grosses lunettes cachant le regard, le cheveu rare et plat. Pas encourageant.

Sa première visite, le lendemain matin, allait être pour Henry Gall, le chef de station de la CIA à Managua, celui qui avait « étouffé » la disparition de Brenda Trent. Malko n'avait pas l'intention de lui parler de son rendez-vous avec father Thomas. Brenda Trent, d'après le dossier, ne lui en avait pas parlé non plus.

***

Le grincement lancinant et régulier du rocking-chair troublait seul le silence de la grande pièce nue, meublée de vieilles tables en bois et de bancs. Malko fixa le dos du fauteuil qui se balançait devant ses yeux. Dedans, il y avait le père Thomas en train de lire son bréviaire. Le gamin qui l'avait introduit dans la maison des capucins avait murmuré quelques mots à l'oreille du religieux avant de se retirer sur la pointe des pieds. Plusieurs minutes déjà. Et le religieux faisait comme si Malko n'était pas là.

Pour tromper son impatience, ce dernier examina la première page de *Novedades*, le quotidien gouvernemental. Un très bel assortiment de cadavres horriblement mutilés, attribués à la sauvagerie des sandinistes. *La Prensa,* quotidien d'opposition, étalait la veille au soir d'autres cadavres, encore plus mutilés, victimes ceux-là de la Guardia. Avec un grand encadré à la une : *233 dias de Impunidad. Justicia !* Il s'agissait du meurtre du directeur du journal, commis huit mois plus tôt et resté impuni... Pays accueillant.

Pourtant, Managua semblait calme. Pas de soldats en vue, un ciel lourd, blanc et bas, avec, dans le lointain, la chaîne des volcans cernant la ville.

Lorsque Malko était descendu du taxi, pas très loin de l'hôtel, la chaleur lui était tombée sur les épaules comme une chape de plomb. En comparaison du « centre » détruit, c'était somptueux. Quelques villas alternaient avec les bidonvilles. Celle qui abritait les capucins était hérissée d'antennes comme un QG de barbouzes et entourées d'un haut grillage, style camp de concentration. Tout un programme.

Le grincement du rocking-chair s'arrêta. Malko entendit le bréviaire se refermer avec un petit bruit sec et father Thomas fit pivoter son siège pour lui faire face.

— *Señor,* demanda-t-il, qui êtes-vous ?

Il avait l'air d'un ouvrier, avec une chemise sans col, des lunettes à la monture de fer rectangulaire, des cheveux gris courts. Des yeux bleus vifs examinaient Malko avec intérêt. Ce dernier avait donné au gamin le nom de Brenda Trent.

— Je m'appelle Malko Linge, dit Malko, je suis envoyé par le père de Brenda Trent pour tenter de la retrouver.

Un hélicoptère passa au-dessus de la villa, très bas. Le père Thomas demeura impassible.

— Vous êtes américain ? demanda-t-il en anglais.

— Non, dit Malko.

L'œil bleu brilla.

— Mais vous travaillez pour eux.

— Oui, dit Malko. Je suis ici pour retrouver Brenda Trent.

Le père Thomas eut une mimique dégoûtée. Puis il recommença à se balancer dans son rocking-chair. En venant, Malko en avait vu des dizaines. Chaque famille semblait en posséder un. Du temps où l'air conditionné n'existait pas, c'était le seul moyen de se procurer une fraîcheur relative. Un grand ventilateur tournait lentement au-dessus de la tête du religieux. Ce dernier bourra une pipe, l'alluma, tira une bouffée et dit lentement :

— Pendant des années, les Américains ont laissé Somoza et ses gens assassiner les *campesinos*. Ils continuent, même s'ils disent le contraire. Mr. Gall, votre conseiller politique, me fait éconduire lorsque je viens lui signaler une nouvelle atrocité.

— Je pense que la politique de Washington est en train de changer, dit prudemment Malko. De toute façon, mon seul but à Managua est de savoir ce qui est arrivé à Brenda Trent. Et, si possible, de la retrouver. Vivante. Si nous faisions confiance pour cela à Mr. Gall, je ne serais pas ici.

L'argument sembla toucher le religieux. Il tira encore un peu sur sa pipe avant de dire :

— Elle était assise là où vous êtes, il y a deux semaines. Maintenant...

Il s'interrompit. Puis, comme se parlant à lui-même, il laissa tomber :

— Je regrette ce que j'ai fait... Je suis responsable, et elle n'est pas la seule à avoir disparu.

— Qui d'autre ?

— Celui qu'elle devait rencontrer, dit le religieux. « El Cero », Julio Zelaya. Un homme honnête et courageux. Mais lui, nous savons où il se trouve : dans les caves de la Guardia, au « Casino ». (Il fixa son regard bleu sur Malko). Vous savez ce qu'ils lui ont fait ?

— Non.

— Ils lui ont fait broyer les testicules par un chien. Celui de cette putain de Mercedes Puntas. On ne le soigne même pas. Il va mourir.

— Qui est Mercedes Puntas ? demanda Malko.

Le père Thomas secoua la tête d'un air dégoûté.

— Une femme de mauvaise vie qui se vend à toute cette clique. Elle se donnerait au diable pour de l'argent. Elle va même jusqu'à faire nommer des officiers, et ensuite ils lui donnent six mois de leur solde. C'est la maîtresse du colonel Nuncio, le chef des BECAT, des unités antiterroristes. Dieu la punira.

Il se remit à tirer sur sa pipe.

Malko se pencha vers le rocking-chair qui grinçait doucement.

— Où se trouve Brenda Trent?

Silence. Le religieux l'observait. Enfin, il laissa tomber, comme à regret :

— Je connais quelqu'un qui pourrait peut-être vous le dire.

— L'ambassade ne le sait pas?

Father Thomas eut un sourire triste.

— La personne qui le sait ne veut pas leur parler.

Malko chercha le regard des yeux bleus.

— Est-ce qu'elle voudra me parler?

— Si je le lui demande, oui.

Malko répéta :

— Je suis envoyé par le père de Brenda Trent. Aidez-moi. Je n'ai pas été voir l'ambassade. Nous avons eu votre nom par Brenda Trent.

Le missionnaire eut un sourire triste.

— Ils me détestent. Un jour, Mr. Gall m'a dit qu'il avait honte que je sois américain. Bien, nous allons tenter de sauver cette malheureuse jeune femme. S'il est encore temps... En sortant d'ici, vous remontez la rue, sur una *cuadra* (1). Au croisement, tournez à droite. Cent mètres plus loin, il y a le CPDH, la *Comisión permanente de Derechos humanos*. Demandez Fulvia. De ma part, dites-lui que le message de onze heures trente est parti. Et posez-lui les questions que vous voulez.

Il s'arracha du rocking-chair, tendit la main à Malko et l'accompagna jusque dans la rue.

— Faites attention, dit-il, ils ne reculent devant rien. Hier soir, la Guardia a encore massacré toute une famille, au reparto San Juan. Ils ont laissé les corps dans la rue pour faire peur. Jusqu'à ce matin. En disant que c'étaient les sandinistes qui les avaient tués. De pauvres gens. *Vaya con Dios.*

Malko partit à pied. Les taxis étaient rares. Il était en sueur lorsqu'il arriva à l'endroit indiqué par le capucin. Un petit bureau donnant directement sur la rue, comme une boutique. Il y avait des affiches aux murs et une grosse machine à photocopier. La Noire qui tapait à la machine leva la tête en voyant Malko. Elle avait les cheveux taillés comme un if, de grands yeux marron pleins de tristesse, une bouche sensuelle et une confortable poitrine pudiquement dissimulée sous un chemisier opaque. Lorsqu'elle se leva, il vit des jambes fines, des reins cambrés et une sage jupe droite.

— Vous êtes Fulvia ?

Elle inclina la tête affirmativement.

— *Si. Why ?*

— Je viens de la part de father Thomas, annonça Malko. Il vous fait dire que le message de onze heures trente était parti.

Une lueur apeurée passa dans les yeux marron. Fulvia regarda par-dessus l'épaule de Malko,

(1) Pâté de maisons.

comme si elle avait peur qu'on l'ait suivi. Elle semblait fragile et nerveuse...

— Je vous remercie, dit-elle. Puis-je vous aider pour quelque chose ?

Son anglais était excellent, bien que teinté d'accent. Malko sourit pour la rassurer.

— Vous parlez bien anglais...

Elle se détendit un peu.

— Oh ! Je viens de la côte est, près de Puerto Cabezas. Là-bas, tout le monde parle anglais.

Elle semblait heureuse de bavarder.

— Vous devez avoir du travail avec les Droits de l'homme, dit-il.

Le visage de Fulvia se tendit brusquement.

— Oh ! oui, soupira-t-elle. Beaucoup de travail.

— Je voudrais vous demander quelque chose, dit-il. A propos de...

Elle mit brusquement un doigt sur ses lèvres, le prit par le bras et l'entraîna dans la rue écrasée de chaleur. Une rue calme, bordée d'arbres et de petites maisons.

— Excusez-moi, dit-elle à voix basse, j'ai toujours peur qu'ils aient mis des micros. Que voulez-vous savoir ?

Ses yeux marron scrutaient Malko avec insistance et inquiétude. Elle eut un sourire contraint.

— J'ai toujours peur. Ils me surveillent. Quelquefois, le téléphone sonne. On me dit qu'on va me tuer, on m'injurie...

— Qui *on* ?

— La Guardia.

Charmant climat.

— Je cherche Brenda Trent, dit Malko. Je suis venu de Washington pour le compte de son père. Le père Thomas m'a dit que vous aviez des informations sur elle. C'est vrai ?

La Noire hocha la tête affirmativement.

— C'est vrai.

— Vous savez où elle se trouve ?

— Oui. Depuis deux jours.

— Pourquoi n'avez-vous pas prévenu l'ambassade ?

Fulvia eut un sourire désabusé.

— Ils ne feront rien. Les autres risquent de s'en débarrasser s'ils croient que les Américains veulent la récupérer.

— Pourquoi ?

Fulvia baissa encore la voix :

— Elle a été horriblement torturée. On l'a brûlée avec des jets de vapeur. On l'a violée. On l'a passée à l'électricité. Il paraît même qu'on lui a coupé un sein...

Malko écoutait cette litanie d'horreurs, un peu incrédule. Il connaissait la propension des Sud-Américains à l'exagération.

— Comment avez-vous su où elle se trouvait ?

— Je ne peux pas vous le dire. Nous avons des informateurs partout. Le pays entier hait Somoza...

— Où est-elle ?

— Dans un centre de détention secret de la Guardia, au pied du volcan Momotombo, à trente kilomètres de Managua. Zone militaire. Personne ne peut aller la chercher là-bas... S'ils ont peur, ils vont la tuer.

Elle se balançait d'un pied sur l'autre. Angoissée, nerveuse, fuyant le regard de Malko.

— Que suggérez-vous ?

— Je ne sais pas. Peut-être qu'ils la relâcheront, si elle guérit. Peut-être qu'ils la tueront. De toute façon, El Chigüin (1) n'aime pas laisser de témoins.

— Qui est El Chigüin ?

— C'est un surnom, dit Fulvia. José Ramirez, le

(1) Le demeuré.

chef des gardes du corps de Somoza. Une brute sadique. Il a tué des dizaines de personnes. Vous le verrez si vous allez au « Casino militaire ». Il a toujours un vieux chapeau de toile blanche et plusieurs revolvers...

— Je vous remercie, Fulvia, dit Malko. Je vais essayer de faire libérer miss Trent, avec tous les moyens dont je dispose.

Elle prit sa main, la serra avec un sourire un peu plus chaleureux.

— Bonne chance.

— Vous êtes toujours ici ? demanda-t-il.

— Jusqu'à sept heures, dit-elle. Après, je vais à l'Université de sept heures trente à neuf heures trente.

— Moi, je suis à l'*Intercontinental*, dit Malko. 408 et 410. Si vous savez quelque chose de nouveau, contactez-moi.

Malko dut retourner à pied à l'hôtel pour trouver un taxi. Direction l'ambassade américaine. Il n'avait aucune envie de faire la connaissance de Henry Gall, après ce qu'il avait appris, mais c'était la seule façon de communiquer rapidement avec Langley.

***

Le bureau était en boiseries, comme un chalet suisse, avec dans tous les coins des photos de Henry Gall serrant la main du président Somoza. Entre les premières et les dernières, le dictateur avait perdu vingt bons kilos... Se méprenant sur l'intérêt de Malko, l'Américain se rengorgea.

— Le président m'apprécie beaucoup, dit-il. Si vous voulez, je vous le ferai rencontrer, à titre privé, bien entendu.

— Cela peut m'intéresser, dit Malko sans se compromettre.

Henry Gall se rassit dans son fauteuil tournant et posa deux énormes pieds sur son bureau. Il avait un fort accent de Brooklyn, des cheveux très noirs soigneusement coiffés et une tête de brute. Un géant, musculeux et épaissi. De grosses lunettes d'écaille et des yeux intelligents derrière.

Malko guigna une photo de lui, en para, crâne rasé, très macho. Instinctivement, il avait éprouvé une violente antipathie à son égard. Avec son énorme chevalière en pierre de lune, sa chemise avec des poches partout et son pantalon à carreaux directement sorti de Barnum, c'était la caricature du *gringo*.

— Alors, vous êtes venu faire des misères à Tachito (1), dit-il avec un sourire légèrement sardonique. Lui chercher un remplaçant... J'ai reçu un message vous concernant. Je crains que vous ne trouviez personne pour marcher contre lui. Il est très populaire.

C'était tellement énorme que Malko ne voulut pas laisser passer.

— Je croyais qu'une partie de la population lui était opposée ?

Henry Gall secoua la tête, franchement dégoûté.

— Une poignée de sandinistes qui se cachent dans les montagnes. Des marxistes et des Cubains. La Guardia s'en occupe.

— A propos, dit innocemment Malko, vous savez ce qui est arrivé à miss Trent ?

Henry Gall écrasa son cigare dans le cendrier, l'air furieux.

— Les sandinistes l'ont tuée, dit-il. Ils haïssent tous les Américains parce que nous avons aidé Somoza. Et on aurait foutrement tort de ne pas continuer. Sauf si on veut un nouveau Cuba à deux pas

(1) Surnom du président Somoza.

du canal de Panama. Somoza est un type bien. Un allié sûr.

— Ce n'est pas tout à fait ce qu'on pense à Washington.

Henry Gall ôta ses lunettes et se pinça l'arête du nez. Excédé.

— Ils ne sont pas ici. Somoza tient bien le pays. Si on le laisse liquider cinq mille rebelles, on sera tranquille pour deux ans. Si on va jusqu'à cinquante mille, on peut construire pendant dix ans...

Un ange passa, les ailes dégoulinantes de sang. C'était de la haute politique...

— Et Brenda Trent ?

— Une petite conne qui faisait du zèle et voulait changer le monde. Ça ne lui a pas réussi.

— Vous êtes sûr que ce sont les sandinistes ?

— Positif.

— Pourquoi ?

Le chef de station de la CIA posa sur Malko son regard de myope, dur et flou à la fois.

— On a demandé à nos amis de la Guardia. Ils savaient que les sandinistes voulaient la kidnapper.

Malko changea de sujet. Il n'obtiendrait pas plus que le DDO au sujet de Brenda Trent.

— A propos, dit-il, vous connaissez un certain Swiners ? Doug Swiners.

Henry Gall remit ses lunettes.

— Sûr, c'est un type comme ça. Superbe, instructeur à la Guardia. Fait du bon boulot. Un ancien flic d'Indianapolis. Il en faudrait beaucoup comme lui.

— C'est lui qui vous renseigne ?

— Il n'y a pas que lui, corrigea d'une voix agacée le COS.

Il regarda sa montre ostensiblement. Malko en profita pour se lever et demander :

— Je voudrais envoyer un télex à Langley.

— Pas de problème, dit l'Américain.

Il appuya sur le bouton de l'interphone.

— Barbara, dites à Christopher de venir.

Quelques instants plus tard, un jeune homme blond et effacé entra dans le bureau.

— Mr. Linge appartient à la Company, dit-il. Il a besoin de communiquer avec Langley.

Il fit le tour de son bureau et serra la main de Malko avec une énergie un peu trop appuyée.

— Tenez-moi au courant. Et, si vous voulez rencontrer le patron, faites-moi signe.

Malko suivit le blondinet à travers un couloir étroit jusqu'à une porte blindée grise ornée d'un superbe panneau : *No entry. Keep out*, et protégée par une lourde grille.

La salle des codes. Il se tourna vers lui.

— C'est un câble « Immediat », sir ?

— Non, dit Malko. « Flash ».

Il s'assit et le rédigea, l'adressant à Jim Thorp. Terminant par la mention *Eyes only*. Il resta là, tandis que le blondinet le codait puis le passait dans la machine. Une dizaine de minutes plus tard, il se trouverait à Langley sur le bureau du DDO.

Le blondinet leva la tête.

— Vous avez des informations, sir ? Sur miss Trent ?

— J'en ai, dit Malko, mais je vous rappelle que vous ne devez mentionner le contenu de ce câble à personne. Même pas à votre chef de station.

Le blondinet rougit.

— Certainement, sir, je connais les règles.

Malko écouta le cliquetis de la machine à coder automatique. Dans quelques minutes, le DDO allait savoir que Brenda Trent était détenue par la Guardia. Ça n'allait pas plaire à tout le monde.

CHAPITRE V

Les coups furent frappés à la porte avec une telle violence que Malko, en train de s'endormir, bondit de son lit. Le temps de passer un pantalon et de vérifier l'heure, il ouvrit. La première chose qu'il distingua fut l'énorme poing levé de Henry Gall, prêt à fendre le battant. Le visage de l'Américain était violet, convulsé de rage. Son poing retomba en voyant Malko. A regret. Il se rua dans la chambre et referma la porte à la volée.

Malko se dit qu'il allait exploser et se répandre sur les murs.

— Que se passe-t-il ?

Les yeux du chef de station semblèrent prêts à jaillir de leurs orbites.

— *God !* fit-il d'une voix étranglée par la fureur, c'est à moi que vous posez cette question. Après le « flash » que vous avez envoyé à Langley. Vous êtes un beau salaud ! Vous le saviez quand vous êtes venu me voir, non ?

— Exact, admit Malko, mais vous connaissez les règles de cloisonnement de notre métier.

Henry Gall monta d'un degré de plus vers l'apoplexie.

— Cloisonnement, mon cul, vous êtes un faux

jeton, oui. Vous avez voulu me faire avoir des emmerdes...

Il virait franchement hystérique. Malko, intérieurement ravi, dit calmement :

— Je ne suis malheureusement pas autorisé à vous le dire.

Henry Gall ouvrit la bouche et la referma. Malko se demanda s'il n'allait pas s'étrangler. Pourtant, c'est d'une voix plus calme qu'il dit :

— La demande de Langley exige une action immédiate. En « Flash ». Vous savez ce que cela veut dire ?

— Qu'avez-vous fait ? demanda Malko.

— Une demande officielle, bougonna l'Américain. Auprès du colonel Otero Nuncio, qui s'occupe de tous les problèmes de sécurité. En faisant état de la demande urgente de Washington. Somoza va être furieux qu'on le soupçonne d'une connerie pareille.

Malko écoutait, glacé. Ou Henry Gall était complice de ceux qui avaient kidnappé Trent, ou c'était un fieffé imbécile.

— On ne prête qu'aux riches, dit-il. Vous ne croyez pas que vous avez pris un risque en avertissant ce colonel ? Si c'est lui le responsable...

Henry Gall eut un haussement d'épaules furibond.

— Vous déraisonnez ! Ils n'y sont pour rien. Le colonel Nuncio m'a promis de me faire visiter demain le camp en question. A onze heures. J'espère que vous viendrez.

— Vous lui avez parlé de moi ?

— J'ai été obligé, bougonna l'Américain. Il fallait bien que je justifie cette information.

Malko pouvait dire adieu à sa couverture de planteur de café.

— Je vous attends à dix heures à l'ambassade,

dit Henry Gall. Et, la prochaine fois que vous aurez une information de ce genre, prévenez-moi. Je suis quand même le patron ici.

Sans même lui serrer la main, il sortit en claquant la porte à toute volée. Malko n'avait plus sommeil. Il alla dans l'autre pièce et se servit un Martini Bianco. Le cœur étreint par l'angoisse. Que pouvait-il faire ? Sans soutien officiel, on ne le laisserait pas pénétrer dans le camp militaire en pleine nuit. Il voulut se persuader qu'il se trompait, que les gens de Somoza n'oseraient rien faire, mais il n'y arriva pas. La pluie se remit à tomber et il resta les yeux ouverts jusqu'à quatre heures du matin.

*
* *

— Señor, nous n'avons rien à cacher à nos amis. Vous voyez vous-même...

Le colonel Otero Nuncio, gigantesque bibendum verdâtre, sanglé dans un uniforme impeccable, menait le cortège. Il désigna la ferme et la clôture. A part les sentinelles en armes, on aurait dit n'importe quelle ferme, avec des tas de fumier, des champs, au pied du Momotombo. Les bâtiments que Malko venait de visiter étaient pauvres et sales. Bien entendu, ils n'y avaient pas trouvé trace de Brenda Trent... Derrière Malko, le chef de station de la CIA arborait une mine volontairement réprobatrice, ne se déridant que pour s'adresser au colonel de la Guardia. Ce dernier ne cessait de sourire à Malko, derrière de grosses lunettes d'écaille, les chaussures cirées comme à la parade, roulant des épaules et des fesses. Après avoir quitté la route de Leon, ils avaient cahoté pendant une demi-heure sur une piste défoncée pour arriver jusqu'à ce camp perdu au pied du volcan. La Mercedes du colonel, la Plymouth de Henry Gall et deux jeeps de protection.

Pour rien.

Si Brenda Trent avait été détenue là, il n'en restait aucune trace. Malko dissimulait mal sa rage. Volontairement ou non, le chef de station de la CIA avait saboté son plan, donnant largement le temps aux autres de réagir, et l'avait grillé.

— Pourquoi y a-t-il des soldats ici ? demanda-t-il. Il n'y a rien à garder.

Le colonel Nuncio s'épanouit encore plus, ravi qu'on lui pose la question.

— Si, si, señor, cette ferme commande le chemin menant au site d'un projet très important pour notre pays. Le développement de l'énergie du volcan. Bientôt, cela remplacera le pétrole pour le Nicaragua. Venez, señor, nous allons vous montrer. Comme cela, ajouta-t-il, vous ne vous serez pas déplacé pour rien... Montez dans ma voiture.

Tout le monde remonta en voiture. La piste serpentait au flanc du volcan, dans un paysage désolé, dominant le lac de Jiloa. Au bout de dix minutes de lacets, ils aperçurent deux gigantesques jets de vapeur blanche qui semblaient jaillir du flanc de la montagne à l'horizontale. Malgré les glaces fermées, le bruit était effroyable. Un Boeing au décollage. Le colonel hurla dans l'oreille de Malko :

— C'est la station expérimentale, señor ! L'année prochaine, nous aurons des turbines.

Contournant les jets, ils parvinrent à une plate-forme creusée au flanc du volcan, et tout le monde descendit. Le bruit était insupportable. Il fallait se boucher les oreilles. Malko s'approcha du tuyau qui vomissait la vapeur blanche au-dessus d'un ravin. Curieusement, bien que la vapeur elle-même soit brûlante, on pouvait presque toucher le tuyau. Le sol tremblait et il était impossible de parler. Il pensa à ce que lui avait révélé Fulvia. Faute de remplacer le pétrole, cette vapeur jaillissant à deux cents atmosphères pouvait parfaitement servir d'instrument de torture...

D'une oreille distraite, il écouta le flot de précisions techniques que lui hurlait le colonel.

Le site était absolument désert, et la seule route d'accès, était celle qui passait par le camp militaire.

Le convoi repartit, après avoir consciencieusement admiré la huitième merveille du monde. Le colonel Nuncio se rengorgeait, assommant Malko de chiffres, tandis qu'ils cahotaient sur la piste. Malko interrompit l'officier :

— Colonel, avez-vous une idée sur la disparition de miss Trent ?

Le colonel Nuncio ne se troubla pas :

— *Claro que si, señor* ! Elle a été assassinée par les sandinistes. Ou peut-être seulement emmenée dans la région de Matagalpa. Nous n'avons pas assez de moyens matériels pour aller la chercher. Il faudrait que vous nous aidiez à ratisser cette région infestée de terroristes procastristes. C'est la seule façon de retrouver miss Trent.

Il commençait à montrer le bout de l'oreille. Un an plus tôt, la CIA — au temps de leurs amours — avait monté un coup superbe avec la Guardia. Un faux touriste américain avait été porté disparu dans la région du nord. Les Américains avaient officiellement prêté quelques hélicoptères pour participer aux recherches. Omettant de révéler au grand public que ces dernières s'étaient surtout effectuées à base de lance-flammes et de mitrailleuses. On n'avait pas retrouvé le touriste, qui se dorait au soleil sur une plage du Costa Rica, mais les troupes spéciales de Panama avaient mis au tapis une centaine de rebelles et trois fois plus de *campesinos*.

On ne fait pas d'omelette sans casser des œufs.

— Qu'est-ce qui vous fait dire qu'elle a été enlevée ? demanda Malko.

Le colonel eut un hochement de tête plein de gravité, qui fit trembler tous ses mentons.

— Señor, cette personne a été imprudente. Elle a pris contact avec des gens très dangereux. Nous avons pu remonter cette filière, mais il était trop tard pour intervenir.

— Je croyais que la Guardia veillait à tout ?

Otero Nuncio sourit piteusement.

— Nous manquons de moyens, señor. Nous ne sommes pas riches.

Ils étaient arrivés à la ferme. Tout le monde descendit. Malko avait hâte de retrouver la Plymouth de l'ambassade. Le colonel Nuncio lui serra vigoureusement la main.

— Señor, je suis désolé de n'avoir pu vous aider. Si vous restez à Managua, voulez-vous venir dîner avec quelques amis, lundi soir ? Je vous enverrai une voiture, parce que c'est difficile à trouver. A huit heures ?

Ceux qu'on ne tuait pas, on les cajolait.

— Pourquoi pas ? dit Malko. Si je suis encore là.

— *Muy bien, muy bien.*

Nouveaux serrements de mains, sourires, chacun remonta dans son véhicule. Le COS explosa aussitôt, amer.

— Nous nous sommes rendus ridicules ! Avec eux et avec Washington. Quelle connerie !

Malko fumait de rage.

— Pourquoi les avez-vous prévenus ? attaqua-t-il. Si l'information était exacte, c'était leur donner le temps de faire disparaître Brenda Trent.

Henry Gall se retourna violemment.

— Ecoutez, je connais le colonel depuis trois ans. J'ai confiance en lui comme en moi-même. Nous travaillons la main dans la main. Doug Swiners me raconte tout ce qui se passe. Vous avez encore dû écouter les rodomontades de ces vieux fous de capucins. Ils ne rêvent que de révolution et ils cachent des armes pour les sandinistes. Ils s'occupent de leurs liaisons radio. C'est une honte. Des Américains. Ce sont des traîtres, oui...

Malko le laissa se calmer. Ils traversaient un village aux rues de terre battue, de pauvres maisons, quelques paysans.

— Brenda Trent a disparu, dit Malko. Elle est bien quelque part. Si les sandinistes l'ont enlevée, pourquoi ne donnent-ils pas signe de vie ? Ce n'est pas leur intérêt. La Company a eu des tuyaux, via Miami où ils achètent des armes : ils jurent qu'elle a été tuée par la Guardia.

Ils venaient de retrouver la nouvelle route de Leon et on roulait plus vite sur le goudron... L'ancienne route avait dû être abandonnée, ne traversant exclusivement que les propriétés de Somoza et de leurs amis. Le chef de station sembla se décider brusquement et dit d'un ton plus mesuré :

— Ecoutez, il y a quelqu'un que vous devriez voir à ce sujet.

— Qui ?

— Doug Swiners.

— Pourquoi ?

— Il sait beaucoup de choses. Qu'il ne peut pas me dire officiellement. Mais qu'il vous lâchera peut-être officieusement, contre une petite prime. Ça vous évitera quelques conneries.

— Et le sandiniste qui avait rendez-vous avec miss Trent ?

— Il a été arrêté. Il est au secret dans une des planques de la Guardia.

— On peut le voir ?

L'Américain secoua la tête.

— Ça m'étonnerait. Ils sont assez secrets, depuis la nouvelle administration. Somoza considère

Jimmy Carter comme le frère de Fidel Castro. Il faut le comprendre.

— J'aimerais voir Swiners, dit Malko.

— C'est facile, approuva Henry Gall. Il n'y a qu'à traverser l'avenida Roosevelt. Il est basé au « Casino », de l'autre côté du monument Roosevelt. Je vais le prévenir. Il vous attendra au bar de l'*Inter* vers huit heures.

La savane pelée défilait de chaque côté de la route. Ecrasé de chaleur moite, oppressante, Malko se plongea dans ses pensées. Tout était troublant. Quelqu'un mentait. A lui de déterminer qui. C'était difficile, sans preuve. Il restait Swiners, le mercenaire.

*
* *

De dos, on voyait la légère tonsure, due à une calvitie précoce.

La petite moustache blonde était soigneusement taillée, les épaules larges tendaient le tissu bleu de la chemise largement ouverte. Une belle bête.

En face de lui, il y avait une fille, très brune, au visage doux et triangulaire, avec de très longs cheveux. Malko s'approcha. D'après la description de Henry Gall, ce ne pouvait être que le mercenaire Doug Swiners.

— Doug Swiners ?

L'autre leva ses yeux gris. Il avait le visage buriné, plein de petites cicatrices, avec de larges rides autour de la bouche et une mâchoire énergique. A côté de lui, la petite brune au décolleté provocant semblait minuscule.

— *Si*. C'est moi. Qui êtes-vous ?

Malko s'assit avant que l'autre le lui demande.

— Malko Linge. Je viens de la part de Mr. Gall.

Doug Swiners se dérida aussitôt.

— Ah ! parfait ! Qu'est-ce que vous buvez ? Un « flooded cañon » ? C'est pas trop dégueulasse.

— Une bière, dit Malko. Une Beck's.

— C'est Esmeralda, dit le mercenaire en désignant la brune.

La fille sourit en entendant son nom.

Le bar était plein et grâce au brouhaha on pouvait parler sans trop de mal. Ils attendirent que le garçon eût apporté les commandes, puis Malko se pencha en travers de la table.

— Je suis à la recherche de Brenda Trent. *Any idea ?*

Le mercenaire ne répondit pas tout de suite. D'abord, il adressa à Esmeralda un regard éloquent.

Docilement, elle se leva et sortit du bar. Il eut un large sourire pour Malko.

— Je n'aime pas parler business devant les femmes. Surtout dans ce foutu pays. Qu'est-ce que vous voulez savoir ?

— Ce qui est arrivé à Brenda Trent. La vérité.

Le mercenaire regarda pensivement son verre, puis leva les yeux sur Malko.

— Vous venez de Langley, n'est-ce pas ?

— Oui.

Il hocha la tête.

— Ce que je vais vous dire, je ne l'écrirai pas et il n'est pas question de me traîner devant une foutue commission du Congrès. Ici, je fais mon boulot. J'ai un contrat avec la Guardia et je suis bien payé. Je ne veux pas d'emmerdements, mais je comprends la position de la Company. C'est une histoire con. La petite a été imprudente, elle a voulu jouer les James Bond. Un rendez-vous avec un mec dangereux. Un sandiniste.

» Ça a marché, seulement la Guardia l'avait à l'œil. Ils ont tenté de l'arrêter. Il s'est défendu, il avait deux gardes du corps. On a tiré pas mal. La fille s'est trouvée entre les deux et a pris une balle de 50 dans la tête. Plus quelques autres ailleurs. Quand ils ont vu qu'elle était américaine, ils ont paniqué et l'ont enterrée sur place.

— Où cela s'est-il passé ?

— Dans les faubourgs de Managua. Pas loin d'ici.

— Où est-elle enterrée ?

— Je n'en sais rien. Et, si je le savais, je ne vous le dirais pas. Trop dangereux. Je tiens à prendre ma retraite. Et cela ne changerait rien.

Le brouhaha du bar continuait. Doug Swiners jouait avec son verre vide sans regarder Malko.

— Vous avez un indice matériel qui peut corroborer cette histoire ? insista celui-ci. Une preuve ?

Le mercenaire secoua la tête.

— *Nope*. Et on n'en aura pas. C'est une histoire lamentable. La faute du COS. Il n'aurait jamais dû laisser une *operation assistant* se lancer dans un truc pareil. Sans garantie et sans contact avec la BECAT. Voilà tout ce que je peux vous dire.

» Bon, je vais vous laisser maintenant, sinon, ma petite va s'impatienter. Vous êtes à l'hôtel ?

— Oui, fit Malko. Chambre 408-410.

— OK. C'est pour moi.

Malko suivit des yeux le mercenaire, qui récupéra dans le couloir sa conquête. De plus en plus perplexe. La vérité qui émergeait était plausible. Des bavures, il y en avait partout. Et des fausses informations aussi. Il ne restait qu'à passer à la seconde partie de la mission. Il se prépara à aller dîner. Il avait loué une voiture, une Cortina, et avait l'adresse d'un restaurant, le *Lobster Inn*.

La température n'avait pas baissé d'un degré. Sa voiture était dans le parking en face de l'hôtel. A côté des taxis. Au moment où il allait y monter, une silhouette surgit brusquement derrière lui. Fulvia, la jeune secrétaire des Droits de l'homme. En pantalon, avec son chemisier blanc moulant sa grosse poitrine.

— Señor Linge, fit-elle, je vous cherchais.

— Qu'y a-t-il ? demanda Malko.

Elle semblait terrorisée. Elle se retourna vers la masse du « Casino » militaire et dit rapidement :

— Il faut que je vous parle, mais pas ici.

— Montez, dit Malko.

Il la poussa dans la Cortina. D'ailleurs des gouttes énormes commençaient à tomber. Le temps qu'ils soient installés, l'averse s'était déchaînée, avec des éclairs et un roulement ininterrompu de tonnerre qui faisait penser à de l'artillerie. Les essuie-glaces ne balayaient que des torrents. Impossible de bouger. On n'y voyait pas à deux mètres. Malko mit la climatisation à fond pour chasser la buée. C'était un petit monde clos et confortable. Fulvia tourna vers lui un visage bouleversé.

— Ils l'ont tuée, dit-elle. Ils l'ont jetée vivante dans le volcan. Ce matin.

CHAPITRE VI

Instinctivement, Malko sut que Fulvia disait la vérité.

Elle le fixait de ses grands yeux marron pleins de détresse, les coins de sa bouche s'étaient abaissés, la pluie tambourinait sur la carrosserie. Comme si le fait de s'éloigner de l'hôtel eût changé les choses, il démarra, tourna à gauche dans la calle Colon, filant vers l'ouest.

— Où allez-vous ? demanda Fulvia. Je dois aller à l'Université.

Elle avait dit ça sans conviction.

— J'ai faim, dit Malko, vous avez peur, et nous avons besoin de parler. Je vous emmène au restaurant.

— *Bueno*, dit Fulvia docilement. Il y a le *Rincon* espagnol. Près du stade national. Un peu plus loin.

— Va pour le *Rincon*, fit Malko.

Quelques instants plus tard, il revint à l'essentiel :

— Qui vous a dit pour le volcan ?

— Des amis, dit Fulvia, qui nous renseignent. Je ne peux pas vous dire qui. Cela mettrait leur vie en danger. Mais il faut me croire. Le colonel Nuncio a envoyé un hélicoptère exprès pour chercher la señorita Trent.

— Où est ce volcan ? demanda Malko. C'est le Momotombo ?

— Non, c'est le Santiago. Il domine la route de Masaya. Il est facile à repérer, il y a toujours un panache de fumée sur la droite, vers le kilomètre 20. On peut y accéder par un chemin qui part de la route.

— Mais comment peut-on jeter quelqu'un dans le volcan ? demanda Malko.

Fulvia eut un sourire plein de tristesse.

— Vous verrez si vous y allez.

Malko ne répondit pas. La pluie avait un peu diminué, et il pouvait rouler plus vite.

— Je n'aurais pas dû vous parler, dit soudain Fulvia. Ils sont venus ce matin au bureau. Deux que je ne connaissais pas. De la BECAT. Ils m'ont dit qu'El Chigüin n'aimait pas les bavards. Qu'un jour je disparaîtrai, comme l'Américaine et que personne n'ira me chercher. C'est vrai, et j'ai peur.

Malko ralentit pour entrer dans le parking du restaurant. Il stoppa et passa un bras autour des épaules de Fulvia, effleurant ses cheveux crépus.

— N'ayez pas peur, Fulvia. Rien ne vous arrivera.

Elle ne répondit pas, et ils sortirent de la voiture, coururent jusqu'au restaurant. Des bouteilles tapissaient les murs, la plupart des tables étaient occupées, les gens parlaient fort. C'était la vie.

***

Malko n'était pas arrivé à terminer son *churrasco* (1), plus grand que son assiette.

Les yeux globuleux de Fulvia étaient brillants comme des étoiles. Le vin chilien et le Gaston de

(1) Grillade.

Lagrange commençaient à faire leur effet. Elle parlait fort et semblait avoir oublié sa peur. Malko demanda l'addition, Fulvia acheva son cognac et ils sortirent.

La pluie avait cessé et la chaleur était revenue, oppressante et moite.

Soudain, Fulvia sursauta et s'accrocha au bras de Malko, murmurant d'une voix blanche :

— Regardez, là, le taxi ! C'est El Chigüin.

Malko fixa la direction indiquée, aperçut une vieille américaine, un taxi avec deux hommes à bord, dont l'un avait un chapeau de couleur claire.

— C'est un taxi, dit-il.

Fulvia tremblait contre lui.

— Non, souffla-t-elle. C'est un faux taxi. Ils font toujours comme ça quand ils veulent enlever quelqu'un. Ce matin, les deux qui sont venus m'ont dit qu'on m'ouvrirait le ventre et qu'on me jetterait dans le lac. Il paraît qu'avec le ventre ouvert on ne flotte pas.

— Venez, dit Malko.

Il démarra. Aussitôt, le « taxi » en fit autant et prit aussi à gauche. Fulvia, qui se retournait toutes les trente secondes, gémit :

— Ils vont me tuer !

— Non, dit Malko, je vous emmène à l'hôtel.

Fulvia se laissa tout à coup tomber sur son épaule.

— Protégez-moi ! dit-elle, j'ai si peur ! Mais je ne veux pas aller à l'hôtel. Tout le monde va me voir.

Malko filait le long de la calle 25 de Mayo. Le taxi était toujours là. La masse de l'*Intercontinental* apparut devant eux. Malko s'arrêta dans le parking sombre et se mit à caresser les cheveux crépus et doux où ses doigts s'enfonçaient comme dans du gazon... Fulvia leva son visage vers lui. Sa grosse poitrine molle s'écrasait contre le bras de Malko. Le regard flou, elle avança la bouche vers Malko, l'entrouvrit, et sa langue vint à la rencontre de la sienne. Ils échangèrent un baiser passionné, et elle commença à gigoter sur la banquette, comme si elle était assise sur des fourmis.

Malko avait oublié la voiture qui les suivait. Soudain, il aperçut la masse plus sombre dans le rétroviseur et arracha sa bouche de celle de Fulvia.

— Venez, dit-il.

Elle secoua la tête.

— Je veux rentrer chez moi.

Entêtée. Ce n'était pourtant pas pour sauver sa vertu. Le baiser qu'elle venait d'échanger avec Malko ne laissait aucun doute sur ses dispositions. C'était une créature de feu, et Malko était parfaitement à son goût.

— Vous pouvez rester avec moi ? demanda-t-elle timidement. Si vous êtes là, ils n'oseront rien faire. Je dormirai par terre.

— Très bien, dit Malko. Où habitez-vous ?

— Reparto Las Brisas, c'est très loin à l'ouest.

Il remit en route. Ils descendirent vers le lac puis tournèrent à gauche, filant dans les grandes avenues désertes. Fulvia demeurait blottie contre Malko et à chaque mouvement du volant il effleurait les cheveux crépus. Le « taxi » suivait toujours. Après un grand *no man's land*, ils entrèrent dans une rue étroite où de petites maisons s'alignaient, serrées les unes contre les autres.

— C'est là, dit Fulvia.

Malko se gara. Le « taxi » les dépassa lentement, et il vit le chapeau de toile blanche, à côté du chauffeur.

Fulvia était déjà en train d'ouvrir sa porte. Il y avait une pièce unique, tout en longueur, donnant sur un microscopique jardin. Cela sentait le moisi. Elle alluma. Le lit se trouvait au fond, posé à même le sol, protégé des regards par une bibliothèque. Seul signe de civilisation : un téléphone Siemens noir.

— Il ne marche pas, dit Fulvia, les rats ont mangé les câbles.

Elle tira la grille de la porte et s'approcha de Malko. Très simplement, ils reprirent leur étreinte là où ils l'avaient laissée. Le vin chilien avait une excellente influence. Fulvia grimpait le long de Malko, comme un petit écureuil lubrique, l'embrassant, le mordillant, le déshabillant. Sans qu'il sache très bien comment, elle se débarrassa de son pantalon et de ses chaussures, rapetissant encore. Ils oscillèrent ainsi jusqu'au matelas et s'y laissèrent tomber.

Lorsque Malko posa les doigts sur le ventre plat à la peau brûlante, Fulvia décolla littéralement du matelas. C'était ce qu'il est convenu d'appeler un coup superbe. Elle semblait avoir chassé de son esprit toute peur.

Elle malaxait Malko presque avec brutalité, puis, sans préavis sa bouche le goba comme un lézard avale une mouche. Agenouillée à côté de lui, elle s'adonna à une fellation échevelée, ses seins un peu flasques battant la mesure. Jusqu'à ce que Malko y mette fin en la clouant sous lui d'un coup de rein. Ce qui arracha à Fulvia un grognement ravi.

Dix ongles se plantèrent dans son dos. Fulvia agitait ses reins avec une telle violence qu'elle l'arracha d'elle. Pour le remettre aussitôt en place. Les yeux fermés, les traits crispés, elle faisait l'amour comme si sa vie en dépendait. Malko, désireux de changer de rythme, se laissa aller sur le dos. Aussitôt, Fulvia l'enfourcha comme un cheval. Ses seins dansaient une sarabande effrénée devant le visage de Malko.

Puis elle poussa un cri bref et brutal et s'affala

sur lui, pantelante. Malko sentait son cœur battre contre sa poitrine. Il enfonça les doigts dans les cheveux crépus et Fulvia posa ses lèvres brûlantes dans son cou, ronronnant :

— Tu es un *hombre caliente* (1) !

En tout cas, elle était insatiable. S'allongeant sur lui, elle recommença à bouger, plus doucement, jusqu'à ce que Malko soit de nouveau présentable. Alors, elle bascula sur le côté et s'amusa à le caresser avec ses cheveux crépus, le plantant dedans comme une pointe Bic. Le contact des cheveux crépus contre la peau ultra-sensible était extraordinairement aphrodisiaque. Après quelques galipettes fiévreuses, Malko se retrouva derrière Fulvia, soudé à elle jusqu'à la garde. Aussitôt, elle appuya ses deux mains contre le mur comme pour mieux s'offrir à ses coups de boutoir. Cette frénésie finissait par réveiller ses mauvais instincts. Lorsque Malko lui saisit les hanches, cherchant à l'immobiliser, Fulvia réalisa parfaitement ce qu'il voulait.

Elle tenta de s'y dérober, tout en restant dans la même position... Malko glissait lentement vers son but. Fulvia poussa un petit gémissement et dit quelques mots espagnols. Quand Malko la pénétra légèrement d'un petit coup de reins, elle cria, mais cette fois sans chercher à se dégager. Il s'enfonça dans ses reins doucement, millimètre par millimètre. Elle ne bougeait plus, le dos couvert d'une sueur froide. Il se pencha :

— *I hurt you* (2) ?

Fulvia secoua négativement la tête, et il s'enfonça de plus belle. Lorsqu'il explosa, elle poussa un cri qui n'était pas de douleur. Arc-boutée sous lui, elle tremblait de tous ses membres. Puis ils se détachè-

(1) « Tu es un chaud lapin. »

(2) « Je te fais mal ? »

rent l'un de l'autre. Fulvia rampa sur le lit et mit une cassette de flûte indienne. Malko, allongé sur le dos, récupérait. Cette folie érotique n'était plus de son âge. Et il avait honte d'avoir sodomisé ainsi une femme venue se mettre sous sa protection. Calmé par la musique nostalgique, il se remit à penser. Qui suivait-ton ? Lui ou elle ? L'histoire de Brenda Trent jetée dans le volcan lui paraissait si monstrueuse qu'il ne voulait pas y croire.

Fulvia l'observait avec un sourire ravi. Il l'attira contre lui.

— Fulvia, je dois être certain pour Brenda Trent. C'est très important.

Elle le fixa, ses yeux marron cernés de bistre, la peur de nouveau dans les prunelles.

— *Claro. Es certo*, dit-elle. Mais on n'aura jamais de preuves. Les gens de la Guardia ont déjà jeté des gens dans le volcan. Des *campesinos*. Mais jamais encore un gringo...

— Je voudrais aller voir ce volcan, dit Malko.

— Oh ! c'est facile, dit Fulvia, mais vous ne verrez rien. Au fond du cratère, il y a un trou avec de la lave. C'est là qu'ils...

— J'irai quand même demain, insista Malko.

Il se mit sur le côté, tant la peau de son dos le brûlait. Fulvia avait des ongles comme des griffes.

— Je connais la fille qui garde le volcan, dit-elle, à l'entrée du parc national. Manuela. Parlez-lui de ma part. Elle a peut-être vu quelque chose.

Elle fixa Malko avec inquiétude.

— Vous restez dormir, vraiment ?

— Bien sûr, dit Malko.

Le matelas à même le sol était moins confortable que la suite de l'*Intercontinental*, mais Fulvia était vraiment en danger. Il s'allongea près d'elle, et elle éteignit. La musique continuait dans le noir. Il ne s'aperçut pas qu'il basculait dans le sommeil. Lorsqu'il rouvrit les yeux, il voyait le jour à travers la fenêtre. Fulvia dormait en boule, nue, et il faisait atrocement chaud. Sa montre indiquait six heures. Il n'y avait plus de danger. Il se leva et s'habilla.

Fulvia ouvrit un œil chiffonné et, comme une somnambule, lui ouvrit la porte.

Se guidant sur le soleil, il prit la route du centre. Le spectacle des rues désertes et des ruines omniprésentes était fantastique et sinistre. A sa gauche, le lac Managua faisait une grande tache jaune. Le *Palacio Nacional* et la cathédrale brillaient dans le soleil levant, comme les vestiges d'une ancienne civilisation. Managua était sûrement la seule ville au monde qui ne craigne rien d'un tremblement de terre force 8; tout était déjà détruit.

***

La carretera del Oriente descendait en pente douce et rectiligne, bordée de centres commerciaux et de larges zones non construites. Droit sur Masaya.

Peu à peu, les constructions firent place à une savane rabougrie plate comme la main. Malko surveillait son compteur. Kilomètre 20. Sur la droite de la route, dans le lointain, le Santiago dressait sa silhouette conique, sous un ciel blanc et bas.

Il aperçut sur sa droite un chemin qui se mettait à courir parallèlement à la route, un peu en contrebas. Il s'y engagea et, cinq cents mètres plus loin, il arriva devant un portail de bois flanqué d'une cabane. Une piste partait vers le volcan, serpentant au milieu des rochers noirs. Il klaxonna, et une ravissante brune bizarrement coiffée d'un casque en latanier surgit de la cabane et ouvrit le portail.

— Vous voulez visiter, señor ? N'allez pas trop vite... A cause de la poussière. C'est un parc national.

— Je suis un ami de Fulvia, dit Malko en descendant de voiture. Vous êtes Manuela ?

Aussitôt, le visage triangulaire de la fille s'éclaira.

— Fulvia ? Comment va-t-elle ? Je ne l'ai pas vue depuis longtemps. Elle s'occupe toujours des Droits de l'homme ?

— Oui, dit Malko. C'est même comme cela que je l'ai connue. Vous voyez beaucoup de gens ici ?

Il était content de savoir que les deux filles ne s'étaient pas parlé récemment. Manuela secoua la tête.

— Il y a peu de visiteurs. Le Nicaragua fait peur à tout le monde. Qu'est-ce que vous faites ?

— La même chose que Fulvia, mais aux Etats-Unis, dit Malko. J'enquête sur la disparition d'une Américaine.

Manuela baissa les yeux.

— Il y a beaucoup de violence et de disparitions dans notre pays.

— Vous n'avez rien remarqué d'insolite, ces jours-ci ? demanda Malko.

Manuela le regarda, surprise. Son casque lui donnait un curieux air militaire.

— Non. Il y a seulement eu un hélicoptère qui a survolé le cratère, hier matin. Cela arrive de temps en temps... Des visiteurs de marque, invités du gouvernement.

— Il s'est posé ? demanda Malko.

— Je ne sais pas, on ne peut pas voir d'ici. Il est descendu dans le cratère.

Un hélicoptère... Malko avait l'impression d'avoir reçu un coup de poing dans l'estomac.

— On peut facilement descendre au fond du cratère ? Sans équipement ?

— Sans équipement, c'est difficile, dit Manuela, les parois sont très abruptes. Pourquoi ?

— Pour rien, dit Malko.

Il lui serra la main et remonta dans la Cortina. La piste de lave serpentait d'abord sur le plat, puis commença à monter en lacets, le long du volcan. C'était absolument désert. Malko déboucha enfin au bord du volcan. Il se gara et descendit, admirant le spectacle impressionnant : le cratère mesurait plus d'un kilomètre de diamètre et environ trois cents mètres de profondeur. Le fond était plat, les pentes presque verticales, sauf sur la droite de Malko. Un panache de fumée montait du fond, mais il ne vit rien qui ressemblait à de la vie. Plusieurs fissures dans les parois latérales laissaient échapper des fumerolles. L'endroit était absolument désert, d'une beauté à couper le souffle.

Un oiseau vert émeraude frôla les cheveux de Malko et plongea dans le gouffre. Il y en avait des milliers, partout, filant comme des traits verts. Un chemin taillé dans la lave faisait le tour du cratère. Malko remonta dans la voiture et le suivit, allant dans le sens des aiguilles d'une montre. Il se retrouva de l'autre côté, là où le chemin se terminait en cul-de-sac, en face de l'endroit où il avait débouché.

Cette fois, il vit immédiatement la tache rouge au fond du cratère. De la lave bouillante d'un brillant rouge-orange qui affleurait la roche plate, presque au milieu, un peu en contrebas du fond.

Malko contempla la tache rouge-orange un long moment. A part les oiseaux, le silence était absolu. Il lui sembla que devant lui, à droite, la pente intérieure du volcan était moins verticale. Il partit à pied, longeant le bord, et parcourut environ cinq cents mètres. Effectivement, c'était très raide, mais on pouvait se laisser glisser. Ce qu'il fit. Tant bien que mal, il parvint au premier tiers et s'arrêta sur une plate-forme, puis leva la tête. Le chemin de ronde semblait maintenant très loin. Il continua à descendre, s'accrochant aux aspérités de la roche, friable, soulevant des flots de poussière noire, et s'arrêta pour se reposer à côté d'une fissure d'où sortaient des vapeurs sulfureuses qui le firent tousser. Curieusement, la chaleur n'avait pas augmenté. Dans le dernier tiers, la pente était beaucoup plus douce.

Enfin, il atteignit les roches plates formant le fond du cratère. Il s'arrêta, essoufflé. L'impression était saisissante. Il posa la main sur le sol, c'était à peine tiède. Pourtant, la faille où bouillonnait la lave en fusion s'ouvrait à deux cents mètres de lui. Il s'y dirigea, regardant soigneusement où il mettait les pieds.

De près, elle était énorme. Un trou de quarante mètres de diamètre environ. La chaleur commençait à être beaucoup plus sensible, et il se mit à transpirer abondamment. Un grondement sourd montait du trou. Il s'arrêta à deux ou trois mètres de l'ouverture. L'air était brûlant.

Il commençait à regretter d'être descendu dans ce cratère... A quoi bon ? Il n'apprendrait rien de nouveau sur le sort de Brenda Trent. Il fallait remonter. Un ultime mouvement de curiosité le poussa à s'approcher de l'ouverture. Pour ne pas avoir le visage brûlé, il se mit à quatre pattes et avança précautionneusement la tête. La lave bouillonnait à vingt mètres en contrebas, ce qui expliquait la température relativement fraîche du sol. Les parois du puits étaient presque verticales, avec de nombreuses aspérités de lave solidifiée. Ensuite il y avait un second plan incliné qui menait au puits où rougeoyait la lave en fusion.

Malko allait reculer lorsque son regard fut accroché par un objet coincé près d'une aspérité, non loin du bord. Il retira la tête pour reprendre son souffle, puis avança de nouveau. Son cœur s'arrêta de battre.

C'était une chaussure racornie, tordue, noircie par l'air brûlant, mais quand même une chaussure. Mettant son mouchoir devant sa bouche, pour filtrer l'air plein de scories, Malko avança à l'extrême limite. Il eut l'impression de mettre la tête dans un four, de cuire littéralement. A tâtons, les yeux fermés, il envoya le bras en avant, s'avançant dans le vide. S'il basculait, il filait directement dans la lave à des milliers de degrés; il serait cuit, carbonisé en une fraction de seconde. Ses doigts accrochèrent quelque chose de dur.

Le talon de la chaussure.

Il tira, et elle vint facilement. D'un dernier effort, il recula, la tenant solidement. Puis il roula sur lui-même, reprenant son souffle. Ses yeux le brûlaient, ses poumons aussi. Il eut une violente quinte de toux et s'éloigna de l'ouverture en courant. Enfin, il examina ce qu'il avait ramené. C'était un mocassin, racorni et déformé, mais parfaitement reconnaissable..., une chaussure de femme. Il demeura immobile, glacé d'horreur. Fulvia avait dit la vérité, tous les autres mentaient. La jeune *operation assistant* de la CIA avait bien été jetée dans la lave brûlante. Peut-être vivante. La rage le disputait à l'horreur. Il étouffait. Il avait hâte de venir déposer ce macabre débris sur le bureau de Henry Gall. Et de venger Brenda Trent.

Sans s'attarder davantage, il se dirigea vers la paroi par laquelle il était venu et commença à remonter. Il avait coincé le mocassin dans sa ceinture, pour ne pas être gêné, mais très vite ses poumons le brûlèrent. C'était beaucoup plus dur que pour descendre. Après avoir grimpé à peine le quart, il dut s'arrêter, en sueur, le cœur cognant contre ses côtes.

Il leva la tête pour mesurer la distance qu'il lui restait encore à parcourir et eut un choc.

Plusieurs silhouettes penchées au bord du chemin de ronde l'observaient.

*
* *

Malko essuya la sueur qui coulait dans ses yeux et maudit son émotivité. Il était dans un site touristique. Il n'y avait rien d'étonnant à ce qu'il y ait des visiteurs. Il reprit son ascension, collé à la roche noire, le souffle court. Cinq minutes s'écoulèrent, puis il y eut un bruit sec, sourd, loin au-dessus de lui, et presque aussitôt un sifflement. Malko leva la tête assez vite pour voir un morceau de lave voler en éclats à quelques mètres de lui.

On venait de tirer sur lui !

Instinctivement, il s'aplatit derrière une arête de basalte et regarda vers le haut du cratère. Cinq hommes avaient pris position au bord du cratère. Armés de fusils. Une seconde détonation claqua, répercutée par les parois du cratère, et une balle fit jaillir un petit geyser de poussière noire à vingt mètres de Malko.

Puis une autre, plus près. Et encore une autre.

Malko recula précipitamment, cherchant un abri derrière une corniche. Il ne voyait plus le chemin de ronde, mais on ne pouvait plus le voir non plus.

« Bang, bang, bang... » Les détonations continuaient. Un projectile passa au-dessus de lui, miaulant curieusement. Malko ne pouvait pas rester là indéfiniment. S'il reprenait son ascension, ses adversaires allaient l'abattre facilement. Rester sur place ne menait à rien. Il était trop tôt pour qu'il puisse attendre la nuit.

Le silence retomba. Au bout de dix minutes de calme, il risqua un œil. Bien lui en prit. Trois hommes descendaient vers lui. Deux soldats, le fusil en bandoulière, et un civil avec un chapeau blanc.

Deux étaient restés en haut. En voyant Malko, ils se remirent à tirer, et il recula précipitamment.

C'était l'hallali. Dans quelques minutes, les tueurs allaient être sur lui. Il avait un peu tard la réponse à une question qu'il s'était posée la veille. C'était bien lui qu'El Chigüin, le tueur de la Guardia, suivait. Il allait disparaître comme Brenda Trent.

Cette idée le mit dans une rage folle. Déboulant brutalement, il se laissa glisser sur la pente vers le fond du cratère au milieu d'un nuage de poussière noire. Il entendit des cris et de nouveaux coups de feu. Mais les projectiles passèrent assez loin.

Heureusement, les tueurs n'avaient pas de lunettes. A deux cents mètres, il ne risquait pas grand-chose. Juste un coup de chance. De malchance pour lui... Haletant, il déboula enfin sur la surface plate. Son idée était simple : tenter de remonter par l'autre paroi du cratère, en face de lui, parvenir à la crête et disparaître derrière... Une chance sur cent. Mais il n'avait pas le choix. En procédant ainsi, il s'éloignait des tueurs embusqués sur le chemin de ronde. Courant à perdre haleine, il contourna le trou de la lave. Une balle siffla à ses oreilles. Un Garand. Bon matériel américain... Il allait aborder la vraie pente encore plus raide lorsqu'un bruit caractéristique lui fit lever la tête.

Un hélicoptère blanc tombait comme une pierre dans le cratère. Juste au-dessus de lui. Sans même chercher à remonter la paroi, il resta immobile, hors d'haleine. Les coups de feu s'arrêtèrent. L'appareil atteignit le fond du cratère, vingt mètres devant lui, se balançant légèrement, et se posa sur ses patins. A cause du soleil se reflétant dans le plexiglas du cockpit, il ne pouvait voir à l'intérieur. Mais il n'avait aucune illusion à se faire. Les soldats étaient en train de dégringoler à toute vitesse vers lui, les autres gardaient le haut. Les occupants de l'hélicoptère venaient assister à ses derniers instants.

Le bain de lave ou la balle de Garand. Ou les deux.

La gorge sèche, Malko fit face. Détaché et amer, le cerveau vide, il fallait bien que cela arrive un jour. Alors, pourquoi pas au fond d'un cratère de volcan, en Amérique centrale. Il y avait eu des morts plus insolites à la CIA.

Le panneau de plexiglas de l'hélicoptère bascula. On venait lui donner le coup de grâce.

CHAPITRE VII

Un homme sauta de l'hélicoptère. Doug Swiners, le mercenaire. Bien qu'il eût un pistolet à la ceinture, il se dirigea vers Malko les bras ballants. En le voyant, les soldats s'arrêtèrent net. Malko resta sur place, ne sachant plus que penser. Machinalement, il ferma sa veste de toile. Si Swiners voyait la chaussure de Brenda Trent, il était mort. Dès qu'il fut à portée de voix, l'Américain cria :

— Bon Dieu, qu'est-ce que vous foutez ici ?

Malko sentit la tension de sa voix. Le mercenaire n'était pas venu par hasard. Mais il fallait jouer le jeu. Il s'approcha.

— Je pourrais vous poser la même question...

Doug Swiners était à un mètre de lui, les yeux dissimulés derrière ses Ray-Bans.

— Des sandinistes ont attaqué une villa à Las Colinas, dit-il. On les traque. Une patrouille a aperçu un homme qui se dissimulait dans le cratère et vous a pris pour l'un d'eux. Ils m'ont prévenu par radio. Heureusement que j'avais des jumelles et que je vous ai reconnu !

— Vous ne faites pas de prisonniers ? demanda Malko.

Swiners ne broncha pas.

— Le moins possible, dit-il calmement. Mais qu'est-ce qui vous a pris ?

Malko fixa les Ray-Bans, sans ciller.

— Je suis venu visiter ce cratère et j'ai eu envie de descendre dedans, pour voir la lave de plus près. Fascinant. Non ? C'est la première fois que je vois un volcan en activité...

L'Américain secoua la tête.

— Vous êtes dingue... Venez, je vais vous remonter.

Malko le suivit jusqu'à l'hélicoptère et prit place sur la banquette arrière, tandis que Swiners remontait à l'avant, à côté du pilote, un Nicaraguayen. L'appareil s'arracha aussitôt, montant verticalement le long des parois de basalte, faisant fuir les oiseaux verts. Malko essayait de comprendre. Swiners lui avait sauvé la vie. Mais pas pour les raisons qu'il avait données. Deux agents de la CIA disparus coup sur coup, cela faisait beaucoup... Le mocassin racorni appuyait sur son estomac. C'était la preuve qu'il lui fallait. Le clin d'œil du destin.

L'appareil bascula sur la gauche émergeant du cratère. Un 4 x 4 militaire était garé à côté de la voiture de Malko. L'hélicoptère se posa doucement. Swiners se retourna vers Malko.

— Bon retour. Et ne faites plus ce genre de conneries...

A peine Malko à terre, l'hélicoptère s'arracha et fila de côté comme un crabe. Les deux soldats qui avaient tiré sur lui le fixaient d'un air bovin. L'un d'eux esquissa un sourire. Pas méchant. Une bête. Malko monta dans sa voiture et se hâta de filer. C'était trop beau. Il sortit de sa ceinture le mocassin, l'examina tout en roulant. C'était bien une chaussure de femme. Ce petit bout de cuir allait déclencher pas mal de choses.

Dix minutes plus tard, il arrivait à l'entrée. La fille en casque lui fit signe d'arrêter et se précipita sur lui.

— Mon Dieu, j'étais inquiète ! Ils sont venus tout de suite derrière vous. Ils vous suivaient. Un véhicule de la BECAT.

— Ça s'est bien passé, dit Malko. Ils m'ont même aidé à sortir du cratère.

Elle le regarda sans comprendre. Dès qu'il eut regagné la route goudronnée, il appuya à fond sur l'accélérateur. Direction l'ambassade américaine.

***

Henry Gall, très pâle, les bras le long du corps, debout derrière son bureau, fixait le mocassin racorni comme si c'était un cobra. Il passa nerveusement la main sur son menton, réprimant un tic qui lui tordait un côté du visage.

— *I can't believe it* (1), murmura-t-il. Jamais je n'aurais pensé... Ce n'est pas possible, le colonel Nuncio est un homme parfaitement honorable.

— Ne dites pas de bêtises, coupa sèchement Malko. Un peu plus et je me retrouvais dans la lave, moi aussi. Brenda Trent est morte. Jetée dans le volcan.

— *God !*

L'Américain secouait la tête, en silence. Décomposé. Peut-être pas seulement à cause de la jeune femme... Le téléphone sonna. Il répondit d'un jappement et raccrocha, puis il fixa Malko.

— Qu'allez-vous faire ?

— Prévenir Langley, dit Malko, et mettre cette chaussure en sûreté. Vous avez un coffre, ici ? Il n'y a que vous et moi qui connaissons l'existence de cette chaussure. Donc, il n'y a aucun risque de fuite, n'est-ce pas ?

La voix de Malko s'était faite plus coupante.

(1) « Je ne peux pas y croire. »

— Vous ne croyez tout de même pas..., protesta le chef de station d'une voix blanche.

— Je ne crois rien, dit Malko, j'ai envie de repartir vivant du Nicaragua. Maintenant, j'aimerais envoyer un message. Christopher est là ?

*
* *

Malko dormait profondément lorsque la sonnerie du téléphone l'arracha de son sommeil. Il était sept heures du matin.

— Señor, on vous demande de l'aéroport, fit la voix du standardiste.

Il y eut un blanc, puis la voix rêche de Jim Thorp, le Deputy Director of operations :

— Ici Jim Ross, Mr. Linge, désolé de vous réveiller, mais je viens d'arriver... Je voudrais vous voir. Immédiatement.

Ross était le pseudonyme utilisé par le DDO.

— Très bien, dit Malko.

— Je vous attends à la résidence de l'ambassadeur dans une demi-heure. Pour le breakfast, conclut le DDO.

Malko raccrocha, s'arracha du lit et se jeta sous la douche.

La CIA n'avait pas été longue à réagir. Même pas vingt-quatre heures.

*
* *

Le mocassin racorni et brûlé de Brenda Trent était posé sur la table basse, à côté des tasses de café, insolite. Malko regarda les trois hommes assis autour de la table. Il en connaissait deux : Jim Thorp, Deputy Director of Operations, et Georges Mean, le patron de la Central America Division. Le troisième était un homme de haute taille, avec des cheveux gris, des lunettes aux verres très épais, l'air sérieux et compassé. Jim Thorp le présenta :

— Mr. Linge, voici Mr. Trent. Le père de Brenda. Il a tenu à nous accompagner. Nous avons pris un Learjet de la Company.

Georges Trent serra longuement la main de Malko.

— Mr. Linge, j'aimerais que vous me fassiez le récit de tout ce qui s'est passé depuis votre arrivée. Sans rien omettre.

Malko commença. Georges Mean et Jim Thorp écoutaient, impassibles. La résidence était une superbe demeure de style hispanique, au sommet d'une colline dominant la carretera del Sur. Vestige de la lune de miel avec Somoza. Le récit dura dix minutes. Lorsque Malko se tut, les trois Américains se regardèrent. Georges Trent ôta ses lunettes et les essuya avec son mouchoir.

— Pourriez-vous nous attendre dans le patio, Mr. Linge ? demanda Jim Thorp.

Malko, sans se formaliser, se leva et sortit. L'air embaumait, la vue était superbe. Dans le lointain, on apercevait les volcans et l'eau limoneuse du lac Managua. Vingt minutes s'écoulèrent avant que Jim Thorp le rejoigne. L'Américain s'assit en face de lui.

— Mr. Trent vous remercie, dit-il. Il sait que votre histoire reflète la vérité et va repartir pour Washington avec nous. Malheureusement, nous ne pouvons rien faire de plus pour lui. C'est une terrible histoire.

— Terrible, fit Malko en écho.

Jim Thorp attendit quelques secondes pour dire :

— Vous, vous restez.

A ce moment, Georges Mean surgit à son tour, l'air sombre, fumant nerveusement. Il eut un geste signifiant à Jim Thorp qu'il pouvait continuer.

— Le chef de station ne peut être déplacé immédiatement, dit-il. Mais il ne perd rien pour attendre.

Nous avons évoqué le problème de miss Trent avec l'ambassadeur, et je peux vous dire qu'il fera tout pour vous faciliter la tâche.

— Quelle tâche ? demanda Malko.

C'est Jim Thorp qui répondit :

— Liquider Somoza, dit-il d'une voix calme. L'histoire Brenda Trent est la goutte d'eau qui fait déborder le vase.

Devant la réticence visible de Malko, Jim Thorp se hâta d'ajouter :

— On ne vous demande pas de le liquider physiquement. Mais de coordonner les différentes oppositions afin de créer une pression telle qu'il soit obligé de démissionner. Il faut décider Ruben Dario à marcher avec nous. J'ai pris la liberté de demander à l'ambassadeur de vous organiser un dîner. C'est fait. Au *Country Club* de Nejapa, ce soir. Il viendra vous chercher à l'hôtel.

— Bien, dit Malko.

Jim Thorp alluma une Rothmans et dit :

— Nous ne savons pas si Somoza était au courant pour Brenda Trent. Je pense que non. Il est trop intelligent pour avoir laissé faire une connerie pareille. Mais il y en a deux qui savaient : le colonel Nuncio et Swiners. Ces deux-là...

Malko ne répondit pas. C'était la première fois que la CIA lui demandait officiellement d'organiser une révolution. Prenant sa réflexion pour une hésitation, Georges Mean se pencha vers lui.

— Je dois vous avertir, Mr. Linge. Somoza et sa clique ne vont pas se laisser faire. Ils feront tout ce qui est en leur pouvoir pour vous liquider. Ce sont des gens brutaux. Désespérés. Quant aux sandinistes, ils ne nous aiment pas beaucoup. Je pense que votre meilleure chance, c'est Ruben Dario. Officiellement, nous ne pourrons pas vous aider. Somoza a encore trop d'amis à Capitol Hill.

— Je comprends, dit Malko.

Il revoyait la lave rouge-orange et le mocassin accroché à la paroi noire. Il fallait quand même que quelqu'un paie...

— Eh bien, souhaitez-moi bonne chance, dit Malko en souriant. J'en aurai besoin...

Jim Thorp le regarda avec gravité.

— Brenda Trent n'avait que des amis, dit-il. Nous repartirons dans la journée pour Washington, mais toute l'agence est derrière vous. Et Dieu aussi.

***

Ruben Dario chuchotait presque, comme si quelqu'un avait pu surprendre leur conversation. Pourtant l'immense salle à manger du *Country Club* de Nejapa, qui pouvait contenir deux cents personnes, n'avait qu'une table occupée. La leur.

— La vie s'arrête partout, señor Linge, la grève générale. Ils veulent le départ de Somoza.

— Les gens viennent plus tard ? demanda Malko.

Ruben Dario secoua la tête. Il ressemblait à une petite momie toute chiffonnée, fragile comme une porcelaine, flottant dans un costume noir un peu luisant.

— Les gens n'osent plus sortir. Ils ont peur. Avant il fallait réserver trois jours à l'avance.

Les *margaritas* arrivèrent, mélange de rhum blanc et de sirop. Ruben Dario dut prendre son verre à deux mains tant ses doigts tremblaient. Malko l'observait, consterné. Si c'était tout ce que la CIA avait trouvé à se mettre sous la dent !

Ils commandèrent leur dîner : des huîtres noires et l'éternel *churrasco*. Malko se jeta à l'eau, avant même d'avoir fini son *margarita*.

— L'ambassadeur vous a-t-il parlé du but de notre rencontre ?

Ruben Dario répondit avec un sourire bien jovial et bien lâche :

— Non, je crois que vous voulez investir dans le café, c'est une bonne idée. Surtout en ce moment... Tout est à vendre. On trouve de la très bonne terre, du côté de Matagalpa, à huit mille dollars l'acre...

— Je ne veux pas investir dans le café, coupa Malko. Je suis chargé de vous demander si vous accepteriez de former un gouvernement de transition. Pour sortir du somozisme.

Ruben Dario souriait.

— Certainement, señor Linge. A une seule condition.

— Laquelle ?

— Que Somoza soit mort.

— Accepteriez-vous d'être candidat contre Somoza ? demanda-t-il.

Le vieillard reposa son verre et continua, du sel encore sur les lèvres :

— Señor, il y avait à Managua un journaliste, Gaetan Chamarro. Tous les jours, dans *la Prensa*, il attaquait Somoza. Un jour, en janvier, il est parti de son bureau en voiture. Une autre voiture l'a coincé en face de la Bank of America. Ils l'ont tué à coups de riot-gun. Sa tête était en bouillie. On n'a jamais arrêté les assassins...

» Je ne veux pas avoir le même sort. J'ai survécu au tremblement de terre de 72. Je ne tenterai pas le destin une seconde fois. Si l'ambassadeur ne me l'avait pas demandé, je n'aurais jamais dîné avec vous.

Malko sentit que ce n'était pas la peine d'insister. On ne lutte pas contre ce genre de peur... Ils finirent leur dîner presque en silence, évitant les sujets brûlants. Au dessert, le vieil homme posa sa main ridée sur celle de Malko.

— Je peux vous donner un conseil, señor Linge ? Quittez Managua.

Ils sortirent de l'immense salle, toujours aussi déserte.

Le vieillard se dirigea à petits pas vers la Mercedes et soupira :

— Quel dommage que les Américains n'aient pas compris plus tôt ! Il est plus facile d'étrangler un bébé tigre qu'un tigre adulte. Maintenant, il est trop fort.

Ils regagnèrent l'hôtel par un grand boulevard sinistre et vide, qui courait d'est en ouest, la pista de Enlace. Tandis qu'ils roulaient, Ruben Dario dit avec un petit rire aigrelet :

— Señor Linge, ne cherchez pas à me revoir. C'est trop dangereux. Ou alors revenez avec la tête d'Anastasio Somoza. Je vous recevrai tout de suite.

***

Deux soldats se levèrent en voyant Malko sortir de l'ascenseur et marchèrent sur lui. Il eut brusquement l'impression que son estomac se chargeait de plomb. Cela avait dû se passer comme ça pour Brenda Trent.

Mais le premier, arrivé à trois pas de Malko, claqua des talons, salua et lui tendit une enveloppe blanche.

— De la part du señor Coronel Otero Nuncio, annonça-t-il d'une voix de stentor.

Demi-tour réglementaire : ils étaient partis. Malko ouvrit l'enveloppe.

A l'intérieur il n'y avait qu'une carte. Le colonel Nuncio l'invitait pour le lendemain, lundi, à un dîner donné en l'honneur de la señora Mercedes Puntas. Tenue de soirée. Le dîner dont le colonel avait parlé à Malko, deux jours plus tôt. Etant donné ce qui s'était passé, ce pouvait être une tentative de conciliation ou une déclaration de guerre...

*
* *

La Cortina était un four incroyable. De gros nuages blancs se préparaient à crever au-dessus du lac Managua. Il y avait peu de trafic : la grève générale et le dimanche. Comme si on avait chassé un dictateur avec une grève... L'option Ruben Dario envolée en fumée, il ne restait comme alliés à Malko pour renverser Somoza que les sandinistes. Fulvia pourrait probablement lui arranger un contact.

Il faillit dépasser le bureau des Droits de l'homme. La grille était fermée. Réalisant que Fulvia ne travaillait sûrement pas le dimanche, Malko fit demi-tour et tourna dans la rue des Capucins. Le même gamin lui ouvrit, et il demanda à voir le père Thomas.

Même cérémonial. Le rocking-chair grinçait toujours. Mais, cette fois, le religieux se leva tout de suite et toisa Malko.

— Que voulez-vous ? demanda-t-il sans lui serrer la main.

Son ton était nettement froid.

— Je voulais voir Fulvia, dit Malko. Mais je suppose que le dimanche...

— Vous ne saviez pas qu'elle a été arrêtée hier matin ? fit le capucin, impassible.

Malko crut recevoir un coup de poing en plein visage.

— Arrêtée ! Mais pourquoi ?

Le père Thomas haussa les épaules.

— Est-ce qu'on sait pourquoi on vous arrête, dans ce pays ? Vous devez être au courant, puisque vous êtes le dernier à l'avoir vue.

Sa voix était chargée de suspicion. Malko comprit

qu'il fallait lui dire la vérité au sujet de Brenda Trent.

— Fulvia m'a aidé, dit Malko. Grâce à elle, j'ai découvert une preuve de l'assassinat de Brenda Trent. Après cela, je ne pensais pas qu'ils oseraient...

A regret, le capucin se réinstalla. Malko parla longtemps, au rythme des grincements du rocking-chair. Le père Thomas écouta, tirant sur sa pipe qui s'éteignit et qu'il se mit à tapoter contre le bras de son fauteuil.

— Somoza est encore très fort, dit-il enfin, et je n'ai pas très confiance dans vos amis.

— Je vous assure, plaida Malko, que je suis ici pour trouver une solution de remplacement à Somoza. L'histoire Brenda Trent les a traumatisés.

Le père Thomas se leva : l'entretien était terminé.

— Je vais faire ce que je peux, dit-il. Revenez me voir dans deux jours. Et tâchez de savoir ce qui est arrivé à cette malheureuse jeune fille.

Malko se retrouva dans la chaleur moite, déprimé. Les patrons de la CIA repartis, il était pratiquement seul contre une armée et une police légales. La disparition de Fulvia était la preuve que le colonel Nuncio n'avait pas froid aux yeux. Il ne pouvait pas ignorer la visite des trois Américains de la CIA. Il ne lui restait plus qu'à tenter une démarche via l'ambassadeur US pour faire libérer Fulvia. Ce n'était pas le COS qui allait l'aider.

***

Malko pénétra dans le bar de l'*Intercontinental*, où quelques groupes de journalistes étaient en train de s'imbiber de « flooded cañons ». Une grève, ce n'est pas spectaculaire. Il cherchait une table libre lorsqu'il vit près de la porte, un homme seul, devant un verre à cognac et une bouteille de Gaston de Lagrange, aux trois quarts pleine. Doug Swiners, le mercenaire. L'Américain semblait broyer du noir. Lui peut-être saurait pour Fulvia. Malko s'approcha et lui sourit :

— Hello, Doug !

L'Américain leva la tête vivement et esquissa un sourire en reconnaissant Malko.

— Tiens, vous êtes toujours là...

— Toujours, fit Malko en s'asseyant en face de lui. Comment ça va ?

Apparemment, cela n'allait pas bien. Doug Swiners avait des poches sous les yeux, les traits tirés et le regard torve. Il haussa les épaules.

— Oh ! ça va, mais par moments j'en ai marre de ce pays, je voudrais retourner en Indiana.

— Et pourquoi ne le faites-vous pas ?

Swiners frotta son pouce contre son index avec un geste expressif.

— Le fric. Je gagne trois fois plus qu'au pays. J'ai acheté une maison et je voudrais finir de la payer. Après, je ne ferai pas de vieux os ici.

Malko l'encouragea d'un sourire tandis que le mercenaire ouvrait la bouteille de Gaston de Lagrange et remplissait son verre. Sans en offrir à Malko.

— C'est vrai qu'on vous fait faire un travail pas ragoûtant, dit pensivement ce dernier.

Une lueur surprise passa dans les yeux gris de l'Américain.

— Pourquoi vous dites ça ?

— A cause de Brenda Trent.

— Brenda Trent ! Qu'est-ce qu'elle vient faire là-dedans ?

Malko se pencha à travers la table et dit calmement :

— Doug, vous m'avez menti au sujet de Brenda

Trent. Elle est bien morte, mais pas comme vous me l'avez dit. On l'a jetée dans le Santiago.

Il vit la lueur dangereuse dans les yeux de Swiners.

— Qu'est-ce que vous racontez ? dit le mercenaire d'une voix qui sonnait faux. Je vous ai dit ce qui...

— Vous avez menti, répéta Malko, maintenant j'ai la preuve que Brenda Trent a été jetée dans le Santiago.

Le yeux de Swiners s'étaient rétrécis à n'être plus qu'un trait.

— Qui vous a raconté ce conte de fées ? grommela-t-il d'une voix pâteuse.

— Personne, dit Malko, j'ai vu le fantôme de Brenda Trent. Une main qui sortait de la lave.

Swiners se frappa le front de l'index.

— Dites-moi, ça ne va pas là-dedans. Vous croyez aux fantômes, vous ?

— J'ai l'impression que vous y croyez aussi, fit Malko, sinon, vous ne seriez pas dans cet état.

— Qu'est-ce que vous voulez dire ?

Les yeux dorés de Malko ne lâchèrent pas les siens.

— Que c'est vous qui avez aidé à jeter Brenda Trent dans la lave. Ce sont des choses difficiles à avaler, Doug ? Je comprends que vous vous saouliez.

Doug Swiners demeura immobile et silencieux quelques secondes. Puis sa main gauche projeta le verre de cognac en pleine figure de Malko. Il se leva et, avec la vitesse d'un serpent, sa main droite plongea dans sa ceinture et ressortit avec un gros automatique Smith et Wesson 59. Du même mouvement, il bascula le chien, le braqua sur Malko et dit d'une voix vibrante de haine :

— Je vais te faire sauter la gueule, connard.

CHAPITRE VIII

Toutes les conversations s'arrêtèrent dans le bar, comme si on avait coupé le son d'un électrophone. A la table voisine de Malko, trois femmes regardaient le gros pistolet noir, avec une fascination horrifiée. Lentement, Doug Swiners se leva, l'arme braquée sur Malko, les yeux fixes, les traits déformés par la rage. Visiblement ivre mort... Un garçon passa à côté de lui. D'un coup de coude, le mercenaire l'envoya balader avec son plateau, et les verres se brisèrent dans un fracas effroyable.

Personne ne bougea.

— Sors d'ici, fit Swiners à Malko.

Malko recula vers la porte. C'était une scène irréelle, folle. Qui donnait une idée de la puissance de la Guardia. Le barman sortit de son bar et s'avança en souriant maladroitement.

— Señor Swiners !

La détonation claqua comme un coup de fouet et la balle alla briser une bouteille dans le bar. Le barman recula précipitamment. Swiners poussa Malko du canon de l'arme dans le couloir et ferma la porte d'un coup de pied. Puis il agita le gros pistolet noir sous son nez et dit d'une voix avinée :

— Je vais te faire rentrer tes conneries dans la gorge.

— Swiners, vous êtes fou, fit Malko, tout le monde vous a vu. Vous savez qui je suis...

— Je le sais, ricana l'Américain. Et je n'en ai rien à foutre. Mon patron, c'est le colonel Nuncio. Et le colonel Nuncio a dit que si je t'arrachais les couilles, j'aurais une prime. Alors je vais t'arracher les couilles.

Brutalement, il faisait avancer Malko le long du couloir. Le canon du pistolet s'appuyait toujours dans son cou. En dépit de son ivresse, Swiners était redoutable. Pas question de tenter de le désarmer. Médusé, le portier les regarda passer sans intervenir. Swiners poussa Malko vers la droite.

— Allez, vite.

A cent mètres, de l'autre côté de l'avenida Roosevelt, il y avait le « Casino » militaire. Si Malko y entrait, il n'était pas sûr d'en ressortir vivant. Sa seule chance était de piquer un cent mètres, mais, dans l'état où il se trouvait, le mercenaire risquait de l'abattre sur-le-champ. Il ralentit, et aussitôt, Swiners grogna dans son dos :

— *Faster* (1) !

Au même moment, une voix teintée d'un fort accent du Middle West dit derrière Malko :

— *Hey, buddy ? Where you think you're going* (2) ?

Malko entendit le juron de Swiners, puis un son mat et un grognement. Se retournant, il aperçut dans la pénombre deux silhouettes énormes et un corps allongé par terre.

— Alors, on est arrivés à temps, fit la voix joviale de Chris Jones, « gorille » d'élite de la CIA.

Son alter ego, Milton Brabeck, était en train de soulager Doug Swiners de son automatique, qu'il glissa dans sa ceinture. Chris Jones remit dans son holster le petit Smith et Wesson « 38 » qui avait

(1) « Plus vite. »

(2) « Hé, mon pote, où vas-tu comme ça ? »

servi à assommer le mercenaire. Tout n'avait pas pris dix secondes. Ni les sentinelles du « Casino », ni les chauffeurs de taxi en face de l'hôtel n'avaient remarqué quelque chose.

Malko regarda avec stupéfaction ses deux sauveurs. De vieilles connaissances avec qui il avait parcouru le monde, d'Istanbul, où ils lui avaient sauvé la vie, au fin fond de l'Afrique. Des durs dotés d'une puissance de feu considérable, d'une éthique sans faille et de cervelles d'un poids limité. Transfuges du « Secret Service », c'était la force de frappe de la division des Opérations. A eux deux, la puissance de feu d'un petit croiseur.

— Mais d'où sortez-vous ?

Chris Jones se rengorgea.

— Du Concorde, Votre Altesse ! Vous vous rendez compte, la Company a enfin découvert qu'on pouvait se déplacer à 2 000 à l'heure ! La première fois que ça arrive tellement ils sont avares. Il fallait qu'ils aient vraiment envie de vous garder en bonne santé... On nous a même donné le pognon en liquide, parce que c'est pas régulier... C'est chouette. Moins de quatre heures de Washington à Mexico. De là, on a pris un petit jet lear de la station locale.

Chris Jones regarda le paysage dévasté avec dégoût.

— Remarquez, c'était pas la peine de se dépêcher tellement pour arriver dans un bled pareil. Ça remonte à quand, le dernier tremblement de terre ? Trois jours ?

— Trois ans, fit Malko. Vous ne m'avez toujours pas dit comment vous m'aviez retrouvé ?

— Simplement, fit Chris Jones, ravi. On était dans le hall avec nos valises quand on a vu l'autre zozo qui vous braquait. On a laissé les valises et on vous a suivis. Qui c'est ?

— Venez, dit Malko, je vais vous expliquer.

Laissant Doug Swiners allongé entre deux voitures, inconscient, ils regagnèrent l'hôtel. Le portier les regarda avec ébahissement tandis qu'ils rentraient dans le hall. Le silence qui les accueillit au bar rappelait les grands moments des westerns. Ils prirent place à la table vide où trônait encore la bouteille de Gaston de Lagrange. Le garçon surgit avec un sourire crispé... Malko commanda une Beck's pour lui, et les gorilles des Martini Bianco. L'arrivée en Concorde des deux hommes signifiait que la CIA prenait les choses au sérieux. Ils n'avaient pas perdu du temps pour se rendre utiles.

— Qui vous a donné l'ordre de venir ? demanda Malko.

— Sa Sainteté lui-même, Mr. Thorp, annonça fièrement Chris Jones. Pour un travail de baby-sitting intensif.

— Mais vous vous baladez avec votre artillerie ? fit Malko, horrifié. Vous êtes dans un pays étranger, ici.

Chris Jones sortit de sa poche un superbe passeport tout neuf, vert pomme.

— Passeport diplomatique... On est intouchables... Gardes de sécurité de l'ambassade. On peut se promener enfouraillés jusqu'aux yeux, personne ne peut rien nous dire. Evidemment, le passeport, faudra le rendre au retour...

Le DDO pensait à tout. Malko soupira :

— J'ai l'impression que ça va servir. Les gens sont plutôt brutaux ici.

— Nous aussi, firent les gorilles en chœur. Mais c'est marrant, le gars qui vous emmenait, il me semble que je le connais. Le profil...

— Il s'appelle Douglas Swiners, dit Malko, il est instructeur à la Guardia.

— *No shit* (1) ! fit Chris Jones, on a été ensemble

(1) « Sans blague ! »

à l'Ecole de guerre de jungle à Panama. Il y a un bout de temps, un type sympa qui venait de l'est, je crois.

— Si vous alliez voir où il en est ? suggéra Malko.

— Vous voulez qu'on l'achève ? proposa Milton Brabeck.

— Non, dit Malko, qu'on fasse la paix.

Il y avait peut-être un moyen de « récupérer » Doug Swiners.

— J'y vais, dit Chris Jones. S'il est encore là, je le ramène.

Cinq minutes plus tard, Doug Swiners fit son entrée, plutôt boudeur, poussé gentiment par Chris Jones. Il s'assit, sans regarder Malko. Le gorille envoya une tape dans le dos de Swiners à lui faire cracher ses poumons.

— Alors, Doug tu te souviens ? La Quatrième Section. Le jour où tu t'es fait piquer par la tarentule et on voulait te couper la patte. Tu dois avoir la cicatrice, non ?

Le mercenaire fixait Chris Jones, encore hébété. Son visage s'éclaira enfin.

— Ouais. Ouais. Mais qu'est-ce que tu fous ici...

Le gorille prit l'air modeste.

— On t'a évité de faire une connerie. Le prince, c'est notre pote. On n'aime pas qu'on lui fasse peur. C'est pour cela qu'on s'est permis d'intervenir. Mais on n'a pas été méchants...

— Et mon flingue ? fit le mercenaire. Ça va faire un sac...

Milton Brabeck plongea dans sa ceinture et lui tendit l'automatique sous la table, en le tenant par le canon.

— Tiens, mais fais-en bon usage...

Rasséréné, Doug Swiners remit son automatique dans le holster et regarda enfin Malko.

— *I apologize* (1), dit-il. Je crois que j'avais un peu bu.

Cela laissait le problème entier... Mais ce n'était pas le moment d'approfondir. Malko se leva.

— Je crois que je vais vous laisser à vos retrouvailles, dit-il. Conférence demain matin à huit heures, dans ma suite.

*
* *

Chris Jones achevait d'engloutir son sixième toast. Milton Brabeck pouffait dans son café, devant la première page de *La Prensa* étalant un monceau de cadavres abattus par la Guardia.

— Comment ça s'est passé avec Swiners ? demanda Malko, achevant de s'asperger le visage d'eau de toilette Jacques Bogart.

— Très bien, fit Milton. Il était tellement cuit qu'on a été obligé de le porter en face. Mais il est emmerdé. Il n'a pas dit pourquoi. Seulement qu'il était embarqué dans un coup pourri.

— Il faudra le revoir, dit Malko. Par lui, nous pouvons apprendre pas mal de choses. Vous avez entendu parler de Brenda Trent ?

— On ne parle que de ça à Langley, dit Chris Jones. Si on pique les mecs qui ont fait cette saloperie, il y aura du sang sur les murs...

— Doug Swiners y est mêlé, dit Malko.

— *No shit !* fit Milton Brabeck, abasourdi.

Malko lui fit le récit de l'épopée de la jeune Américaine. Les deux gorilles étaient accablés.

— On ne peut plus se fier à personne, soupira Chris Jones. Un type avec qui j'ai été à l'école. J'aurais dû le flinguer hier soir.

Il oubliait de dire que c'était à l'école du crime.

(1) « Je m'excuse. »

— Peut-être pourrons-nous le récupérer, dit Malko. En attendant, nous allons en ville.

— Si vous appelez ça une ville, soupira Milton Brabeck.

Les deux gorilles vérifièrent soigneusement leur artillerie avant de sortir. Cela allait du petit Smith et Wesson « 38 Stainless » au canon de deux pouces à l'énorme 357 Magnum, au canon de six pouces, harmonieusement répartis sous leur vêtement tropical. Avec leurs yeux gris, leurs costumes en dacron, leurs épaules de docker et leurs chapeaux, ils étaient voyants, mais assez terrifiants.

Ce fut tout un problème pour caser les jambes de Chris Jones dans la Cortina. Maintenant, Malko savait par cœur le chemin de la maison des capucins.

— Attendez-moi là, demanda-t-il. Je ne risque rien à l'intérieur. Ce sont des missionnaires...

Chris Jones et Milton Brabeck le regardèrent quand même entrer dans le blockhaus sans enthousiasme. A l'intérieur de la Cortina, il devait faire 40°.

Father Thomas accueillit cette fois Malko dans le couloir, toujours vêtu de la même chemise. Il ne devait en posséder qu'une. Sa poignée de main fut nettement plus chaleureuse.

— Vous avez des nouvelles de Fulvia ? demanda-t-il.

— Non, dit Malko. Et vous ?

— Rien, avoua le prêtre. Sinon qu'elle a été enlevée par les hommes de José Ramirez, ce porc d'El Chigüin.

— Je vois ce soir le colonel Nuncio, dit Malko. Je vais tenter de la faire libérer...

Le missionnaire eut un sourire peu convaincu.

— Vous vous faites des illusions, la Guardia n'a jamais lâché personne. Par contre, si vous êtes toujours décidé à rencontrer des gens de l'autre côté, ce sera possible.

— Je suis décidé, fit Malko.

Le capucin le sonda de son regard aigu.

— Vous savez ce que vous risquez ? Brenda Trent a voulu faire la même chose que vous.

— J'ai une protection qu'elle ne possédait pas, dit Malko. Comment faisons-nous ?

— Vous serez contacté à votre hôtel, dit le père Thomas. Je n'interviendrai plus directement. Je vous souhaite bonne chance.

— Qui avez-vous contacté ? demanda Malko ?

Le capucin sourit.

— Des gens dans la jungle, du côté de Matagalpa. Chaque jour, à onze heures et demie, j'appelle toutes mes missions.

— On ne risque pas de vous écouter ?

Le père Thomas eut un sourire malin en ouvrant la porte.

— Nous parlons latin entre nous...

Soudain, il dit d'un ton grave :

— Dieu vous récompensera, si vous nous débarrassez de Somoza. Même par la violence. L'écriture a dit : « Celui qui frappera par l'épée périra par l'épée. »

La porte de la mission se referma sur cette profession de foi. Les deux gorilles étaient en train de cuire dans la Cortina. A l'étouffée.

— C'est vraiment ça, Managua ? demanda Chris Jones.

— Eh oui, c'est ça, dit Malko. Et pourtant, des gens sont prêts à se tuer pour ces ruines.

Ils repartirent vers l'hôtel. La grève générale donnait un aspect encore plus désolé au centre. Milton et Chris contemplaient avec ébahissement les panneaux STOP plantés au coin de carrefours inexistants... Une couche de nuages blancs obscurcissaient le soleil. Ils croisèrent une jeep bourrée de soldats.

— Qu'est-ce qu'on fait ? demanda Milton.

— J'aimerais que vous dîniez avec Doug Swiners, dit Malko. Vous pouvez le joindre au « Casino » militaire, à côté de l'hôtel.

— Et vous ? demanda Chris Jones. On est ici pour vous protéger.

— Moi, dit Malko, je dîne avec l'assassin de Brenda Trent.

Une lueur dangereuse passa dans les yeux gris de Chris Jones.

— Vous ne voulez vraiment pas qu'on vienne ?

— Pas encore, dit Malko. Mais rassurez-vous. Vous aurez largement l'occasion de déchaîner vos mauvais instincts.

— J'espère bien, soupira Milton Brabeck.

*
* *

Peu à peu, le brouillard s'épaississait. On se serait cru en Grande-Bretagne, pas au Nicaragua. La carretera del Sur montait doucement, étroite et défoncée. La grosse Mercedes avançait au pas. Le chauffeur n'avait pas dit un mot à Malko depuis qu'il était venu le chercher à l'hôtel. Un soldat apathique et huileux.

Le tonnerre grondait au loin, au-dessus de Managua. Les phares éclairèrent un panneau « K. 24 ». Ils étaient en pleine jungle.

Ils roulèrent encore dix minutes. On n'y voyait plus à trois mètres. Le chauffeur tourna à gauche dans un petit chemin. Malko se dit que c'était le coin rêvé pour une embuscade. Il n'avait pas pris d'arme, difficile à dissimuler sous sa veste légère. L'ambassadeur US savait qu'il se rendait à une invitation du colonel Nuncio. C'était un peu gros de le faire disparaître. Quoique, au Nicaragua...

La Mercedes s'arrêta enfin. Malko aperçut plusieurs voitures. Il descendit. Incroyable : il faisait froid ! Il se trouvait sur une véranda bordée d'énormes piliers en acajou rougeâtre ! Toute la maison était en bois, comme un chalet de montagne.

Il aperçut, à travers les portes-fenêtres ouvertes, un salon illuminé et des groupes d'invités. Il y avait de la musique et des serveurs passaient entre les tables. Tandis qu'il cherchait des yeux le colonel Nuncio, une apparition exquise surgit des groupes et fonça vers lui. La robe noire découvrant entièrement l'épaule gauche, fendue sur le côté jusqu'en haut de la cuisse, ne pouvait venir que d'un grand couturier. Elle était assez courte pour laisser admirer les longues jambes musclées et bronzées terminées par des escarpins au talon d'acier à faire rêver un fétichiste. Le sourire était éblouissant, carnassier, sensuel, effaçant le nez refait. A cause des hautes pommettes saillantes et des yeux en amande, l'inconnue avait un vague air slave. Les courts cheveux noirs bougeaient sans arrêt.

On ne voyait pas le nuage de parfum, mais on le devinait.

L'apparition s'arrêta à vingt centimètres de Malko et tendit sa main à baiser.

— Je suis Mercedes Puntas, annonça-t-elle. Vous êtes l'ami américain d'Otero ?

Une voix chaude, joyeuse, provocante.

— C'est moi, dit Malko.

Peu flatté de l'amitié qu'on lui prêtait.

— Venez, je vais vous présenter. Quel est votre nom ?

— Malko Linge.

Son regard l'enveloppa, nettement provocant.

— Je vais vous appeler Malko. Vous permettez ?

Dans le salon, il n'y avait que des visages olivâtres et des cheveux aile-de-corbeau. Les femmes étaient très habillées, croulant sous les dentelles et les brocarts. Malko fut pris dans un torrent de noms espagnols qu'il n'essayait même pas de retenir. Mercedes le poussait avec habileté à travers les groupes, roucoulant, riant, secouant ses cheveux noirs. De temps en temps, elle lui glissait un regard en coin, bien appuyé.

Enfin, ils arrivèrent devant l'énorme masse du colonel Nuncio, boudiné dans un uniforme d'un blanc immaculé qui disparaissait sous les décorations. A croire qu'il avait repris Stalingrad à lui tout seul... Les crans des cheveux noirs étaient impeccablement gominés, l'œil vif derrière les grosses lunettes d'écaille, ses cuisses avaient le diamètre du torse de Malko. Chaleureusement, il serra la main de ce dernier.

— Bienvenue, señor Linge ! Bienvenue !

Il attrapa deux coupes de Moët et Chandon sur le plateau d'un serveur, en tendit un à Malko et leva l'autre.

— A l'amitié entre nos deux pays !

— Je ne suis pas américain, souligna Malko après avoir trempé les lèvres dans son champagne, mais autrichien.

L'œil du colonel s'éclaira d'une lueur joyeuse.

— Ah ! mais c'est très intéressant ! Vous savez que nos plus beaux rocking-chairs, ceux en bois noir, viennent d'Autriche...

Malko eut envie de lui dire que son pays fabriquait aussi de très beaux cercueils... Mais déjà Mercedes le traînait jusqu'au buffet. Avant d'avoir le temps de dire « ouf », il avait du caviar jusqu'à la glotte. La maison ne respirait pas la pauvreté. Il se retrouva à côté d'une jeune personne en stricte robe blanche aussi mince qu'une fille de douze ans, mais avec une poitrine impressionnante et de longues tresses noires encadrant un visage à la fois enfantin et vicieux... Elle fixa Malko de ses yeux noirs comme de l'ébène liquide, une provocation muette.

Mercedes Puntas glissa son bras sous le sien et se coula contre lui comme un boa.

— Vous aimez ma maison ?

— Ce que j'en vois, oui, dit Malko poliment.

— Quand il fait beau, dit Mercedes, on voit l'océan Pacifique du jardin ! Venez, je vais vous montrer le reste.

— Il ne faudrait pas que vous négligiez vos invités, dit Malko.

Tout cela semblait un peu trop cousu de fil blanc. Mais Mercedes le prit par le bras avec un rire de gorge.

— Otero va s'occuper d'eux. Ce n'est pas tous les jours que nous avons un invité européen...

Ils franchirent une porte de glace et montèrent un escalier en colimaçon, ultra-moderne, pour déboucher dans une grande pièce aux murs pratiquement tapissés de glaces fumées. Une épaisse moquette blanche recouvrait le sol. Une partie de la pièce était bordée par un grand divan rouge, profond, encadrant une installation de stéréo compliquée comme le tableau de bord d'un Concorde. Au fond, il y avait un lit, très large et très bas, sur une sorte de podium, avec, au-dessus, un tableau de Magritte représentant une femme toute bleue. Partout ailleurs, ce n'était que Mercedes sous tous les angles, nue et habillée. L'une des photos la représentait torse nu, radieuse.

Son verre de J & B. à la main, elle observait Malko.

— Vous allez rester longtemps à Managua ?

— Je ne sais pas encore. Pourquoi ?

Elle secoua ses courts cheveux noirs et rit. Un rire violent et bref.

— J'espère que vous aurez le temps de me faire la cour. J'adore les hommes qui me font la cour.

— Il doit y en avoir beaucoup, dit poliment Malko.

Mercedes minauda :

— Non, ils ne s'intéressent plus à moi, maintenant. Il y a tant de filles ravissantes et jeunes. Je suis vieille.

— On ne dirait pas, dit Malko avec sincérité.

Mercedes avait des épaules larges de sportive, une poitrine qui se tenait bien et le ventre plat. Des clubs de golf étaient rangés dans un coin de la pièce. Il y eut une galopade dans l'escalier, et un domestique surgit. Il murmura quelque chose à l'oreille de Mercedes, qui se tourna vers Malko.

— Venez, nous devons redescendre. Je dois accueillir quelqu'un. Nous aurons le temps, après...

Ils redescendirent. La première chose que Malko vit dans l'embrasure de la porte fut un personnage trapu, un chapeau de toile blanche déformé sur la tête, en manches de chemise, avec à la main une Uzi avec deux chargeurs collés par du scotch. Il avait également un gros Smith et Wesson dans un holster-cartouchière et un petit Stainless dans la ceinture, à même la peau. Il contemplait les invités d'un air farouche. Il y eut un brouhaha et deux autres gorilles apparurent. Epais, moustachus, armés jusqu'aux dents, l'œil charbonneux. Derrière eux entra un homme au front dégarni, habillé classiquement d'un costume bleu marine, avec une cravate à pois, très grand, avec une petite moustache à la Hitler.

Anastasio Somoza Debayle. Président du Nicaragua. L'homme que Malko était chargé de « déstabiliser ».

CHAPITRE IX

Ce fut un festival de courbettes, mâles et femelles réunis. Même le colonel Nuncio essaya en vain de plier son énorme bedaine. Malko se demanda si certaines invitées n'allaient pas lui administrer publiquement une fellation de bienvenue. A l'expression de leurs yeux, elles en avaient envie... Seule Mercedes semblait naturelle. Elle s'approcha du chef de l'Etat, se dressa sur la pointe de ses escarpins et l'embrassa légèrement sur la joue.

Aussitôt, le défilé commença. Comme à un enterrement. Encadré des gorilles, Somoza serrait les mains. Lorsque le tour de Malko arriva, il sembla à ce dernier que la poignée de main était un peu plus appuyée et que le regard le décortiquait. Puis la fête reprit. Le président buvait un jus d'orange dans un coin, en compagnie du colonel Nuncio et de quelques intimes... Une fille mince et brune s'approcha de Malko.

— Vous ne connaissiez pas notre président ?

— Non, avoua ce dernier. Je ne pensais pas le voir ce soir.

Elle rit.

— Oh ! il vient souvent. Depuis qu'il est séparé de sa femme, il sort pas mal.

Malko regardait Somoza, l'homme qu'il avait pour mission de renverser. Pas une tête de dictateur. Plutôt un PDG un peu hautain, même pas très sud-américain. Il s'approcha. L'anglais du président était parfait. On aurait dit un Américain. Pas du tout le président d'une république-bananes. Il dut penser à Brenda Trent pour éprouver de la haine.

Mercedes s'approcha, roucoulant plus que jamais, tornade noire et parfumée, son verre de scotch à la main.

— Vous ne trouvez pas qu'il est merveilleux, notre président ! Depuis qu'il a eu son infarctus, il a maigri de vingt kilos, il s'est laissé pousser la moustache, il est beaucoup mieux comme ça... Mais il mène une vie malsaine, enfermé dans ce bunker.

— Pourquoi vit-il enfermé ? demanda ingénument Malko.

Mercedes rit.

— Oh ! il a beaucoup d'ennemis qui veulent le tuer. Des communistes. Heureusement que nous avons les Américains, ajouta-t-elle tendrement.

Malko commençait à comprendre le pourquoi de cette invitation. Une vaste opération de charme. La clique du colonel Nuncio ne devait pas être certaine qu'il détienne une preuve de l'assassinat de Brenda Trent. On faisait donc jouer la corde sensible. On lui resservit du champagne. Mercedes, elle, vivait décidément un verre de scotch à la main.

Malko s'approcha d'une vitrine contenant des objets précolombiens. Aussitôt, le colonel Nuncio le rejoignit. Tout sucre et tout miel.

— J'espère que vous ne croyez plus les bruits ridicules qui ont couru à propos de la mort de miss Trent, dit-il jovialement. Nous avons affaire à des professionnels de l'intoxication. Tous formés à Cuba. J'aimerais que vous assistiez à quelques interrogatoires, cela vous apprendrait beaucoup de choses.

— Merci, dit Malko. En ce qui concerne miss Trent, ajouta-t-il avec une froideur voulue, je crois détenir la vérité...

Le colonel détourna la tête et ne répondit pas. Malko vit son menton gélatineux trembler de rage. Il avait parfaitement compris. Il le quitta brusquement, avec un sourire contraint. Le vernis craquait. On passait à table. De l'argenterie superbe, des cristaux. Le président Somoza s'était discrètement éclipsé avec ses gorilles. Malko alla jusqu'à la véranda. Il aperçut une longue Cadillac noire suivie de deux stations-wagons qui disparaissaient dans le brouillard.

***

Mercedes Puntas dansait toute seule au milieu du salon sous les regards envieux des femmes et ceux, ignobles de lubricité, des quelques hommes qui avaient résisté au Moët et Chandon, au Dom Pérignon, au J & B. et au « flooded cañon ». Elle s'approcha de Malko, lui tendant les mains.

— Venez, je n'aime pas danser seule.

Presque tous les invités étaient partis. Il avait voulu en faire autant, mais chaque fois Mercedes l'en avait empêché avec une plaisanterie.

La jeune femme déployait une énergie endiablée... Dansant sans arrêt, plaisantant, sans lâcher son verre de scotch. Elle leva son visage vers lui.

— Vous savez que vous êtes très sympathique ! Très séduisant aussi. Vos yeux sont étonnants. On dirait de l'or.

Elle s'en léchait les babines. L'or ne la laissait pas indifférente. Leur danse commençait à virer franchement à l'exhibition.

Mercedes cessa de jacasser, sa bouche enfoncée dans le cou de Malko, comme une petite bête chaude, tout son corps appuyé contre lui, sans aucune pudeur. Puis ses mains quittèrent les épaules de Malko et se nouèrent autour de sa nuque...

Soudain, le centre de son corps se mit à danser un ballet effréné contre Malko. Sa bouche palpitait contre son cou. Puis elle s'ouvrit, et les dents se refermèrent brutalement sur la chair de Malko. Celui-ci eut un mouvement de recul. Mercedes relâcha sa prise, éleva son visage jusqu'à son oreille et murmura avec son accent délicieux :

— Salaud ! Vous m'avez fait jouir.

Leur intimité progressait rapidement. Même en faisant la part du scotch, c'était un grand bond en avant, vrai ou simulé. Mercedes était vraisemblablement en service commandé. Ils se détachèrent l'un de l'autre juste pour voir les derniers invités s'éclipser. Le colonel Nuncio était parti depuis une demi-heure. Seule la fille brune, dans sa robe blanche sage, les contemplait, l'air boudeur.

— Il n'y a plus personne, remarqua Malko.

— Si, dit Mercedes. Dora, ma nièce.

— Nous allons la choquer, dit Malko.

Mercedes eut un rire de gorge.

— Oh ! je ne crois pas qu'elle soit vierge ! Un jour je l'ai surprise à l'écurie, en train de masturber mon meilleur étalon. Elle l'a presque rendu fou.

Elle s'interrompit brusquement.

— Venez en haut, nous allons prendre le dernier verre. C'est le seul moment où on est tranquille.

Elle se lança dans l'escalier en colimaçon.

En s'asseyant sur le canapé, sa robe fendue remonta, découvrant une cuisse bronzée jusqu'à la hanche. La tête en arrière, elle remuait au rythme de la musique. Les pointes de ses seins vivaient leur vie, crevant le crêpe de Chine, autonomes et provocants. L'expérience avait appris à Malko qu'il ne fallait jamais laisser passer les occasions agréables. Il se pencha sur la grande bouche entrouverte. Mercedes Puntas lutta une fraction de seconde pour la forme, puis lui rendit son baiser avec fougue.

Après ce qu'elle lui avait dit en dansant, elle pouvait difficilement prendre une attitude compassée. Noyé de parfum, de musique, Malko sentit qu'il se déconnectait de ses problèmes.

Mercedes arracha sa bouche de la sienne, souriant à Malko, et demanda doucement, adoptant un tutoiement inattendu :

— Tu as envie de me baiser, n'est-ce pas ?

Un geste précis de sa part évita à Malko de répondre.

— Mais tu ne me baiseras pas, continua Mercedes d'un ton péremptoire. Pourtant, ajouta-t-elle, moi aussi, j'ai envie que tu me baises...

— Alors, pourquoi ? demanda Malko, entrant dans le jeu.

— Je ne veux pas seulement pour un soir, dit Mercedes, la robe noire remontée jusqu'en haut de ses cuisses. Si nous nous revoyons, si tu me consacres du temps. Si tu me fais la cour...

Tout en parlant, elle avait posé une main sur lui et le massait doucement.

Ils recommencèrent à flirter. Malko l'allongea sur le canapé. Elle se laissa faire et gémit :

— Oh ! j'ai envie que tu me baises !

Aussitôt, elle serra les jambes et lui échappa.

— Mais je ne veux pas !

Ivre de rage, Malko la rattrapa, referma les doigts autour de la dentelle de son slip noir et, d'un seul élan, le fit glisser le long des jambes bronzées. Pendant quelques secondes, Mercedes laissa les doigts de Malko jouer sur elle, poussant de petits grognements de bien-être. Puis elle dit d'une voix mourante :

— Si vous continuez, vous allez être obligé de me baiser...

C'est bien ce que Malko avait l'intention de faire. Du coin de l'œil, elle le regarda s'y préparer, avec l'expression ravie d'une petite fille contemplant une barbe à papa.

Puis elle pencha brusquement le visage vers lui et l'engloutit avec virtuosité et douceur. Elle s'interrompit juste au moment où Malko sentait qu'il allait exploser et le repoussa, avec un sourire moqueur.

— Mercedes, vous êtes une salope, dit Malko.

Elle prit l'air comiquement offusqué.

— Moi, une salope ! J'ai envie de vous, moi aussi. Tenez !

Elle prit la main de Malko et la guida jusqu'à son ventre. Pour l'écarter aussitôt et se lever du canapé. Malko, ivre de rage, décida que Mercedes n'allait pas se moquer de lui de cette façon. Tranquillement, il commença à ôter ses vêtements. Lorsque Mercedes se retourna après avoir changé la cassette, il était nu. Elle eut d'abord un regard attendri puis une mimique faussement effrayée.

— Mais vous êtes fou. Dora ne dort peut-être pas.

— Je ne suis pas un cheval, dit Malko.

Il aurait bien voulu savoir à quoi correspondait toute cette comédie.

Mercedes Puntas n'était sûrement pas femme à se priver d'un homme dont elle avait envie. Il y avait donc une raison à son numéro.

Il l'enlaça. D'abord, elle se laissa faire. Mais, dès qu'il voulut la prendre, elle s'esquiva, et ils se retrouvèrent par terre, dans un vrai numéro de catch. Finalement, Mercedes l'engloutit de nouveau, à cheval sur lui, à même la moquette blanche. Toujours au moment fatidique, elle s'interrompit, lampa une grande gorgée de J.&B. et recommença. Puis, tranquillement, elle se releva et alla s'asseoir sur le divan, les jambes sagement croisées. Alluma une cigarette.

— Venez me parler de vous, dit-elle.

Nu comme un ver, Malko la rejoignit. La CIA était vraiment très loin de son esprit. L'agence fédérale ne le payait pas assez cher pour inhiber complètement sa sexualité. Leur flirt repartit très vite.

Les baisers d'abord, puis la main de Mercedes nouée autour de Malko. Elle leva vers lui un regard délicieusement provocant.

— Cela me rappelle quand je conduis ma Ferrari. Ça vibre de la même façon.

C'était plus flatteur que d'être comparé à une 2 CV. Mercedes semblait moins agressive. D'elle-même, elle glissa à genoux devant le canapé, et sa bouche remplaça sa main.

Adieu, la conduite sportive.

Cette fois, elle lui fit vraiment l'amour. Jusqu'à ce qu'il éclate dans sa bouche. Elle resta strictement immobile, le temps qu'il redescende sur terre. Puis vint le rejoindre sur le canapé.

Son rimmel avait coulé, ses joues étaient pourpres, son rouge à lèvres avait disparu.

Malko était furieux. Mercedes avait gagné par KO. Elle l'observait avec un sourire amusé.

— Je vous aime beaucoup, dit-elle. Vous avez la peau divinement douce. Et vous sentez bon. Qu'est-ce que c'est ?

— Jacques Bogart, dit Malko.

— En plus, vous ne m'avez pas baisée...

Cela recommençait... Malko remit ses vêtements. Il se sentait ridicule, tout nu, à côté de Mercedes, habillée, digne, les jambes croisées sur le divan.

— Vous êtes venu au Nicaragua acheter des terres à café, dit-elle en allumant une Rothmans.

— Qui vous a dit cela ?

— Otero.

— Oui, c'est vrai, dit Malko.

Attendant la suite avec intérêt. Le colonel Otero Nuncio savait parfaitement qu'il n'avait que des liens très lâches avec le café...

— J'en connais, dit Mercedes. Un de mes amis. Il possède deux cents acres, près de Matagalpa. Une propriété splendide. Les plants vont commencer à produire dans deux ans seulement. Il veut quitter le Nicaragua et a besoin d'argent.

— Combien vend-il ?

— Mille dollars l'acre, dit Mercedes.

Malko fit un rapide calcul mental. Le prix normal était de huit mille dollars l'acre. On lui faisait un cadeau de presque deux millions de dollars... Façon habile de le neutraliser. Avec Mercedes Puntas en prime. Il fallait une grande force d'âme pour repousser ce genre de proposition.

Il se leva.

— Je vais réfléchir, Mercedes. C'est sûrement intéressant. Mais, ce soir, je n'ai pas envie de parler affaires.

Mercedes eut un sourire plein de compréhension.

— Vous me téléphonerez... De toute façon, j'aime qu'on me téléphone.

Ils redescendirent l'escalier en colimaçon. Le living était vide. Le brouillard semblait pénétrer par les portes-fenêtres ouvertes. Mercedes l'accompagna sur la véranda et il aperçut des soldats près de la grille. Son chauffeur dormait à son volant. Elle le secoua et il bondit dehors pour ouvrir la portière à Malko.

Mercedes se hissa sur la pointe de ses escarpins et embrassa Malko sur la bouche.

— Vous me téléphonez demain ?

Il était trois heures du matin. Quelle soirée ! Il dut se forcer à penser à Brenda Trent pour reprendre ses esprits et se souvenir pourquoi il était là.

Le hall de l'*Intercontinental* était vide. Avec sa

clef, l'employé du desk remit à Malko un petit paquet. Malko attendit d'être dans sa suite pour l'ouvrir. C'était une boîte en plastique. D'abord, il crut qu'elle contenait une grosse huître. Puis l'horreur faillit le faire vomir. Au milieu des filaments sanglants, il venait de reconnaître un œil humain.

Il y en avait deux. Il posa la boîte, hérissé de dégoût. Qui lui envoyait cet horrible présent ? Et à qui appartenaient ces yeux ? Il n'osait pas y penser.

*
* *

Le bruit du journal qu'on glissait sous sa porte réveilla Malko. Bouleversé par son horrible « cadeau », il avait à peine dormi. La boîte contenant les macabres débris était posée sur la table de nuit. Il se leva, prit le journal et le déplia. A la une s'étalait, sur six colonnes, un document abominable.

Le visage ensanglanté d'une femme. Avec deux cavités noires à la place des yeux qu'on avait arrachés. Liquéfié de dégoût, il lut la légende et un nom connu lui sauta aux yeux : Fulvia Matalo. La jeune femme avait été découverte au bord de la lagune Tiscapa, abattue de plusieurs balles. La police accusait les sandinistes de l'avoir exécutée comme traître.

Malko reposa le journal, au bord de la nausée. Sa soirée de la veille lui faisait horreur. Le rôle de Mercedes Puntas était maintenant parfaitement clair.

« On » avait voulu montrer à Malko l'alternative. La carotte et le bâton.

D'un côté, l'argent et Mercedes. De l'autre, la mort et la torture.

Ses adversaires étaient encore plus féroces qu'il ne l'avait imaginé. Il resta là, le sang battant dans les tempes, contemplant l'abominable photo, tordu de rage et de haine.

CHAPITRE X

Chris Jones reposa le journal, son visage poupin décomposé. Milton Brabeck était blême.

— Si on allait faire sauter la gueule de ce colonel ? proposa Chris Jones. Avec mon statut diplomatique, je ne risque rien. Et ça me ferait tellement plaisir.

— Moi aussi, dit Malko, mais le colonel n'est rien. C'est tout le système qu'il faut faire sauter. Nous sommes ici pour ça...

Milton Brabeck regardait le paysage désolé s'étendant jusqu'au lac.

— C'est un bon petit tremblement de terre qu'il faudrait, soupira-t-il.

On frappa à la porte. Lorsque Malko alla ouvrir, il n'y avait personne. Juste un papier plié en deux qu'il ramassa. Quelques mots seulement : *Go to* La Prensa, *Now. Ask for Chamarro* (1).

Malko rentra dans la suite, froissant le papier. Il ne connaissait personne à *La Prensa*, le quotidien d'opposition. Ce ne pouvait être que le rendez-vous avec les sandinistes.

— Attendez-moi ici, dit Malko aux gorilles. Pour l'instant, tant que je n'ai pas donné ma réponse à Mercedes, je ne risque rien.

(1) Allez à *La Prensa*. Maintenant. Demandez Chamarro.

*
* *

La Prensa ressemblait de l'extérieur à un hangar délabré. A côté d'une agence flambant neuve de la Bank of America. Malko se gara dans la cour. Un huissier loqueteux le mena à travers des couloirs sombres jusqu'à une grande salle de rédaction où une douzaine de journalistes tapaient comme des sourds sur de vieilles machines.

— *Esta el señor norte-americano,* annonça-t-il à un gros journaliste à l'œil torve en train de relire des épreuves.

Ce dernier se leva et poussa Malko dans un minuscule bureau vitré et l'étreignit.

— Ils l'ont tuée, dit-il. Comme mon frère.

C'était le frère du directeur de *La Prensa*, assassiné en janvier.

— Vous savez qui ?

— El Chigüin. C'est lui qui lui a enlevé les yeux. Il l'a déjà fait dans les montagnes, l'année dernière.

Ils restèrent silencieux un moment, puis le journaliste dit, après avoir fermé la porte vitrée :

— Vous avez demandé à rencontrer le chef des sandinistes, n'est-ce pas ?

— Oui, dit Malko.

— *Esta bien.* Vous connaissez l'esquina de los Coyotes (1) ?

— Non. Qu'est-ce que c'est ?

— Bon, fit le journaliste. Ce soir, à six heures précises, il y aura une fille à l'arrêt de l'autobus de la calle Colón, juste après le feu rouge de l'avenida Roosevelt. Elle aura une robe à carreaux. Elle est grande. Vous ferez ce qu'elle vous dira.

Le journaliste lui donna une claque amicale dans le dos et ajouta, mi-figue, mi-raisin :

(1) Le coin des changeurs.

— Il y a longtemps qu'un *gringo* ne s'est pas intéressé à nous. C'est vraiment la fin de Somoza...

Malko ne fit pas de commentaires. Il retraversa les couloirs sales qui sentaient l'encre d'imprimerie et se retrouva dans la chaleur humide.

*
* *

Une énorme goutte s'écrasa sur le pare-brise de la Cortina, au moment où Malko sortait du parking de l'*Intercontinental*. Le temps de descendre la petite avenida Roosevelt, c'était le déluge. La fille qui l'attendait allait être trempée comme une soupe. Il était six heures moins deux. Il accéléra pour passer le feu au coin de la calle Colón, puis tourner à gauche.

L'arrêt d'autobus se trouvait à vingt mètres plus loin. Il ne s'y trouvait plus qu'une seule personne, une grande fille brune, mince, avec de superbes jambes bronzées, s'abritant la tête tant bien que mal avec un journal.

Malko donna un léger coup de klaxon et stoppa au bord du trottoir.

La fille s'approcha, ouvrit la portière, l'examina quelques secondes avant de se laisser tomber dans la voiture. Sa robe collait déjà à son corps. Elle était trempée.

— Roulez, dit-elle en anglais. Je m'appelle Julia. Au prochain croisement, vous tournerez à gauche.

Malko obéit, examinant la fille du coin de l'œil. Elle était très jeune, pas plus de vingt-cinq ans, avec un visage volontaire, un front haut, un nez droit. La robe moulait des formes épanouies, des cuisses lourdes. La pluie redoublait, martelant la carrosserie. Malko y voyait à peine.

— Montez vers la carretera del Este, dit Julia. Regardez dans le rétroviseur. La voiture qui nous suit est pleine de camarades. Alors n'essayez pas de me mener à la Guardia...

Le moins qu'on puisse dire, c'est que la confiance ne régnait pas.

D'un coup d'œil, Malko vérifia : une vieille américaine au pare-brise étoilé était juste derrière eux.

— On ne vous a pas dit qui j'étais ? demanda Malko.

— Si, dit la fille, mais ce n'est pas la première fois que nous avons affaire à des gens comme vous. Beaucoup de nos camarades ont été tués par des *gringos* qui travaillaient pour Somoza... Vous pouvez être un provocateur.

Malko préféra ne pas répondre. Le chapeau de la CIA était lourd à porter... Il grimpa l'avenue Bolivar bordée d'arbres qui menait en haut de la colline d'où on plongeait sur les quartiers est du nouveau Managua. Arrivé au sommet, Julia ordonna :

— A gauche.

Ils longèrent la lagune Tiscapa où avait glissé le palais de Somoza, toujours suivis par la vieille américaine au pare-brise fendu.

— A droite, fit la fille.

La voiture plongea dans le chemin en pente. On était déjà presque dans la jungle.

— Encore à droite.

Malko tourna. Il s'engagea dans un chemin non asphalté qui se terminait à un grand bâtiment bas, tout en longueur, ressemblant à un garage.

— Entrez dans le premier box, ordonna Julia.

Le box contenait juste la voiture. Dès qu'ils furent entrés, un rideau fut tiré par une main invisible, les coupant de l'extérieur.

— Sortez, dit Julia. Allez au guichet au fond. Donnez deux dollars.

Malko obéit. Il y avait une ouverture dans le mur ressemblant à un monte-plat. Une main lui tendit une clef et prit ses deux dollars, puis le guichet se referma.

— Venez, appela Julia.

Elle l'attendait devant une porte, au fond du box. Il ouvrit avec la clef. C'était une chambre de deux mètres sur trois, ne comportant qu'un lit au ras du sol et un lavabo.

La fille s'assit sur le matelas, le dos au mur, sortit un pistolet automatique P. 08 de son sac et le posa sur ses genoux.

— S'il y a la moindre chose, avertit-elle, je vous tire une balle dans la tête. Alors, j'espère que vous ne m'avez pas tendu un piège.

Malko commençait à être agacé par tout ce cinéma révolutionnaire.

— Qui êtes-vous, d'abord ? demanda-t-il.

— Je suis commissaire politique des Terceristas... Vous avez demandé à rencontrer notre chef ?

— C'est exact, dit Malko.

La fille eut un sourire triste.

— Il aurait mieux valu vous adresser à Somoza. El Cero est à la prison de Tipitapa depuis trois semaines, après avoir été horriblement torturé. C'est lui qui devait rencontrer Brenda Trent. Vous comprenez pourquoi je suis méfiante ?

— Où sommes-nous ?

— Dans un *by-pass*. C'est là que se retrouvent les gens qui veulent faire l'amour discrètement...

— Vous savez ce qui est arrivé à Brenda Trent ? dit Malko. Elle a été assassinée par la Guardia.

— C'est ce qu'on a dit, reconnut Julia, mais nous n'en avons pas la preuve certaine. Jusqu'ici, les Américains ont toujours aidé Somoza. Pourquoi changeraient-ils ? Il lui donnent de l'argent et des armes pour nous tuer...

L'éternelle histoire de l'Amérique latine. Quand on voulait changer de camp, ce n'était pas facile.

— Nous avons un nouveau président, expliqua Malko. Je suis ici pour continuer la mission de Brenda Trent. Nous avons besoin de vous. Sur beaucoup de plans.

— Celui qui a remplacé El Cero ne veut pas venir à Managua, dit Julia. C'est trop dangereux...

— Comment faire alors ?

— Il faut que vous veniez, vous, où il se trouve.

— Où ?

— A Matagalpa. Cent trente kilomètres de Managua. Si vous êtes d'accord, nous pouvons arranger la rencontre. Mais il faut faire attention.

— Je ferai attention, dit Malko calmement. Comment faisons-nous ?

La fille le sonda longuement du regard, comme pour mesurer sa sincérité.

— Demain matin, à neuf heures, vous partirez à pied de l'hôtel par l'avenida Roosevelt. Descendez vers la cathédrale. Faites-en le tour. Et revenez. Quelqu'un vous prendra au passage.

Malko pensa aux gorilles.

— J'ai deux hommes avec moi, dit-il. Peuvent-ils venir ?

Julia secoua la tête :

— Non. Trente kilomètres avant d'arriver à Matagalpa vous quittez la route n° 1 par la 5. Il y a un village avec un café. Ils peuvent vous attendre là, à partir de une heure. Nos gens se battent à Matagalpa, mais, demain, il y a une trêve, de onze heures à midi. Il faudra passer à ce moment-là. Etes-vous d'accord ?

— Je le suis, dit Malko. A demain.

La fille se leva, remit le pistolet dans son sac. Visiblement soulagée. D'elle-même, elle tendit la main à Malko.

— Je serai là-haut demain. Attendez ici cinq minutes. Je pars la première.

Malko se rassit sur le matelas. Il était littéralement sur un volcan. Deux personnes étaient déjà mortes pour avoir contré Somoza sur son propre terrain.

*
* *

Bien que le soleil soit encore très bas, caché par de gros nuages blancs, Malko dégoulinait de sueur. Il avait mis vingt minutes pour arriver au Palais National, presque au bord du lac Managua, un des rares édifices épargnés par le tremblement de terre. Il y avait un petit square ombragé et une grande place entre l'entrée principale du palais et la cathédrale. Malko entreprit de faire le tour de celle-ci. Le spectacle était saisissant. Des statues écornées étaient encore dans leurs niches, d'autres gisaient à terre, brisées, les vitraux n'existaient plus, des planches condamnaient les portes et d'énormes fissures s'étalaient sur les murs. La cathédrale était fermée depuis le tremblement de terre.

Il allait tourner vers la face est de la cathédrale, lorsqu'il y eut un léger coup de klaxon derrière lui. Il se retourna et aperçut la grosse américaine de la veille. Le jeune homme aux cheveux noirs qui la conduisait lui fit signe de monter.

Malko s'exécuta. Aussitôt, le conducteur redémarra, filant dans une des petites voies à sens unique qui couraient le long du lac, dans un désert de pierrailles. Ses cheveux très longs encadraient un visage de pâtre grec, d'une beauté presque féminine. Une cassette de musique pop jouait à tue-tête, et la climatisation, à fond, entretenait un climat sibérien. Le conducteur tourna des yeux de velours vers Malko.

— Je m'appelle Sebastian, dit-il, mais, dans notre mouvement, je suis le numéro 37. Bienvenue à bord de ce véhicule révolutionnaire. Nous serons à

Matagalpa dans une heure et demie, si nous ne crevons pas et si la Guardia ne nous arrête pas. Je n'ai pas le droit de répondre à vos questions, aussi ne me parlez pas. Avez-vous votre passeport ?

— Oui, dit Malko.

— Très bien, fit l'autre, cela servira s'il y a un barrage. Vous direz que je suis étudiant et que je me fais de l'argent en vous conduisant. Les chauffeurs de taxi m'aiment pas aller à Matagalpa.

— Pourquoi ? demanda Malko.

— On les tue, dit simplement le numéro 37.

Ils rejoignirent la carretera del Norte, passèrent devant le petit aéroport de Las Mercedes et s'enfoncèrent entre les collines bordant le lac Managua, au nord. Peu à peu, le paysage devint plus sauvage. Les villages s'espacèrent. C'était la route n° 1, la « panaméricaine » traversant toute l'Amérique centrale. La cassette hurlait, Malko grelottait de froid, et le numéro 37 dodelinait de la tête au rythme de la musique, maintenant la grosse voiture aux alentours de 160, en dépit des virages incessants.

Engourdi par l'ambiance, Malko se redressa une heure plus tard, lorsque la voiture freina brutalement. A travers le pare-brise, il aperçut des soldats en armes et une jeep armée d'une mitrailleuse de 50 en travers de la route.

Un barrage.

Le numéro 37 se tourna vers lui et lui sourit.

— C'est ici que nous prenons la route de Matagalpa... Ils fouillent tout pour qu'on n'apporte pas d'armes aux sandinistes. Mais ils n'en ont pas besoin, elles viennent de l'autre côté...

Lorsque leur tour arriva, un soldat au visage d'Indien inspecta l'intérieur d'un coup d'œil et fit ouvrir le coffre. Le numéro 37 y prit un drapeau blanc qu'il déroula et dont il coinça la hampe dans la glace de son côté.

La route n° 5 était beaucoup plus étroite, le ciel bas et on se serait cru dans le Pays de Galles tant le paysage était peu tropical. Ils croisèrent plusieurs véhicules qui tous arboraient le drapeau blanc.

— Qu'est-ce que cela signifie ? demanda Malko.

Le numéro 37 eut un sourire amusé.

— Que nous ne sommes pas des sandinistes. La Guardia tire sur tout ce qui n'arbore pas ce drapeau. Entre ici et Matagalpa. Nous sommes dans la zone contrôlée par nos amis.

Plus la route montait, plus le ciel s'abaissait. Il commença à pleuvoir. Le ruban d'asphalte se déroulait entre deux murailles de jungle. La pluie augmenta. Le numéro 37 coupa la climatisation. Il faisait franchement froid. Au bout d'une demi-heure, Malko aperçut un panneau annonçant : *Matagalpa, 2 kilomètres.*

Un peu plus loin, il vit les premières maisons. Sur la droite de la route, un chemin goudronné s'enfonçait vers la ville, obstrué par un grand panneau publicitaire pour Pepsi-Cola, coupant toute la chaussée. Ils continuèrent. Malko baissa la glace et aussitôt entendit le staccato d'une mitrailleuse lourde.

— On se bat, dit le numéro 37. La ville est coupée en deux. La Guardia essaie de la reprendre depuis deux jours. Les nôtres sont là-bas. Nous allons les rejoindre.

Une fumée noire montait d'une église. Maintenant, on entendait un échange permanent de coups de feu. Un hélicoptère les survola à très basse altitude et les suivit. Le numéro 37 tourna à droite, longea un chemin creux, contournant la ville, débouchant dans une cour de ferme où il se gara.

— Nous continuons à pied, dit-il. Si vous entendez tirer, couchez-vous.

Il semblait très décontracté. L'hélicoptère tournait toujours au-dessus d'eux. Un appareil bleu. Dans le lointain, on entendait des rafales amorties par la distance. Ils parcoururent environ un kilomètre jusqu'aux premières maisons, le long d'une petite rivière. Le numéro 37 s'arrêta.

— A partir d'ici, dit-il, nous sommes sous le feu de la Guardia. Les nôtres sont là-bas.

Il désignait un pâté de maisons, le dernier avant la jungle. Des rafales en partaient à intervalles réguliers. Un coup plus sourd ébranla le silence : un canon de char... Puis une rafale claqua, très près d'eux. Rasant les murs, Malko suivit son mentor. Cinq cents mètres plus loin, ils s'accroupirent au coin d'une rue. Une fusillade nourrie éclata près d'eux. Puis une silhouette traversa en courant tout en tirant à la hanche avec un M. 16. Un homme en jeans, le visage dissimulé par un foulard, un béret noir enfoncé jusqu'aux oreilles.

Malko avança un peu et aperçut une barricade faite d'un bulldozer et de sacs de sable. Plusieurs guérilleros étaient dissimulés derrière la barricade, avec des armes hétéroclites, tirant à qui mieux mieux. L'un d'eux les aperçut et leur fit signe de les rejoindre.

— Chacun à notre tour, dit le numéro 37.

Malko fonça le premier, traversant la rue déserte à la vitesse d'un coureur de marathon, salué par une rafale de M. 16. Les balles miaulèrent désagréablement autour de lui. Il se récupéra contre le bulldozer. Son conducteur était affalé sur le volant, plein de sang, le moteur tournait encore.

Le numéro 37 le rejoignit et entama aussitôt une longue discussion avec un jeune combattant masqué.

— On nous attend là-bas, au P.C., annonça le numéro 37.

Le PC se trouvait dans l'hôtel *Soza* dont les vitres

avaient disparu, en pleine zone rebelle. Des barricades cernaient tout le quartier. Un peu plus loin, une ambulance blanche traversa à toute vitesse en faisant mugir sa sirène, rejoignant les lignes adverses. Les tirs étaient ininterrompus, mais pas très nourris.

Quatre cadavres gonflés et méconnaissables — deux hommes et deux femmes — étaient allongés derrière une table, criblés de balles. L'odeur douceâtre de la mort flottait partout. Il y avait des caisses de munitions, des armes, des blessés. On fit monter Malko au premier étage. Le numéro 37 frappa à la porte et annonça :

— *El Norte-Americano, Commandante.*

C'était « Viva Zapata ». Et pourtant, la guerre pour de vrai. Des hommes mouraient, des deux côtés. Un homme de haute taille en train d'observer la ville avec d'énormes jumelles se retourna. Lui aussi avait le visage masqué et un béret enfoncé jusqu'aux oreilles. Il portait un battle-dress sans signe distinctif et une cartouchière. Une Uzi était accrochée à une chaise. Il posa ses jumelles.

— Asseyez-vous, dit-il à Malko. Je vous écoute.

Il parlait anglais avec un léger accent. Une voix distinguée.

— Qui êtes-vous ? demanda Malko.

— Celui qui a remplacé El Cero, dit-il avec une certaine emphase. Mon nom doit rester secret pour l'instant, mais j'ai le pouvoir de discuter les options politiques de notre parti. Vous avez demandé à me voir, je suis là.

Il s'était assis en face de Malko. Les coups de feu continuaient à claquer à l'extérieur. Ambiance irréelle. Malko se dit qu'il n'avait pas le choix. Pour venir ici, il avait déjà risqué sa vie.

— Je représente le gouvernement américain, dit-il, ou plutôt l'agence fédérale chargée des questions politiques.

— La CIA ? coupa l'homme masqué.

— Exact.

— Jusqu'ici, vous avez toujours collaboré avec les Somoza, remarqua son vis-à-vis d'une voix douce. Que se passe-t-il ?

— Le président Carter mène une nouvelle politique, expliqua Malko, un peu lassé de redire toujours les mêmes choses. Son souhait est de réaliser un gouvernement d'union nationale au Nicaragua. Avec toutes les tendances.

Il vit la lueur ironique dans les yeux noirs.

— C'est très bien, fit El Cero *bis*. Mais c'est à M. Somoza qu'il faudrait tenir ce langage...

Malko sentit la colère l'envahir.

— Vous savez aussi bien que moi que Somoza ne veut rien entendre, dit-il. Nous avons décidé que nous pouvions nous passer de lui. Avec votre aide.

— Avec notre aide, répéta le sandiniste. Que pouvons-nous faire ? Nous ne sommes qu'une poignée, écrasés par les armes américaines de la Guardia...

— Vous n'êtes pas si faibles, dit Malko. Nous pouvons vous aider. Mais vous devez prendre soin de Somoza. C'est une chose que nous ne pouvons pas faire nous-mêmes.

Le sandiniste rajusta son foulard et fit cliqueter le levier d'armement de sa mitraillette, puis regarda sa montre, comme s'il n'avait pas entendu la phrase de Malko. Ce dernier remarqua que les explosions du canon se rapprochaient et étaient plus régulières. La Guardia attaquait... L'endroit allait devenir vraiment malsain...

— Je crois que vous avez fait ce voyage pour rien, dit enfin l'homme masqué. Nous n'avons pas l'intention d'intervenir dans votre querelle avec Somoza.

CHAPITRE XI

Brusquement, Malko eut l'impression que le crachin glacial venait de pénétrer dans la pièce, le glaçant jusqu'aux os. Dehors, les coups de feu continuaient, sporadiques, avec des rafales rageuses, les détonations plus sourdes des armes lourdes. Par la fenêtre, il apercevait quelques rues mortes, désertes, seul signe évident que Matagalpa n'était pas une ville comme les autres. Un brouillard grisâtre commençait à glisser des collines couvertes de jungle cernant la ville jusqu'aux toits de tuiles rouges des maisons, donnant un aspect fantomatique au paysage. Le chef sandiniste fit craquer le cuir de ses bottes et demanda ironiquement :

— Vous pensiez peut-être que nous allions nous jeter dans les bras de ceux qui arment Somoza depuis des années ? Qui ont fermé les yeux sur ses crimes ? Vous êtes très naïf, señor Linge. Ou vous nous prenez pour des imbéciles.

A sa voix, ce devait être un homme très jeune. Pourtant, il se dégageait de sa silhouette masquée par le foulard à carreaux une autorité certaine. Malko essaya de chasser son découragement. Après Ruben Dario, les sandinistes lui faisaient faux bond à leur tour. Le beau plan de la CIA s'effilochait sérieusement.

— Ce sont les soldats de Somoza qui vous traquent, ici même, dit-il.

Le sandiniste rajusta son foulard qui allait glisser et répliqua d'une voix assourdie par le tissu, mais cinglante :

— Nous sommes habitués. Cela n'enlève rien à la force de notre mouvement Tercerista. Au contraire. Chaque fois que la Guardia tue un innocent *campesino*, elle travaille pour nous. Un jour, grâce au peuple, nous chasserons Somoza.

— Et en attendant ? demanda Malko.

— Nous allons commencer à liquider les pires de ses bourreaux. Le mercenaire américain d'abord, El Navajita. Puis El Chigüin, puis le colonel Otero Nuncio et quelques autres. Nous sommes infiltrés dans Managua même, maintenant, nous pouvons frapper quand nous le voulons. Mais pas Somoza, c'est trop tôt.

Malko se leva. Il était venu pour rien. Brenda Trent était morte pour rien. Lui n'avait plus qu'à quitter le Nicaragua. Ou à se battre tout seul contre le dictateur.

Un obus explosa dans la rue en bas, secouant l'hôtel *Soza* et soulevant un nuage de poussière qui pénétra par la fenêtre. L'homme masqué commença à arracher du mur un grand fanion sandiniste noir et rouge orné de l'inscription *Frente Sandinista de Liberacion Nacional* et à le plier soigneusement.

— Venez, dit-il à Malko, je vais vous faire raccompagner hors de nos lignes. La Guardia avance très vite, nous n'avons plus beaucoup de munitions.

— Où allez-vous ?

Le sandiniste eut un geste évasif, désignant les collines noyées dans le brouillard.

— Dans la forêt. Ils ne nous poursuivront pas. Ils ont peur. *Hasta luego*. Nous reviendrons.

Sa poignée de main fut plus chaleureuse que ses paroles. Le fanion dans une musette, il passa la courroie de son Uzi sur son épaule et il descendit l'escalier étroit et sombre. Le numéro 37 attendait dans un vieux rocking-chair, près des quatre cadavres couverts de mouches. Une activité fiévreuse régnait au rez-de-chaussée. Des combattants masqués entraient et sortaient sans arrêt, déménageant les munitions. Des rafales claquaient, beaucoup plus proches.

Au moment de sortir, le sandiniste masqué se retourna et dit soudain à Malko :

— Si vraiment vous voulez collaborer avec nous, il y a une preuve que nous accepterons et qui nous permettrait de vous faire confiance.

— Laquelle ? demanda Malko, plein d'espoir.

— Faites libérer El Cero, notre chef. Il est à la prison modèle de Tipitapa !

Malko le regarda, furieux. Il dut attendre qu'un fusil-mitrailleur ait vidé son chargeur pour répondre :

— Vous me demandez quelque chose d'impossible. Vous savez bien que Somoza ne le lâchera jamais.

L'homme masqué fit glisser son Uzi de son épaule et l'arma avant de dire :

— C'est difficile, mais vous autres, les Américains, vous faites ce que vous voulez avec Somoza. Il a besoin de vous. Si vous ne donnez plus de munitions ni d'argent, la Guardia le lâchera. Ce sont des porcs qui ont besoin de manger. Dès qu'ils n'ont plus rien, ils grognent... El Cero est très gravement blessé. Je sais qu'ils veulent le laisser mourir, ils ne le soignent pas. C'est plus discret que de le fusiller. Notre seule chance de l'arracher de là, c'est vous. Après, tout sera possible.

C'était probablement un marché de dupes. Mais,

au moins, il sauverait une vie humaine. Seulement Malko ne voyait pas, même avec la meilleure volonté du monde, comment il pourrait arracher El Cero à la Guardia. Le souvenir de la mort atroce de Fulvia était encore brûlant. Il avait porté la boîte contenant les yeux de la jeune secrétaire des Droits de l'homme au père Thomas. Pour que le capucin la bénisse avant de l'enterrer.

— Je vous promets d'essayer, dit-il.

— *Muy bien*, dit l'homme masqué. Vous serez contacté dans quelques jours, *Adios*.

Il disparut dans la rue.

Le numéro 37 semblait nerveux.

— Venez vite, dit-il à Malko, ils sont en train de nous encercler.

Pliés en deux, ils sortirent de l'hôtel et coururent vers le fond de la rue, sous la protection d'une barricade d'où partait un feu d'enfer. A chaque croisement, il y avait un combattant masqué. Peu à peu, le bruit de la fusillade diminuait. Ils sortaient de la cuvette où se trouvait le centre. Malko se retourna et aperçut des silhouettes verdâtres courant dans une rue, derrière un char léger. Ils se mirent à courir à leur tour, longeant la ligne d'arbres dominant la ville. De là, on voyait mieux la bataille. Des explosions secouaient les immeubles. Une rafale passa au-dessus de leur tête. Encore cinq cents mètres, et la ferme où ils avaient caché la voiture fut en vue.

Les bruits de la bataille s'estompaient, comme gommés par la distance. Le numéro 37 sifflotait. Il s'arrêta devant la voiture. Le drapeau blanc avait disparu.

— Ça ne fait rien, dit le sandiniste; pour redescendre, c'est moins dangereux. Je vais essayer d'en emprunter à la Croix-Rouge.

Au lieu de continuer tout droit, le numéro 37

tourna tout de suite à gauche, dans une voie menant à l'église de Matagalpa. Dans un grand bâtiment, à droite, se trouvait le QG de la Croix-Rouge. Des dizaines d'ambulances entraient et sortaient, sirènes hurlantes, franchissaient le petit pont marquant la limite de la zone des combats et s'engouffraient dans la ville morte. Des soldats de la Guardia étaient tapis en face, derrière chaque arbre. Le numéro 37 alla parlementer et revint les mains vides.

— Ils n'ont plus rien pour faire des drapeaux, dit-il. Tant pis.

Ils regagnèrent la route nº 5. Sinistrement déserte. A tombeau ouvert, le numéro 37 fonça vers le sud. Une ambulance les croisa, remontant vers Matagalpa. Le crachin avait augmenté, noyant tout le paysage. Malko broyait du noir. Ses efforts étaient réduits à néant. Que faire maintenant ? Sans les sandinistes sa mission n'avait plus de sens.

— *Hijo de puta !*

L'exclamation l'arracha à sa réflexion. En une fraction de seconde, il aperçut la jeep pleine de soldats qui venait de leur couper la route. La mitrailleuse de 12,7 montée sur le pivot central était tenue par un soldat debout.

D'abord, il crut à une simple fausse manœuvre. Mais l'expression terrifiée du numéro 37 le renseigna tout de suite. Le pied au plancher, il négocia le virage suivant, les traits convulsés par la rage. La jeep démarra derrière eux. Malko vit le canon de la grosse mitrailleuse pivoter pour se braquer dans l'axe de la route. Il n'attendit pas qu'elle eût fini son mouvement pour plonger à terre... Le « poum-poum-poum » éclata dans ses oreilles, assourdi par les glaces fermées. La Guardia devait sûrement ignorer que la Convention de Genève interdisait l'usage de ces armes contre les personnes... Le numéro 37, crispé sur son volant, fit retentir le nom du Seigneur qu'il accusait de mœurs contre nature.

Le pare-brise arrière vola en éclats, la voiture sembla prise de la danse de Saint-Guy. Affolé, le numéro 37 fit une fausse manœuvre, et la grosse américaine se mit en travers de la route. Malko s'accrocha à son siège, se sentit décoller, basculer. Inexorablement, la voiture tournoyait, à près de 100, filant vers le fossé. Tout bascula, il y eut un choc sourd. La grosse américaine franchit le fossé d'un bond, comme depuis un tremplin, et atterrit dans un champ. Dans un fracas de tôles froissées. Sur le toit.

Etourdi, tassé contre le pavillon, Malko mit quelques secondes à reprendre ses esprits. Le numéro 37 gémissait. Il le secoua.

— Vous êtes blessé ?

L'autre grogna et ouvrit les yeux. D'un coup d'épaule, Malko ouvrit sa portière et rampa sur le sol, à l'opposé de la route. En se relevant, il aperçut la jeep immobilisée, mitrailleuse braquée sur le véhicule renversé. Au même moment, le numéro 37 s'extirpa à son tour. Du mauvais côté. Le bruit sourd de la mitrailleuse lourde se répercuta dans les collines, couvrant à peine son cri.

Malko plongea dans l'herbe et s'éloigna en rampant, perpendiculairement à la route, protégé par l'épave, tandis que les balles déchiquetaient la carrosserie, pulvérisant les glaces.

Heureusement, il trouva un fossé d'irrigation dans lequel il se terra, tandis que le mitrailleur vidait sa bande. Des morceaux de tôle volaient dans tous les sens, arrachés par les énormes projectiles. Un bout de verre blessa Malko à la main. Il se demandait pourquoi on s'acharnait ainsi sur eux. Soudain, il pensa au drapeau blanc et à l'hélicoptère.

On leur avait volé le drapeau, pour les signaler à la Guardia ! Un plan astucieux pour l'assassiner. Une fois de plus. L'hélicoptère avait dû suivre la voiture depuis Managua et annoncer son arrivée à une équipe locale de la Guardia... Du coin de l'œil, Malko surveillait la route. La mitrailleuse allait cesser de tirer, et ses occupants viendraient voir le résultat. Et, accessoirement, achever les blessés... Il aurait quelques secondes pour tenter de gagner le couvert de la jungle.

Pom-pom-pom... La fin de la rafale. Il redressa la tête. Des soldats mettaient pied à terre, fusil à la main, engoncés dans leurs gilets pare-balles. Il sentit le picotement de la peur sur le dessus de ses mains. Il n'avait aucune chance.

La sirène d'une ambulance hurla soudain dans le lointain, grandissant peu à peu. Le véhicule blanc apparut dans le virage et stoppa près de la jeep. Une religieuse en jaillit aussitôt, toute petite, brandissant un drapeau blanc. D'un pas décidé, elle sauta dans le fossé, suivie de deux infirmiers portant un brancard, et se dirigea vers la voiture accidentée, suivie par un officier de la Guardia, vociférant. Elle se retourna et brandit son drapeau, comme pour exorciser le démon. Malko vit l'homme porter la main à la crosse de son pistolet, mais il n'osa quand même pas. Les soldats s'étaient arrêtés. Rageusement, l'officier leur fit signe de remonter dans la jeep, qui démarra vers Matagalpa. Malko attendit qu'elle ait disparu dans le virage pour se redresser. Il entendit le cri d'horreur de la religieuse et fit le tour de la voiture. Leurs regards se croisèrent. Aussi atterrés l'un que l'autre.

Le numéro 37 gisait sur le dos, du sang plein le visage. Une balle de 50 l'avait frappé à la tempe, arrachant l'œil gauche sur son passage. Le choc avait été si violent que les os de la pommette avaient remonté, donnant à ses traits un curieux air asymétrique et étonné. Il avait été tué sur le coup. La religieuse fit un signe de croix et demanda :

— *Señor, usted bien ?*

— Oui, dit Malko.

Rapidement, il fouilla le numéro 37 et prit tous les papiers, qu'il fourra dans sa poche. Maintenant, il fallait regagner Managua.

— Vous pouvez me transporter jusqu'à l'embranchement de la panaméricaine dans votre ambulance ? demanda Malko. J'ai peur qu'ils ne m'attendent plus loin. Nous étions chez les sandinistes.

— *Como no !* fit la religieuse. Ce sont des sauvages. Des assassins. Mais Dieu nous délivrera d'eux bientôt. Venez.

Les infirmiers chargèrent le numéro 37 sur la civière et ils gagnèrent l'ambulance. Cinq minutes plus tard, ils roulaient vers l'est sur la route encaissée. Malko avait encore les mains qui tremblaient. Toutes les voitures qui les croisaient arboraient des drapeaux blancs...

*
* *

Le chapeau de toile blanche cabossé ressortait au milieu des casques vert olive, comme une mouche dans une tasse de lait. El Chigüin, le tueur de la Guardia, accoudé au bar, tournait le dos à Malko. Il changea de position, balaya la salle du regard, comme s'il ne le voyait pas. Puis il jeta une pièce sur le comptoir et sortit.

Malko se dirigea vers la table où se tenaient Chris Jones et Milton Brabeck. Le café était plein de soldats, avec quelques civils. Un petit « routier » enfumé où tout le monde parlait très fort, juste en face du barrage établi par la Guardia. Il n'y avait que quelques maisons de bois, un vrai village de western.

— Alors, demanda Chris Jones. On commençait à s'inquiéter.

Malko attira une chaise à lui.

— Vous aviez raison, dit-il sombrement.

L'ambulance venait de faire demi-tour vers Matagalpa, avec le cadavre du numéro 37. Il raconta ce qui s'était passé aux gorilles. Milton Brabeck siffla entre ses dents.

— Je comprends ! J'ai vu le type au chapeau blanc entrer il y a un quart d'heure. Il avait l'air fou de rage.

— Partons d'ici, dit Malko, ce n'est pas la peine de tenter le diable.

Ils remontèrent dans la Fiat des gorilles et s'engagèrent sur la route n° 1, direction Managua. Plus de drapeaux blancs, le calme et le désert. En quatre-vingts kilomètres, ils traversèrent deux villages !

Avec les gorilles, Malko se sentait en sécurité, mais il ruminait sa rage. L'attentat était signé. Il savait que ce n'était que partie remise. Tant qu'il se trouverait au Nicaragua, il était en danger de mort... Une heure plus tard, Managua apparut dans le lointain, au-delà du lac, une longue raie de lumières qui lui donnait l'air d'une vraie ville... Puis ce fut la carretera del Norte avec ses embouteillages, la foule amorphe comme d'habitude et le *no man's land* devant l'*Intercontinental*.

Le téléphone sonna beaucoup plus tard, alors que l'orage se déchaînait avec des éclairs éblouissants et un roulement de tonnerre ininterrompu. Malko décrocha et attendit. Une voix espagnole et inconnue dit lentement et distinctement en anglais :

— *Get out of Managua or you will be killed* (1).

(1) « Quittez Managua ou vous serez tué. »

CHAPITRE XII

Malko raccrocha le récepteur. La voix anonyme résonnait encore dans ses oreilles. L'incident de Matagalpa prouvait que ce n'était pas une menace en l'air. Les somosistes ingoraient probablement la situation exacte de Malko, mais savaient, grâce à Henry Gall, que la CIA leur laissait encore tacitement les mains libres.

Contre ce genre de menace, la présence des gorilles ne représentait pas grand-chose. Malko se trouvait à un tournant. Ou il faisait ses bagages, ou il s'engageait dans une lutte à mort avec les tueurs de la Guardia. Un combat dont il ne voyait pas l'issue... Il se versa un grand verre de Perrier et le but d'un trait pour s'éclaircir les idées. Il y avait Brenda Trent, Fulvia et maintenant, Sebastian, le malheureux numéro 37. Tous morts pour rien.

Et, de l'autre côté, la cynique proposition de Mercedes Puntas. Certainement téléguidée.

Pour couronner le tout, Malko ignorait quelle serait la position de la CIA, après le refus de ses alliés éventuels. La Company n'avait pas pour habitude de jouer les Don Quichotte. C'était bon pour un vieux noble européen à la mentalité rétrograde. Il n'était pas pragmatique de s'attaquer tout seul à un dictateur protégé par une armée privée et une Gestapo à sa botte.

On frappa à la porte. C'était Chris. Les gorilles habitaient de l'autre côté du couloir.

— Qu'est-ce qu'on fait ? demanda le gorille.

Une idée traversa Malko.

— Vous venez avec moi. Au « Casino » militaire. Je vais déposer une protestation officielle pour l'incident d'aujourd'hui.

***

Le colonel Otero Nuncio entra en roulant des épaules et des fesses et s'avança vers Malko, la main tendue, souriant largement. Les gorilles regardèrent cette masse prodigieuse avec stupéfaction. En chemise et pantalon, le colonel était encore plus impressionnant. Il s'assit avec précaution sur une chaise que lui avança un de ses gardes du corps. Deux civils très sombres de peau, trapus, expressifs comme des chaufferettes. A côté d'eux, Chris Jones et Milton Brabeck faisaient vraiment gentlemen. Ils se trouvaient tous dans la salle de réception du « Casino » militaire meublée uniquement d'une estrade où Somoza prononçait certains discours et de rangées de chaises.

Malko avait dû poireauter plus de vingt minutes.

— Quel plaisir de vous voir, señor Linge, dit aimablement le colonel. J'allais justement entrer en contact avec vous.

— A quel sujet ? demanda Malko.

Le long nez pointu du colonel Nuncio sembla encore s'allonger.

— A cause d'une erreur qui aurait pu être tragique, señor Linge. Je suppose que c'était le sujet de votre visite. L'incident de ce jour, à Matagalpa...

— Exact, reconnut Malko, j'ai...

Le colonel Nuncio l'arrêta d'un geste de la main.

— Le gouvernement du président Somoza vous présente ses excuses, dit-il d'un ton emphatique. Je suis au courant. Il s'agit d'une erreur. Une erreur regrettable. (Sa voix baissa d'un ton.) Une erreur explicable cependant, señor Linge. D'après ce que je sais, vous vous trouviez dans un véhicule n'arborant pas le drapeau blanc obligatoire circulant dans une zone infestée de rebelles.

— Exact, dut reconnaître Malko.

Le colonel Nuncio secoua lentement la tête, comme un pion morigénant un élève.

— C'était très imprudent. Nous avons affaire à des bandits audacieux qui ne respectent rien. Nos soldats ont cru qu'il s'agissait de dangereux terroristes. D'ailleurs...

Il laissa sa phrase en suspens.

— D'ailleurs ? interrogea Malko.

Le regard de l'officier s'était assombri, derrière les lunettes d'écailles.

— Vous ignoriez certainement que le conducteur de votre voiture était un terroriste recherché par la BECAT, expliqua le colonel. Voilà pourquoi il ne s'est pas arrêté après les sommations. Où l'aviez-vous connu ?

— Devant l'hôtel, dit Malko. Il m'a dit être un taxi.

Le colonel Nuncio eut un hochement de tête sentencieux.

— Il vous a menti... A l'avenir, si vous voulez retourner à Matagalpa, je serai heureux de vous fournir une escorte. Je vois que vous envisagez d'investir au Nicaragua, señor Linge ?

— C'est possible, dit Malko. Je ne manquerai pas de faire appel à vous.

— *Con mucho gusto*, fit le colonel en se levant péniblement. Je tiens à ce que votre séjour dans notre pays se passe le mieux possible.

Malko prit la main tendue avec dégoût. Le colonel semblait ignorer la présence des gorilles. Alors qu'il savait pertinemment qui ils étaient. Il sortit de la pièce, suivi de son escorte, et Malko émergea en face du bunker de Somoza. Une jeep armée d'une mitrailleuse lourde veillait derrière des sacs de sable. Pas une seule fenêtre. Un grand mur anti-grenades avait été construit au-dessus du garage. Malko passa lentement devant, enregistrant les lieux. Le président était bien gardé. En contrebas, il y avait une caserne de la Guardia et une salle de garde, juste à côté du bunker.

Au moment où ils atteignaient la grille donnant sur l'avenida Roosevelt, Doug Swiners surgit du poste de garde. Saluant Malko d'un signe de tête, il attira Chris Jones à l'écart et bavarda quelques instants avec lui avant de s'éloigner. Le gorille rattrapa Malko.

— Il veut nous voir tout à l'heure. Paraît que c'est important.

*
* *

Le bar de l'*Intercontinental,* QG de tous les étrangers de Managua, était bourré, et il fallait crier pour se faire entendre. Des planteurs de café repliés des zones dangereuses s'y saoulaient tous les soirs consciencieusement en compagnie des journalistes et de quelques putes locales mêlées aux *orejas*, les indicateurs de la Guardia. Doug Swiners se trouvait dans le box à droite en entrant, encadré par Chris et Milton. L'air gêné. Il serra chaleureusement la main de Malko.

— Il paraît que vous l'avez échappé belle, dit-il.

— Des coïncidences fâcheuses, fit Malko. Ce n'était pas mon jour.

L'autre sourit, mal à l'aise. Malko commanda une Beck's, observant le mercenaire. Ce dernier semblait nerveux. Malko attendit qu'on ait servi sa bière. Milton et Chris en profitèrent pour renouveler leur Martini Bianco. A la table voisine, des Nicaraguayens se plaignaient d'une voix geignarde de la situation. Doug Swiners jouait avec un briquet en or.

— Vous vouliez me voir ? demanda Malko.

Le mercenaire hocha la tête affirmativement. Sa pomme d'Adam montait et descendait nerveusement. Il regarda autour de lui, comme si on pouvait recueillir ses paroles dans le brouhaha, puis se pencha vers Malko :

— Vous avez envie de vous débarrasser de Somoza ?

Les yeux gris du mercenaire avaient une expression trouble. Malko se dit qu'il avait bu avant de venir.

— Que voulez-vous dire ? demanda-t-il prudemment.

D'après ce qu'il savait de Doug Swiners, ce n'était pas le complice idéal pour un complot. Mais la défection des sandinistes créait une situation nouvelle.

Doug Swiners sortit un mouchoir à carreaux de sa poche et s'essuya le front.

— S'il y a des gens qui ont envie de liquider Tachito, je pourrais donner un sérieux coup de main.

— De quelle façon ? demanda Malko. D'après ce que j'ai vu, il est bien protégé...

— C'est vrai, reconnut le mercenaire. Depuis qu'il est séparé de sa femme, il vit dans le bunker ou dans sa résidence de Montelimar. Il va aussi chez la señora Puntas.

— Il se déplace comment ?

— La plupart du temps en hélicoptère. Pour les petites distances ou la nuit, il prend sa Cadillac blindée, avec deux voitures de protection. Des stations-wagons avec sa garde personnelle, commandée par El Chigüin. Ils sont une douzaine. C'est moi qui les ai entraînés...

— Alors, ils doivent être bien, dit Chris Jones, bassement flatteur.

— Il est très méfiant, continua Swiners. Son père et son frère ont été assassinés, n'est-ce pas...

Lourde hérédité.

— Même pour prononcer ses discours en public, il utilise une glace blindée qui résiste aux balles de 50, ajouta le mercenaire.

— Alors, quelle est votre idée ? demanda Malko.

Il maniait de la dynamite. Si un des journalistes présents dans le bar apprenait que la CIA complotait d'assassiner le président Somoza, il y avait de beaux remous en perspective...

Doug Swiners jouait avec son verre vide.

— Il y a eu une tentative d'attentat, il y a quelques années. Pas très bien foutue. Un type de la Guardia avait mis une grenade piégée dans son hélicoptère, mais elle a explosé quand l'appareil était encore au sol. En prenant quelque chose de plus sophistiqué, ça pourrait marcher. Un *remote-control* (1), par exemple, ou une bombe à dépression, qui se déclenche à une certaine altitude. Si vous pouviez vous procurer un truc comme ça, j'ai la possibilité de le mettre en place... Ensuite...

Il eut un geste expressif.

Malko l'observait. Ça pouvait être une provocation. Mais un homme comme Swiners n'en était pas à un mort près. Malko avait beau avoir horreur de la violence, elle était excusable dans certains cas. Il y avait mille raisons de liquider Somoza. Les gens qui voulaient liquider Hitler n'avaient pas à se sentir coupables...

— Pourquoi feriez-vous cela ? demanda-t-il. Vous

(1) Contrôle à distance.

travaillez pour Somoza depuis des années. Il vous paie bien.

Le regard gris de Doug Swiners ne cilla pas.

— Le pognon. Si je reste ici, mes trois mille dollars par mois serviront tout juste à m'acheter un cercueil en or... En vous aidant pour Somoza, j'aurai une compensation.

— Qu'est-ce que vous appelez une compensation ?

— Cinq cent mille dollars versés aux Bahamas, fit Swiners. Cent mille avant, le reste après. Plus une naturalisation pour ma copine, la petite que vous avez vue, la ravissante. Je l'emmène avec moi. Je n'ai pas envie qu'ils la découpent en morceaux.

Comme s'il avait honte d'exprimer un sentiment aussi noble, il ajouta avec un clin d'œil canaille :

— Et puis, c'est un coup superbe.

Le silence retomba à la table. Les deux gorilles contemplaient ostensiblement leurs ongles. Malko était troublé par l'offre du mercenaire. Elle pouvait dissimuler tellement de choses... Il chercha le regard de Swiners et demanda :

— Pourquoi vous décidez-vous maintenant ? Et pourquoi vous adresser à moi ?

— *Bullshit*, fit Doug Swiners à mi-voix, vous me prenez pour un con. Vous êtes sur la liste noire du colonel Nuncio. Or vous travaillez pour la Company, *right ?* Ça veut dire qu'on est en train de virer de bord.

Il n'y avait rien à redire à ça. Le mercenaire ramassa son briquet et se leva.

— Je vous laisse l'addition, ajouta-t-il avec un sourire en coin. Vous savez où me trouver.

Malko le regarda s'éloigner de sa démarche féline. Il fallait que le régime Somoza soit en train de crouler pour que des hommes comme Swiners trahissent. Il était obligé de rendre compte de la proposition du mercenaire. Pas au chef de station locale, avec qui il n'avait plus aucun lien, mais à Langley. En envoyant à Jim Thorp un câble « Eyes only » à lire entre les lignes, il aurait sûrement une réaction.

— On dirait qu'il veut se racheter, laissa tomber Chris Jones.

Malko ressentait une profonde impression de dégoût. C'était toujours la même chose : on partait en croisade blanc comme neige et on se retrouvait plongé dans l'horreur jusqu'au cou.

*
* *

— Malko ?

— Oui.

— Alors, vous ne m'aimez plus ? Vous ne me téléphonez pas. Ce n'est pas gentil...

La voix de Mercedes Puntas était caressante, rendue plus provocante par son délicieux accent sud-américain. Malgré lui, Malko éprouva un petit choc à l'estomac. C'était une façon plus agréable de commencer la journée que de recevoir une rafale de 12,7. Mercedes faisait partie du style de femme qu'il aimait. Dangereuse et exquise. Il la voyait encore à genoux, devant lui, en train de lui arracher du plaisir. Il se retint de lui dire que les tueurs de la Guardia ne lui avaient pas laissé le temps de lui faire la cour...

— J'ai été très occupé, dit-il.

— Ça ne fait rien, contra-t-elle péremptoirement. Il fallait au moins me téléphoner.

— Je n'y manquerai pas, promit Malko.

Autant faire la cour à un serpent à sonnettes.

— Je viens à Managua cet après-midi, dit Mercedes Puntas. Je dois prendre le thé chez une amie qui habite tout près de votre hôtel. Pourquoi ne venez-vous pas ? C'est dans la calle Sud-Ouest, à côté de la

Direction générale du Tourisme. Une grande villa verte. A quatre heures.

— Eh bien, je viendrai, promit Malko.

En attendant la réponse de Washington, il n'avait rien à faire.

*
* *

La Cortina de Malko s'arrêta presque à la même seconde que la 450 SL blanche de Mercedes Puntas. Il avait laissé Chris et Milton à l'hôtel, rouges comme des écrevisses, après un séjour de deux heures à la piscine. Prenant toutefois la précaution de dire où il allait... Mercedes s'avança vers lui, radieuse, et lui tendit carrément sa bouche.

Elle portait une robe de soie imprimée qui collait à son corps comme un gant.

— Malko, comme c'est gentil de venir !

Il aperçut dans la 450 SL un énorme labrador noir qui le regardait gravement.

— Vous laissez votre chien dans la voiture ? demanda-t-il.

— Oui, dit-elle, Carmen a horreur des chiens, elle a trois chats. J'ai laissé la climatisation pour qu'il n'ait pas trop chaud. J'ai deux clefs. Comme ça, je ferme quand même la voiture.

La petite rue calme donnait dans l'avenue Bolivar, à deux pas de l'hôtel.

Ils pénétrèrent dans la villa, reçus par un domestique muet qui les mena dans une grande pièce meublée en moderne, donnant sur une alcôve occupée par un grand lit, tapissée de glaces. Une femme très brune, les traits marqués, avec une lourde poitrine, vêtue d'un tailleur de tweed très chic, vint à leur rencontre. Elle avait dû être très belle. Il restait encore un regard brûlant et une démarche ondulante. Elle garda longuement la main de Malko dans la sienne et roucoula :

— Mercedes m'a beaucoup parlé de vous.

Mercedes Puntas semblait fascinée par Malko.

— Tu ne trouves pas qu'il a des yeux fantastiques..., dit-elle d'un air extasié.

Elle s'était assise sur le divan près de Malko. Leur hôtesse s'excusa avec un sourire.

— Je vais préparer le caviar. Il n'y a pas de domestiques à cause de la grève.

Elle avait à peine tourné le dos que Mercedes se pencha vers Malko et l'embrassa. Puis sa main fila vers son entrejambe, lui appliquant un massage rapide et efficace. Enfin elle fit coulisser le zip et s'empara de Malko, assez suffoqué par son audace, l'engloutit et se lança dans une fellation endiablée.

Puis, au moment où Malko commençait à prendre quelque consistance, elle se redressa, secoua ses cheveux noirs et, avec l'habileté d'un prestidigitateur, leur fit reprendre une attitude plus décente.

Trente secondes plus tard, leur hôtesse réapparut avec le caviar. Mais elle avait oublié le citron. Galant, Malko se leva et fila vers la cuisine. Après avoir ouvert le frigidaire, il se retourna et tomba en arrêt devant un petit récepteur de télévision, en circuit intérieur. L'écran cadrait le divan. Les deux femmes enlacées échangeaient un baiser rapide. La main droite de Mercedes disparaissait sous la jupe du tailleur de tweed jusqu'au coude. Carmen n'avait pas perdu une miette de leur petite séance.

Il regagna le salon. Les deux femmes étaient sagement en train d'étaler le caviar sur les toasts. Ils le mangèrent en l'arrosant généreusement de vodka. Brusquement, Mercedes regarda sa montre et sauta sur ses pieds.

— Mon Dieu, il faut que j'aille au « Casino » militaire. Tu peux tenir compagnie à Malko. Je suis là dans une demi-heure.

Elle se leva, sortit en coup de vent. Avant qu'on lui demande son avis, Malko était seul avec l'hôtesse. Son chemisier s'ouvrait jusqu'à l'estomac sur une poitrine bronzée et lourde, un peu tombante, couverte de chaînes.

— Mercedes est une femme extraordinaire, dit-elle d'une voix douce.

La conversation s'arrêta là. Carmen posa sa tête sur le canapé d'une façon telle qu'il aurait fallu être un pape en exercice pour ne pas l'embrasser.

Carmen écrasa aussitôt son corps lourd contre le sien, sa jupe portefeuille s'ouvrit, découvrant des bas et des jarretelles rouges, assorties au chemisier, qui constituaient tous ses dessous. La vodka semblait l'avoir déchaînée. Elle refit religieusement les mêmes gestes que Mercedes, dégageant Malko avec une dextérité qui prouvait une longue habitude. De temps en temps, elle glissait un regard vers la glace, contemplant son image et y puisant une excitation nouvelle. Prenant un peu de recul, elle fixa Malko avec admiration.

— Ce que tu es beau !

Sa bouche se pencha, l'effleurant du bout de la langue, comme un enfant lèche un cornet de glace. Puis, d'un coup, elle le prit entièrement.

Sensation exquise.

Les bas crissaient l'un contre l'autre au rythme de sa caresse. Soudain, un long coup de sonnette troubla le silence.

Carmen ne releva pas la tête. Puis les coups de sonnette se succédèrent, frénétiques. Elle s'interrompit enfin, se releva, lissa machinalement sa jupe et se dirigea vers la porte, parfaitement convenable. Malko, qui s'était rajusté, un peu frustré, l'entendit ouvrir, et aussitôt des cris hystériques éclatèrent dans l'appartement.

Mercedes Puntas surgit, les yeux hors de la tête.

En larmes, décoiffée, tremblante, criant des mots sans suite à une vitesse inouïe.

— Qu'est-ce qui se passe ? demanda Malko.

Mercedes s'accrocha à lui, vieillie de dix ans.

— Ils ont tué mon chien ! balbutia-t-elle. Venez.

Malko suivit les deux femmes qui se ruaient dehors. Ils débouchèrent dans la petite rue calme et déserte. La 450 SL de Mercedes était garée à la même place. D'abord, Malko ne vit qu'un déflecteur brisé. Puis, en s'approchant, il distingua quelque chose posé sur la plage arrière.

Une tête de chien. Le labrador de Mercedes. Proprement tranchée. Le sang coulait encore.

C'était répugnant. L'animal avait littéralement été coupé en morceaux. Les quatre pattes gisaient sur le plancher de la voiture, le corps sur la banquette avant.

CHAPITRE XIII

Mercedes Puntas sanglotait hystériquement, les mains jointes.

— Ce sont les sandinistes, renifla-t-elle.

— Mais pourquoi les sandinistes ? demanda Malko. Ils ne s'attaquent quand même pas aux chiens.

Mercedes Puntas ne répondit pas, sanglotant de plus belle, vieillie, défaite.

Carmen s'approcha de Malko.

— Raccompagnez-la chez elle, elle ne peut pas conduire. On viendra chercher sa voiture plus tard.

Elle était pâle comme une morte. Malko se dit qu'elle connaissait sûrement la raison de ce massacre. Mais ce n'était pas le moment de l'interroger. Il installa Mercedes, toujours sanglotante, dans sa Cortina et prit la direction de la carretera del Sur. Pourquoi les sandinistes avaient-ils massacré le chien de Mercedes ?

Celle-ci ne dit pas un mot jusqu'à la grille de sa maison, le visage entre ses mains. Elle partit sans même dire au revoir. Malko fit demi-tour, direction l'*Intercontinental*. En traversant le hall, il aperçut Doug Swiners. Aussitôt, le mercenaire vint vers Malko avec un sourire un peu contraint.

— Ça va ?

— Ça va, dit Malko, mais je viens d'assister à une scène atroce.

Il raconta le massacre du chien. Le sang se retira du visage du mercenaire, à la grande surprise de Malko. Un Swiners ne devait pas se soucier outre mesure de la mort d'un chien... Mais l'Américain dit soudain :

— *God ! Let's go to the bar, I need a drink* (1)...

En trente secondes, Swiners descendit trois « flooded cañons »... Malko l'observait, de plus en plus perplexe.

— Doug, vous savez pourquoi le chien de Mercedes Puntas est mort.

Silencieusement, l'Américain inclina la tête.

*
* *

Doug Swiners mit longtemps à affronter le regard de Malko. Il laissa tomber d'une voix éteinte :

— Je suppose que puisqu'ils savent je peux vous le dire aussi. Ça ne changera pas grand-chose.

— Vous pouvez me dire quoi ?

— Pourquoi ils ont fait ça à Diablo.

Il raconta l'arrestation d'El Cero et ce qui avait suivi.

— C'est ce fumier de Nuncio qui a eu l'idée du chien, dit-il. Mais c'est moi qui l'ai fait. Les soldats ont dû parler. Après le chien, c'est moi qu'ils vont découper en morceaux.

Malko n'osait rien dire. Il pensait à l'homme qu'on avait fait dévorer vivant. Il n'y avait pas trop à s'apitoyer sur le sort du mercenaire.

— Où est El Cero ? demanda-t-il.

— A Tipitapa, dit Swiners. On a été obligé de lui faire l'ablation d'un testicule et on ignore si on pourra sauver l'autre. J'ai su ça l'autre jour... Si jamais il s'en sort, il a fait dire qu'il me découperait en morceaux...

(1) « Dieu ! Allons au bar, j'ai besoin d'un verre. »

Malko commençait à mieux comprendre les motivations qui poussaient Doug Swiners à trahir. L'argent ne venait qu'en seconde position... Comme s'il avait deviné ses pensées, il demanda :

— Vous avez du nouveau ?

— Rien encore, dit Malko.

Doug Swiners se leva avec un sourire pas gai.

— Espérons qu'ils ne mettront pas trop longtemps. Sinon, je risque de ne plus être en état de vous aider. Allez, j'ai à faire.

Il sortit du bar au moment où les gorilles, transformés en écrevisses, y entraient.

— Il a pas l'air gai, remarqua Milton Brabeck.

— Il a des raisons, dit Malko. De très bonnes raisons.

Chris Jones lui tendit une enveloppe.

— On a été à l'ambassade. Christopher nous a donné ça pour vous.

Malko ouvrit. C'était un message très court : *Meeting to-morrow 4 PM. Reservation made for you on Concord, Mexico City-Washington.*

Pas de signature. Son câble « Eyes only » à Jim Thorp avait dû déclencher un beau ramdam... On n'assassinait plus comme avant à la CIA. Il fallait des « board-meetings »... Les gorilles le regardaient, interrogateurs.

— Je crois que vous allez vous payer des vacances, dit Malko, je repars demain.

— Et nous ? firent-ils en chœur.

— Vous restez, fit Malko. Vous avez gagné le premier prix : une semaine de vacances au Nicaragua.

Milton ricana.

— Ouais, le second prix c'est deux semaines, et ainsi de suite. Il fait tellement chaud qu'on peut même pas se mettre au soleil.

*
* *

Malko sortait de la cafétéria lorsqu'un garçon s'approcha de lui :

— Señor Linge, on vous demande au téléphone. Dans le hall.

Malko le suivit, prit le récepteur décroché. C'était la voix de Doug Swiners, qu'il avait quitté deux heures plus tôt.

— Vous pouvez venir ? demanda le mercenaire. Je suis au « Casino » militaire, je voudrais vous montrer quelque chose. Retrouvez-moi à la grille.

La voix de l'Américain tremblait, déformée par une violente émotion.

— Je viens, dit Malko.

Par chance, il ne pleuvait pas. Laissant les gorilles siroter leur « flooded cañon », il sortit et traversa le parking rapidement. Doug Swiners l'attendait à la grille, le visage sombre.

— Venez, dit-il.

Il l'emmena dans une petite pièce près du corps de garde, à côté d'un lit où on distinguait une forme allongée.

— Regardez, dit le mercenaire.

Il alluma et tira une couverture. Malko faillit reculer devant l'horreur du spectacle. La fille étendue sur le lit était la petite amie de Doug Swiners.

Ses lèvres et une partie de son visage n'étaient plus qu'une plaie rougeâtre avec des taches marron. On avait dû lui administrer un puissant calmant, car ses traits étaient détendus. Elle dormait.

— Elle ne s'est pas encore vue, dit Swiners. C'est deux types à moto qui ont fait ça quand elle sortait de chez moi. De l'acide de batterie.

Malko émergea de la pièce, horrifié. Doug Swiners l'escorta jusqu'à la grille.

— Ce que je vous ai dit tient toujours, précisa-t-il. Il va se passer des trucs vraiment moches ici, je préfère ne pas être là... Somoza va réagir et ça va être dur. Il a eu le feu vert pour tuer cinq mille.

— Cinq mille, fit Malko, stupéfait. Que voulez-vous dire ?

— Il avait demandé cinquante mille pour être tranquille pendant dix ans. Le COS, ici, lui a assuré que Washington ne gueulerait pas trop si on en mettait cinq mille au tapis. Les plus méchants. Alors on les laisse faire. Occuper les villes, la grève générale, le bordel, quoi. Ensuite on leur tapera dessus.

Malko lui serra la main, atterré. Ainsi, Washington avait deux politiques. Une partie de la CIA complotait l'assassinat de Somoza, tandis que l'autre l'aidait à liquider ses opposants.

Cinq minutes plus tard, il était de retour à l'*Intercontinental*. Une femme se leva d'un des fauteuils du hall et vint à sa rencontre. Julia, la commissaire politique des sandinistes. Celle qu'il avait rencontrée dans le *by-pass*. Que faisait-elle au grand jour ? Il aperçut trois jeunes gens dans les fauteuils. Certainement ses gardes du corps.

— Je veux vous parler, dit-elle. Maintenant. Allons dans votre chambre.

Elle le suivit jusqu'à l'ascenseur. Les trois jeunes gens attendaient, silencieux, encadrant un quatrième, qui se déplaçait avec des béquilles. Tout le groupe entra dans la suite de Malko.

Les gorilles étaient toujours au bar, mais ils ne sentaient pas Malko en danger.

Ils s'assirent un peu partout.

— Que voulez-vous ? demanda Malko.

— Sebastian, le numéro 37, était mon fiancé, annonça Julia. Un *hijo de papa* (1) mais plein de courage. Nous avons commencé à le venger. Je dirige le commando chargé des exécutions des ennemis du

(1) Fils à papa.

peuple à Managua. Nous avons besoin de vous.

— De moi ? dit Malko, mais pour quoi faire ?

— Pour régler le sort de deux de nos pires ennemis, dit Julia. Le mercenaire Swiners et cette putain de Mercedes Puntas.

Les quatre hommes écoutaient tête baissée, absents. Semblant obéir à Julia, au doigt et à l'œil.

— C'est vous qui avez tué son chien ? demanda Malko.

— Oui.

Malko baignait dans la haine et l'horreur.

— C'est vous aussi qui avez aspergé d'acide une jeune fille ?

— Une jeune fille ! (Le ton de la commissaire politique était à la fois amer et désabusé.) Une putain, oui ! Son amant s'est servi d'elle comme *oreja*. Nous lui avions dit déjà plusieurs fois de le quitter, elle n'a pas voulu. Elle a été punie.

— Mais pourquoi l'acide ?

— Regardez Ramon. Ramon, montre ton pied.

L'homme qui marchait avec des béquilles retira sa chaussure et sa chaussette. Puis il décolla une large bande de scotch qui entourait tout son talon. Malko aperçut une plaie purulente affreuse à regarder qui rongeait la moitié du talon.

— Vous savez ce qu'ils lui ont fait ? dit Julia. Votre ami Swiners lui a trempé le talon dans l'acide parce qu'il ne voulait pas parler. Ensuite, on l'a forcé à courir sur ses plaies. Il faudra une greffe pour qu'il puisse marcher à nouveau. C'est un infirme, il a vingt-deux ans...

L'autre remit sa chaussette en silence. Malko fit face :

— Qu'attendez-vous de moi ?

— Que vous nous aidiez à tuer ce Swiners et cette chienne de Mercedes Puntas.

— Comment ?

Julia eut un sourire méchant.

— C'est facile. Nous vous avons surveillé. Vous les voyez souvent. Il suffit que vous cachiez deux des nôtres dans le coffre de votre voiture. On ne vous fouille pas. Vous entrez chez elle après leur avoir donné rendez-vous. Et vous laissez le coffre ouvert. Nous les forçons à monter dedans et nous repartons avec la voiture.

— Pourquoi voulez-vous les emmener ?

Les yeux noirs de Julia flamboyèrent.

— Ils seraient trop contents de mourir d'une balle dans la tête. Nous mettrons le temps qu'il faut à leur faire payer leurs crimes. Alors, êtes-vous d'accord ?

— Je pars demain matin pour les Etats-Unis.

Julia eut un sourire ironique.

— Nous le savons. On nous communique toutes les réservations. Mais vous reviendrez ?

— Je ne sais pas, dit Malko.

— Mais si, vous reviendrez, dit Julia. Nous saurons quand. Nous vous attendrons à l'aéroport et il faudra vous décider à nous aider. Sinon...

— Sinon quoi ? demanda Malko, agacé.

— Sinon, fit Julia en détachant bien ses mots, c'est vous que nous enlèverons. Vous paierez pour les autres. Ça leur fera encore plus peur. *Adios.*

Un à un, ils sortirent de la chambre. Le dernier claqua la porte violemment.

Resté seul, Malko se versa une vodka et la but d'un trait. Le moins qu'on puisse dire, c'est que les événements se précipitaient. La journée avait vu son bon petit contingent d'abominations. Sur ce point, les sandinistes ne le cédaient en rien à la Guardia.

De tout son cœur, Malko se mit à souhaiter que la CIA ne le renvoie pas à Managua. S'il revenait, il avait nettement l'impression qu'il toucherait le fond de l'horreur.

CHAPITRE XIV

Malko toussa, incommodé par la fumée du cigare de Georges Mean. Le patron du desk « Central America » n'avait pas arrêté de tirer dessus depuis le début du meeting, quarante-cinq minutes plus tôt.

Le Concorde d'Air France avait déposé Malko à Dulles Airport, exactement à l'heure prévue. Il avait pris un taxi directement pour Langley, tandis que l'appareil continuait sur Paris où il arriverait à 23 h. Sept heures quarante pour tout le trajet. Le seul vol de jour entre le Mexique et l'Europe.

Comme l'air conditionné ne fonctionnait pas et que le petit bureau ne comptait aucune ouverture, c'était franchement insupportable. Ils n'étaient que quatre : Malko, Jim Thorp, Georges Mean et David Wise, patron de la division des Opérations, représentant le septième étage. Jim Thorp tapotait machinalement sur l'épais dossier constitué des différents câbles échangés entre Managua et Langley, depuis la disparition de Brenda Trent.

— Qu'y a-t-il comme traces administratives de ce projet ? demanda David Wise avec son accent bostonien.

— Rien d'autre que ce qui est ici, affirma le DDO.

— Vous en êtes absolument certain ? insista David Wise.

— Positif, sir.

Le silence retomba. Chacun regardait le tapis vert devant lui.

— Sir, demanda le DDO, quelle est la position du Comité des Quarante sur ce projet ?

David Wise demeura impassible.

— Il n'en a pas, il n'est pas au courant.

— Que se passera-t-il si on lui soumet le projet ? demanda Jim Thorp.

— Il le refusera, dit platement David Wise. Même s'ils meurent d'envie de le faire.

Jim Thorp murmura quelque chose entre ses dents sur les enculés de bureaucrates. Puis il s'éclaircit la voix et annonça :

— Grâce à notre « source verte », nous savons ce qui se passe avec précision au Nicaragua. La rébellion est en train de s'étendre. Plusieurs villes sont touchées, certaines occupées par les sandinistes. La grève générale est suivie à 90% dans la capitale et à 100% en province. Il y a de nombreuses désertions dans la Guardia. Si Somoza ne disparaît pas vite et qu'il n'y ait pas un gouvernement d'union nationale, on risque de se retrouver avec un nouveau Fidel Castro.

Un ange passa, brandissant un glaive orné de la faucille et du marteau. David Wise dessinait avec beaucoup d'application un avion de combat sur son buvard. Personne ne parlait plus. Il se tourna vers Malko :

— Pensez-vous que la disparition de Somoza aiderait un homme comme Ruben Dario à sortir de la neutralité ?

Malko regarda son vieil ami, hésitant à répondre. Il connaissait David Wise de longue date. C'était un haut fonctionnaire intègre, intelligent et dévoué à son pays. Sa seule motivation. Qui l'avait amené à commettre pas mal d'horreurs. Un vrai monstre froid. Sa réponse avait une importance capitale. Parce que c'était Wise qui décidait. Et il n'était pas question de lui répondre à côté.

— Je pense que oui, dit-il.

Il vit la lueur de joie dans les yeux noirs de Jim Thorp qui dut se retenir pour ne lui adresser un clin d'œil.

David Wise semblait peser tous les éléments du problème. Il se tourna vers le DDO :

— Si nous demandons quelque chose à la TD (1), il va rester une trace de votre demande...

Le DDO avait prévu la question.

— Non, sir, dit-il, je peux l'affecter à un autre projet, RE-Feature par exemple. Il n'y aura que moi à être au courant. Cela ne posera pas de problème.

Malko ne savait pas ce qu'était RE-Feature, mais avait compris le mécanisme. La bombe fournie par la CIA pour assassiner Somoza serait officiellement destinée à un autre pays. Sauvant les apparences en cas d'enquête du Congrès. Maintenant, les deux autres étaient suspendus aux lèvres de David Wise. Tous sentaient qu'il n'y aurait pas de deuxième séance... De nouveau, le patron de la division des Opérations parla :

— Tous les documents concernant ce projet sont réunis ici ?

— Oui, sir.

— Donnez-les-moi.

Le DDO poussa l'épais dossier vers David Wise. Celui-ci le feuilleta rapidement, releva la tête et dit d'une voix égale :

— Nous allons donner une suite favorable à ce projet. Mr. Linge va retourner à Managua, sans en

(1) Technical Division.

référer à la station locale. Désormais, il n'y aura plus aucune communication écrite à ce sujet, même pas de *blind memorandum.* Vous mettrez au point ici les détails de l'opération avec Mr. Linge. Lorsque le projet sera réalisé, qu'il revienne immédiatement.

Le DDO écoutait, ravi. Tout à coup, il se rembrunit.

— Sir, et l'argent ?

David Wise ne broncha pas.

— Utilisez le compte « Bahamas » qui ne peut pas être relié à nous. Affectez toujours à RE-Feature.

Il se tourna vers Malko :

— A ce propos, Mr. Linge, je tiens à vous souligner un point important. Il serait hautement souhaitable que le réceptacle de ces fonds ne puisse, plus tard, venir témoigner contre nous.

Le silence qui suivit était épais comme un brouillard londonien. En clair, le patron de la division des plans demandait à Malko d'assassiner l'assassin de Somoza. Dans la plus pure tradition de la Mafia. De mieux en mieux. Le DDO, qui n'avait pas le sens des nuances, renchérit lourdement :

— Et puis, cela fera des économies...

Aussitôt David Wise le fusilla du regard.

— Mr. Thorp, le problème n'est pas là. Nous devons éviter tout ce qui serait préjudiciable à l'Agence. Je sais que Mr. Linge m'a compris et que je peux lui faire confiance...

Il ne s'agissait plus de se salir les mains, mais les bras et les coudes. Malko préféra ne pas répondre. En dépit de dix ans de « service », il s'obstinait à ne pas avoir une âme d'assassin... David Wise parcourut la table d'un regard circulaire, attirant le dossier vers lui.

— Très bien, messieurs, je vous souhaite bonne

chance. Et souvenez-vous, pas de papiers. Rien ne doit relier l'Agence à ce projet. Absolument rien. *Have a good day* (1).

Il se leva, sortit et ferma doucement la porte derrière lui. Aussitôt, le DDO poussa une exclamation enthousiaste :

— Ça y est, on peut y aller. Je suis sûr que tous les salauds du septième sont au courant. Mais ils jouent à l'autruche, ces cons ! Enfin, si ça peut leur faire plaisir...

Il sourit à Malko.

— Il va falloir que vous passiez par Nassau...

— Si je vais à Nassau, cela laisse une trace, remarqua Malko.

Le DDO se rembrunit.

— OK, je vais y aller moi-même. Dans la journée. Je vous retrouve demain à Kennedy Airport dans la salle des Eastern Airlines. Vol 112, direct pour Mexico. Décollage neuf heures trente, arrivée 14 h 40, pour vous faire passer la douane. Vous avez votre correspondance pour Managua à 16 h 10. Evidemment, ce n'est pas le Concorde.

Il avait déjà tout prévu...

— Et ensuite, dit Malko, à l'arrivée ? Comment voulez-vous que je passe avec une bombe à retardement et cinq cent mille dollars en cash...

Normalement, ce genre de cargaison transitait par la valise diplomatique. Là, il n'en était pas question, puisqu'on laissait la station locale en dehors. Jim Thorp soupira.

— Je sais. Il y a un risque que nous allons essayer de minimiser. Je m'en occupe aujourd'hui.

— Je décline toute responsabilité, dit Malko. Je n'ai jamais couru un risque pareil...

Jim Thorp eut un geste d'impuissance.

(1) Bonne journée.

— On ne peut pas faire autrement... Bon, je vous retrouve demain. Moi, j'arriverai de Nassau. Et ensuite, silence radio. Mais j'achèterai les journaux, ajouta-t-il avec un gros rire heureux. Un foutu salaud en moins.

Qui avait été longtemps le chouchou de la Company...

— Vous n'avez pas la reconnaissance du ventre, remarqua Malko. Il vous a rendu de sacrés services.

Jim Thorp le fusilla du regard.

— Vous oubliez ce qu'il a fait à miss Trent. Croyez-moi, si vous y arrivez, son père vous aura à la bonne. Et l'amitié d'un GS 18, c'est toujours bon à prendre...

— Une place à l'ombre à Arlington aussi, dit Malko.

Arlington était le cimetière où finissaient les barbouzes particulièrement méritantes et malheureuses. Celles qui recevaient la Silver Star à titre posthume.

Malko se leva. Il faisait beau et lourd à Washington. Presque la même température qu'à Managua. Il avait le temps d'aller faire un peu de shopping. Un réfrigérateur pour le château de Liezen qui vomisse des cubes de glace évitant à un homme bien né de donner la chair de poule à une dame, en se gelant les doigts.

Ensuite, ce serait le retour à l'horreur.

*
* *

Il restait exactement dix-sept minutes avant le décollage du vol pour Mexico City lorsque Georges Mean fit son apparition une valise noire dans une main et un attaché-case de même couleur dans l'autre. Malko était un des derniers passagers à ne pas avoir embarqué. L'Américain était congestionné, haletant.

— Bon sang, dit-il, j'ai cru que je n'y arriverais jamais. J'ai passé la journée en avion.

Il tendit l'attaché-case à Malko.

— Voilà. Il y a dix liasses de cinquante mille en billets de cent. Vous voulez me signer ceci ? Faut que je sois couvert.

Malko signa le reçu sans même lire la formule et l'autre l'empocha. Puis il poussa la Samsonite noire vers Malko.

— Le truc est là-dedans, expliqua-t-il. Avec tout un lot de vêtements faits pour un type qui mesurerait vingt centimètres de moins que vous. Aux initiales G.V. Au cas où il y aurait un pépin, dites que c'est une erreur, que ce n'est pas la vôtre... C'est tout ce qu'on peut faire.

L'hôtesse des Eastern s'approcha.

— Sir, dit-elle à Malko, nous embarquons...

Georges Mean s'essuyait le front. Il se rapprocha de Malko.

— Encore un petit truc, dit-il d'un air embarrassé. J'ai l'ordre de faire rentrer Chris Jones et Milton Brabeck. Maintenant que vous êtes en plongée, ils sont trop voyants. Vous me comprenez, n'est-ce pas ?

L'hôtesse qui s'impatientait évita à Malko de répondre. Il ramassa les bagages et se dirigea vers l'embarquement. Dans huit heures, il serait à Managua. Tout seul maintenant. Les vœux pieux de la Company ne valaient pas de bons « babysitters ».

***

Il les vit tout de suite parmi la foule qui attendait derrière la paroi vitrée, à la sortie de la douane. Julia, la commissaire politique, et trois jeunes. Oui, la sandiniste avait vraiment la liste des passagers...

L'attaché-case noir à la main, Malko se dirigea vers le guichet de la police. L'atmosphère semblait toujours aussi lourde. Il y avait des soldats partout dans l'aéroport, en gilets pare-balles.

Il était encore étourdi de son voyage. D'abord le Tristar des Eastern, ensuite la navette, le vieux « 707 » de la Panam, tout sale, allant à Managua et Panama. Malko avait eu l'impression de se déplacer en autobus après le Concorde. Tout le long du trajet, il avait regretté la vitesse vertigineuse, le glissement sans secousses à vingt mille mètres dans un ciel toujours pur, dans un confort absolu.

Il chercha des yeux quelqu'un de connaissance. Personne. Uniquement les visages las et fermés des douaniers. On apporta les bagages. Un porteur prit la Samsonite noire et précéda Malko. Celui-ci s'arrêta devant le douanier en civil. Ce dernier pointa le doigt sur l'attaché-case.

— *What is it ?*

Malko sourit, engageant.

— Courrier diplomatique, dit-il. American Embassy.

L'autre ne parut pas comprendre.

— Ouvrez.

Il avait pris l'attaché-case et cherchait vainement à l'ouvrir. Il tendit la main à Malko.

— La clef.

Malko commençait à sentir la sueur couler dans son dos. Si après cela l'autre s'attaquait à la Samsonite, c'était la catastrophe. Fermement, il s'accrocha à l'attaché-case, maudissant l'imprudence du DDO.

— Impossible. Il n'y a pas de clef, dit-il, et je ne connais pas la combinaison. On ne peut pas l'ouvrir. Secret diplomatique.

Le douanier hésitait. Finalement, il prit le parti d'aller chercher un officier. Celui-ci écouta les explications de Malko. Calmes, mais fermes.

— Téléphonez à l'ambassade, dit-il. Ils vous confirmeront que c'est couvert par le secret diplomatique...

Qu'allait dire Henry Gall ? A cette heure tardive, il ne devait pas être là. L'autre hésitait, tiraillé entre la paresse et le devoir. Finalement, il sourit à Malko.

— Señor, je vous crois, je vais seulement passer cet objet au détecteur pour être sûr qu'il ne contient rien de dangereux.

Impossible de se défiler. Malko attendit tandis que l'officier enfournait l'attaché-case dans la machine à détecter les objets dangereux. Cela dura quelques secondes. Puis l'officier se retourna.

— Parfait, señor, vous pouvez passer.

La mallette au bout du poignet, Malko vola jusqu'au taxi. Aussitôt suivi par le porteur et la Samsonite noire sur laquelle le douanier avait distraitement tracé une croix à la craie. Aussitôt les quatre sandinistes l'entourèrent.

— Nous vous attendions, dit Julia. A partir de maintenant, nous ne vous quitterons plus. L'insurrection a progressé depuis votre départ. La mort spectaculaire du mercenaire et de cette putain seront des coups durs pour le régime. Quand voyez-vous Doug Swiners ?

— Comment voulez-vous que je le sache ? dit Malko. J'arrive.

Le porteur avait déjà installé ses bagages dans un taxi, Julia eut un sourire dangereux.

— Très bien, nous vous suivons jusqu'à l'hôtel. Débrouillez-vous pour avoir un rendez-vous demain. Sinon...

— Sinon quoi ?

— Nous vous tuerons.

Elle se détourna aussitôt et claqua la portière du taxi de Malko. Il vit les quatre sandinistes s'entasser dans une vieille voiture qui démarra derrière la sienne. Tandis qu'il roulait à 20 à l'heure sur la carretera del Norte, il se demanda qui allait encore l'attendre...

Lorsque la masse trapézoïdale de l'*Intercontinental* apparut, l'autre voiture suivait toujours. Malko sortit du taxi et courut jusqu'à la porte tournante au moment où tombaient les premières gouttes de l'orage quotidien. Des gouttes en forme de seau.

La première personne qu'il aperçut fut Doug Swiners, en tenue de combat, affalé dans un fauteuil du hall, les traits tirés. Il se leva en apercevant Malko et vint vers lui.

*
* *

Le mercenaire regarda autour de lui et murmura :

— Ne parlons pas ici, le bell-boy travaille pour El Chigüin. Allons dans votre chambre.

— Comment saviez-vous que j'arrivais ?

L'Américain sourit.

— Les listes de passagers. Vous oubliez que je travaille avec la BECAT.

— Où sont Chris et Milton ? dit Malko.

Doug Swiners le regarda avec surprise.

— Comment, vous ne savez pas ? Ils sont partis cet après-midi.

La CIA ne perdait pas de temps.

Dans l'ascenseur, ils demeurèrent silencieux, face à face. Malko n'aimait pas beaucoup être cueilli à froid de cette façon. Le pistolet pendant à la ceinture du mercenaire ne le rassurait pas non plus. C'était facile de lui tirer une balle dans la tête et de se sauver avec cinq cent mille dollars en cash...

Dans un pays comme le Nicaragua, la mort de Malko ne déclencherait pas une insurrection...

A peine dans la suite, Doug Swiners se détendit et se laissa tomber sur le lit.

— *God,* je n'ai pas dormi depuis votre départ. Les autres sont déchaînés. Ils attaquent partout. Ils ont des armes, cette fois. Des vraies, pas comme à Matagalpa.

— Ils vont balayer le régime ? demanda Malko, plein d'espoir.

Ce qui éviterait pas mal d'horreur. Mais l'Américain secoua la tête.

— Ils n'ont aucune chance, fit-il froidement. Ce sont des gamins qui ont des couilles, c'est tout. Somoza est malin. Il les laisse s'implanter dans le centre des villes comme s'il n'était pas assez fort pour les repousser. Puis, quand ils seront tous bien retranchés, la Guardia les liquidera. Elle en a les moyens.

Malko le fixait, pris d'une inquiétude subite.

— Si vous êtes si sûr que cela s'arrange, demanda-t-il, pourquoi prenez-vous le risque avec moi ?

Le mercenaire eut un mince sourire.

— Bravo. Bien raisonné. Mais cela ne sera plus jamais comme avant. Ils ont les moyens de faire de la guérilla urbaine. Je n'ai pas envie d'avoir peur de mon ombre... Je préfère apprendre le ski nautique à des vieilles à Miami. Alors ? Qu'est-ce qu'on a dit à Washington ?

Malko prolongea le suspense quelques secondes avant de dire :

— Ils acceptent.

Le mercenaire regarda l'attaché-case.

— Vous avez ce qu'il faut ?

Ses yeux brillaient. Malko défit la combinaison et ouvrit. L'Américain fixa longuement les liasses de billets, puis leva les yeux vers Malko, avec un sourire enfantin.

— Je n'ai jamais vu un tas de pognon pareil. C'est beau.

Encore une âme pure...

— Vous êtes toujours d'accord ? demanda Malko.

Le mercenaire inclina la tête affirmativement.

— Oui. Donnez-moi les cent mille et vous avez un *deal*.

Malko sortit deux liasses de la mallette. Chacune avait près de dix centimètres d'épaisseur. Une petite brique. Doug Swiners les prit et en enfourna une dans chacune des grandes poches de sa tenue de combat. Malko l'observait, dégoûté et amusé.

— Qu'est-ce que je fais de l'explosif ? dit-il. C'est dangereux de le garder ici.

Le mercenaire avait fini d'empiler son trésor. Il regarda Malko avec perplexité.

— Le mieux, c'est de le mettre dans un coffre de l'hôtel fermé à clef. Il y a un petit risque, mais cela vaut mieux que de le laisser dans la chambre. Pour prendre livraison, retrouvons-nous chez Mercedes Puntas.

— Pourquoi chez Mercedes ? demanda Malko, dont le cœur s'était mis à battre.

Cela lui rappelait un vieux conte arabe. La mort qui attendait un voyageur à Samarcande...

Doug Swiners venait se jeter dans la gueule du loup.

— Je vais cacher le dispositif chez elle en attendant de l'utiliser, expliqua le mercenaire. C'est trop dangereux de le prendre au « Casino ». Et nous pouvons également nous rencontrer chez elle sans éveiller les soupçons du colonel. A vous de vous débrouiller pour vous faire inviter. Elle donne un déjeuner après-demain. J'y serai.

Il se leva et serra la main de Malko.

— Faites attention.

Dès qu'il fut seul, Malko ouvrit la Samsonite. Sous des vêtements, il découvrit la machine infernale offerte par la CIA.

Un cylindre noir mat en métal de vingt centimètres de long sur cinq de diamètre, terminé par un embout carré. Et, à côté, une grande boîte plate qui aurait ressemblé à une boîte à cigares, sans le micro incorporé et l'antenne repliée. L'émetteur radio devait déclencher l'explosion. Georges Mean lui en avait expliqué le maniement. Extrêmement simple... La longueur d'onde était préréglée. Il suffisait de mettre l'émetteur sur « ON ». Un voyant rouge s'allumait alors. En poussant sur le second bouton, un voyant ambre devait s'allumer si le récepteur fixé à l'explosif se trouvait à une distance suffisante de l'émetteur, déclenchant un petit couinement. Le signal d'acquisition.

Ensuite, il n'y avait plus qu'un bouton rouge à enfoncer. Une fraction de seconde plus tard, la charge exploserait... Une des faces du cylindre était plate et magnétisée, permettant de le fixer sur une surface métallique sans attache spéciale. Malko le soupesa. Un kilo environ. Avec les explosifs modernes à grand pouvoir brisant, cela suffisait à réduire la turbine d'un hélicoptère en miettes...

Il mit le tout à côté des liasses restantes dans l'attaché-case, brouilla la combinaison.

***

— Malko ! Tu es revenu.

La voix de Mercedes vibrait d'enthousiasme. Comme si vraiment Malko était l'homme de sa vie... Touchant. Elle semblait remise de la mort de son chien.

— Oui, dit Malko, je dois acheter une plantation de café. Comment est la situation ?

— Mauvaise, avoua la jeune femme. On se bat partout dans le pays. Les communistes attaquent. Mais le président aura le dernier mot. Je crois que je vais aller passer quelque temps en Floride. Tu veux venir avec moi ? Otero est obligé de rester ici...

— C'est gentil, dit Malko. Mais je pourrais te voir avant Miami.

— *Como no.* Demain, je donne un petit buffet. Il y aura ton ami Swiners et Otero, bien entendu. Plus deux ou trois jeunes gens de l'ambassade de France. Dont un superbe.

— Tous tes amants, fit Malko en riant.

— Allons, tu sais bien que je ne baise pas...

Le contact était rétabli. Malko mourait de faim. Il n'avait pas le courage d'attendre le petit déjeuner dans sa chambre. Après s'être aspergé de Jacques Bogart, il descendit à la cafétéria.

A peine était-il assis que Julia se matérialisa et s'assit devant le box en face de lui. La jeune femme avait les yeux rouges et semblait bouleversée.

— Vous avez le rendez-vous ? demanda-t-elle, sans préambule.

— Pourquoi êtes-vous si pressée ? dit Malko. Vous êtes en train de gagner la guerre. L'exécution de Doug Swiners peut attendre quelques jours.

Les prunelles sombres de Julia jetèrent des éclairs.

— Non.

— Pourquoi ?

— El Cero est mort ce matin. A cause des blessures infligées par Swiners. (Sa voix se brisa.) L'enterrement est pour après-demain. Je veux pouvoir regarder le cercueil en face. Lui dire que je l'ai vengé. Alors, aidez-nous.

— Mais pourquoi prendre le risque d'aller là-bas ? plaida Malko. Puisque vous pouvez l'abattre dans la rue...

— Pourquoi ?

La lèvre supérieure de Julia se retroussa, comme un chien qui va mordre.

— Parce que je vais lui couper les couilles moi-même, dit-elle. Et je les mettrai dans le cercueil d'El Cero. Il dormira mieux pour l'éternité.

CHAPITRE XV

Malko eut l'impression d'entendre claquer les mâchoires d'acier d'un piège. Julia le fixait avec une telle intensité qu'il baissa les yeux. Cherchant désespérément une échappatoire. La CIA n'avait pas prévu cette complication qui le jetait dans un dilemme atroce. Ce n'était pas possible d'enrayer la haine viscérale de la jeune sandiniste. Seulement, Doug Swiners était le seul allié — irremplaçable — sur lequel Malko puisse compter pour éliminer le président Somoza...

Il demeura silencieux quelques instants, pesant les alternatives du dilemme, observé par Julia.

— Alors ?

La voix de la jeune femme était de nouveau tendue, agressive.

Il essaya de dissimuler son angoisse et sa tristesse derrière un ton détaché :

— Je suis invité demain chez Mercedes Puntas. Doug Swiners se trouvera là-bas.

Les dés étaient jetés, la machine infernale venait de commencer son tic-tac.

En face de lui, les traits de Julia se détendirent comme si on avait lâché un ressort. Dans un geste inattendu, elle se pencha et ses lèvres effleurèrent la main de Malko. Quand elle se redressa, ses yeux étaient humides.

— *Muy bien*, dit-elle, d'une voix qu'elle avait du mal à contrôler. La première chose que vous allez faire est de changer votre voiture. Rendez votre Cortina et louez une grosse voiture américaine. A cause du coffre. Nous vous verrons ce soir pour mettre au point les détails de l'opération. Vous connaissez le *Lobster Inn* ?

— Je connais, dit Malko.

— A neuf heures là-bas, fit Julia en quittant le box.

Malko l'observa tandis qu'elle traversait la cafétéria. Elle était appétissante, avec sa lourde poitrine d'Indienne et sa croupe rebondie, moulée par le blue-jean, la taille étroite serrée dans une large ceinture. Les filles de son âge songeaient à aimer, pas à tuer. Tout était à l'envers au Nicaragua. Et comment osait-elle s'aventurer ainsi en pleine ville, à quelques mètres du QG de la Guardia ? Elle jouait avec les nerfs de Swiners, mais est-ce que les autres ne jouaient pas non plus avec elle comme le chat avec la souris ?

Malko essaya de ne plus penser. Une fois de plus, la CIA allait lui faire commettre une abomination.

***

Julia choqua son verre contre celui de Malko, les yeux brillants, les joues rosies par l'alcool.

Ils burent. Le *Lobster Inn* était pratiquement vide. Julia avait beaucoup bu, et sa voix commençait à être sérieusement pâteuse. Elle avait troqué ses jeans pour un haut de dentelles noires, très hispanique, avec une jupe assortie, qui mettait en valeur la cambrure de ses reins. Elle avait la peau très blanche, contrastant avec ses sourcils épais et charbonneux.

— Je serai peut-être morte demain, dit-elle rêveusement.

— Ne dites pas de bêtises.

Julia eut un sourire ironique et triste.

— Beaucoup de mes camarades sont morts. C'est une chose à laquelle il nous faut nous préparer.

— On ne se prépare pas à la mort, remarqua Malko. Pas plus qu'on ne se prépare à naître. La mort vous prend toujours par surprise. Même si vous avez cent ans... Parce que c'est quelque chose qui nous révulse, à quoi nous ne pouvons pas vraiment croire.

— J'ai envie de danser, dit brusquement Julia. Allons au *Tropicana*. C'est une boîte infâme, mais il y a un orchestre.

Dans la Cortina, Julia se mit à chantonner. Le *Tropicana* se trouvait sur la carretera del Sur. Un hangar minable avec un mini-casino au fond, une estrade à strip-tease et des néons de toutes les couleurs. Dès que le strip-tease fut terminé, Julia se leva et l'entraîna sur la piste, au son d'une vague musique tropicale. Puis il y eut un slow, et elle demeura contre lui, le bassin appuyé au sien. Ils revinrent à leur table, la main dans la main. Julia eut un sourire en coin, ambigu.

— Si les camarades me voyaient...

Le *Tropicana* était franchement immonde. Malko réussit à se faire servir une bouteille de Moët et Chandon, mais elle était tiède... Ils restèrent encore un peu et se retrouvèrent dans la nuit tiède. Julia titubait. Appuyée au capot, elle fit face à Malko.

— Allons chez moi.

Ils roulèrent vingt minutes à travers Managua désert. Jusqu'à un quartier moderne de petites maisons accolées les unes aux autres. La sienne était pauvrement meublée, avec une alcôve où il y avait un lit, un téléphone et des étagères pleines de livres. Julia se laissa tomber sur le lit, sans même ôter sa jupe.

— Baise-moi, dit-elle. Tout de suite.

Elle défit son chemisier et l'enleva. Son soutien-gorge moulait une poitrine magnifique, avec plusieurs marques brunes. Lorsque Malko la pénétra, Julia rejeta la tête en arrière, avec un soupir rauque de contentement, puis se mordit les lèvres, comme gênée d'exprimer son plaisir.

Ses genoux s'élevèrent, son bassin bascula, permettant à Malko de s'enfoncer en elle encore plus profondément. La bouche ouverte, elle feulait comme un animal, les mains crispées sur la couverture et non sur le dos de Malko.

Son bassin se soulevait en secousses furieuses, sa tête roulait de gauche à droite, les talons de ses chaussures s'enfonçaient dans la couverture. Un cri rauque s'échappa de sa gorge, et son corps se tendit en arc de cercle. Puis elle retomba, épuisée.

Ils restèrent immobiles un long moment.

Elle défit enfin son soutien-gorge, libérant ses seins. Malko désigna les petites taches brunes.

— Qu'est-ce que c'est ?

Machinalement, Julia caressa sa peau.

— Des brûlures de cigarette. Un jour, la Guardia m'a prise à Léon. Ils ont voulu me faire avouer quel était le prêtre qui nous aidait. Comme je ne voulais pas, ils m'ont violée avec des bouteilles de bière et m'ont brûlée. Je suis restée six semaines à l'hôpital.

Malko avait honte. Voilà que l'horreur faisait irruption de nouveau dans son intimité.

— Cela ne t'a pas dégoûtée des hommes ? demanda-t-il.

Elle secoua la tête.

— Si. Je n'ai pas fait l'amour pendant deux ans. Dès qu'un homme me touchait, je devenais hystérique. Puis j'ai rencontré Julio. Il a attendu six mois. Nous couchions dans le même lit tous les soirs, mais il ne me touchait pas. Pourtant... Je le soulageais avec ma main, puis avec ma bouche. Enfin, un soir où j'avais beaucoup bu... Si tu savais comme j'ai joui cette nuit-là ! J'avais l'impression de revivre.

Elle se tut. Malko l'observait.

— Julia, dit-il, ne viens pas demain, envoie tes hommes, mais ne viens pas. Ce n'est pas un travail de femme. Trop risqué. Ils liquideront Swiners tout seuls.

Julia secoua la tête.

— Tu plaisantes ! Je veux lui couper les *cojones* moi-même. Nous t'attendrons au kilomètre 14, dans le petit chemin du Mont-Thabor. En face de la casa Wheelock. A deux heures. Maintenant, va, je veux dormir.

Elle se leva, lissa sa jupe. Les seins nus, elle était superbe. Les grandes aréoles brunes s'écrasèrent contre la chemise de Malko.

— *Muchas gracias*, dit-elle. Tu m'as bien fait jouir...

Malko se retrouva dans la petite rue chaude et déserte, la tête vide, l'estomac tordu d'angoisse, se demandant même comment il avait pu rendre hommage à Julia avec cette épée de Damoclès au-dessus de la tête. Il conduisit lentement jusqu'à l'hôtel, à travers les rues désertées, croisant seulement une jeep de la BECAT. Essayant de ne pas penser à ce qui se passerait le lendemain. Il lui semblait que le temps s'était brusquement accéléré...

Il se trouvait devant un dilemme atroce, sans solution. Dont le poids reposait entièrement sur ses épaules.

Il avait espéré que sa soirée avec Julia lui permettrait de la faire changer d'avis, et s'en voulait encore plus de ce qui s'était passé.

CHAPITRE XVI

L'anxiété oppressait tellement Malko qu'il avait l'impression de se trouver à cinq mille mètres d'altitude. Pourtant, la colline du Mont-Thabor, avec ses résidences luxueuses de part et d'autre de l'étroite carretera del Sur, ne s'élevait qu'à trois cents mètres au-dessus du lac Managua. Il aperçut la bifurcation sur sa droite, un chemin de terre desservant plusieurs villas pour revenir rejoindre ensuite la route principale, trois cents mètres plus loin. Il y engagea la grosse Ford « LTD » blanche, priant de toute son âme pour que les sandinistes ne soient pas au rendez-vous. Il parcourut cent mètres, franchit la première courbe.

Ils étaient là. Julia et deux hommes, tous en jean et chemise. Un jeune barbu qui se trouvait à l'aéroport et un autre plus jeune, inconnu de Malko. Chacun avec une musette. Dès qu'il s'arrêta, ils se précipitèrent vers lui. Il aperçut une petite voiture garée plus loin, près d'un transformateur.

— Vite, fit Julia, le coffre.

Malko ouvrit le coffre. Aussitôt la jeune femme grimpa dedans et s'y coucha. Rejointe par le barbu, avec une musette d'armes. Julia, recroquevillée dans le coffre, se tourna vers Malko.

— Entrez dans la maison de Mercedes Puntas. Ensuite, laissez le coffre entrouvert, nous attendrons que personne ne soit en vue pour en sortir. De cette façon, on ne saura jamais comment nous sommes entrés.

— Comment vous enfuirez-vous ?

— Dans votre voiture ou dans une autre, dit Julia. Laissez les clefs sur la vôtre. Ne craignez rien. Tout se passera bien.

Malko regarda quelques instants les deux corps serrés l'un contre l'autre, les armes et, d'un coup sec, referma le coffre. Puis il remonta dans sa Ford. Encore dix kilomètres. Il les parcourut le plus lentement possible, cherchant désespérément une solution de rechange. Sachant au fond de lui-même qu'il n'y en avait pas...

Le soldat en faction devant la villa, prévenu par Mercedes Puntas, s'empressa d'ouvrir la grille. Il se gara à l'endroit habituel et sortit de la voiture. Mercedes surgit de la villa et vint à sa rencontre, secouant sa tignasse, les yeux dissimulés derrière des lunettes noires. Juchée sur ses mules et vêtue d'un maillot fuchsia.

— Malko, comme c'est gentil d'être venu !

Elle l'entraîna aussitôt par la main, sans lui laisser le temps de dire ouf. Même s'il avait voulu ouvrir le coffre, il n'en aurait pas eu le temps... Le colonel Nuncio et Doug Swiners étaient autour de la piscine avec deux autres filles : Carmen, l'amie que Malko connaissait déjà, et une brune frisée qu'on lui présenta sous le nom de Cecilia. Le juke-box jouait *La vie en rose*, le soleil brillait, il ne faisait pas trop chaud, c'était le paradis...

Etalé sur sa chaise longue, comme une énorme méduse rose, le colonel Otero Nuncio salua joyeusement Malko de la main, sans se déplacer. Nu, il était vraiment repoussant : une énorme motte de beurre saumon, qui émettait des borborygmes infects.

— Tu veux te mettre en maillot ? proposa-t-elle à Malko.

— Tu as eu des nouvelles pour ton chien ? demanda-t-il.

Le visage de Mercedes s'assombrit.

— Oui, ce sont les sandinistes. On sait même qui. Ils m'ont téléphoné qu'ils viendraient chez moi, qu'ils me tueraient. Si tu savais les injures qu'ils m'ont dites !

Un domestique vint chercher Mercedes : on la demandait au téléphone. Aussitôt, Doug Swiners s'approcha de Malko et demanda d'une voix indifférente :

— Vous avez apporté le matériel ?

Malko réalisa soudain avec horreur que l'attaché-case contenant la bombe était au fond du coffre, avec les deux sandinistes. Dans leur précipitation, il l'avait oublié.

— Oui, dit-il.

— Où ?

— Dans le coffre de la voiture.

Doug Swiners tendit la main.

— Donnez les clefs, je vais aller le chercher et le mettre en lieu sûr. Nous agirons demain ou après-demain. J'ai tout mis au point. Le patron vient ici. Je serai là. C'est moi qui suis chargé de la garde de l'hélicoptère... Tout se passera très bien.

Mercedes réapparut, traversa la pelouse de sa démarche vive et s'arrêta près d'eux.

— Qu'est-ce que vous complotez tous les deux ?

Doug Swiners sourit.

— Malko m'a rapporté quelques *Penthouse* de Washington. Ils sont dans sa voiture. Je vais les chercher.

Mercedes Puntas éclata d'un rire brutal.

— Doug ! Vous n'avez quand même pas besoin de ça. Je croyais que vous étiez un *macho* !

Un peu déhanchée, les lunettes comiquement baissées sur son petit nez, elle le défiait, une lueur trouble dans ses yeux en amande. Malko avala sa salive. Il ne sentait plus le soleil brûlant. Il aurait voulu se trouver à dix mille lieues de là. Mercedes riait encore lorsqu'il lui demanda :

— Aimeriez-vous retrouver ceux qui ont tué votre chien ?

Le sourire se figea. Elle ôta ses lunettes. Son menton tremblait.

— Qu'est-ce que vous voulez dire ? fit-elle d'une voix changée.

— Je sais où ils se trouvent, dit Malko. Si vous me promettez de leur laisser la vie sauve, je vous les livre.

— Je promets, dit Mercedes un peu trop vite. Où sont-ils ?

Maintenant, il ne pouvait plus reculer. Doug Swiners le contemplait avec stupéfaction.

— Dans le coffre de ma voiture.

La mâchoire de Mercedes sembla prête à se décrocher.

— Dans votre coffre. Mais qu'est-ce qu'ils y font ?...

— Je leur ai tendu un piège, dit Malko avec simplicité. Ils ont cru que j'étais de leur côté. C'est une longue histoire.

Mercedes Puntas demeura muette quelques secondes, comme assommée par la nouvelle. Sans rien demander de plus, elle se retourna et fonça sur la chaise longue du colonel. Si vite qu'elle perdit une de ses mules en route... Doug toisa Malko.

— Qu'est-ce que c'est que cette histoire ? dit-il à voix basse.

— Je vous sauve la vie, dit Malko; je vous expliquerai plus tard.

Arraché à sa sieste par les glapissements de Mercedes, Otero Nuncio se redressa péniblement et appela Malko.

— Señor Linge, venez, *por favor.*

Malko s'approcha. Mercedes trépignait.

— Il me l'a dit, il me l'a dit, ils sont dans la voiture...

Elle avait des yeux de folle.

— C'est vrai ? demanda Nuncio, vous avez deux terroristes dans le coffre de votre voiture ?

— C'est vrai, dit Malko. Ils m'ont intercepté quand je sortais de mon hôtel et m'ont demandé de les conduire ici en se cachant dans le coffre de ma voiture. Vous savez que j'avais eu certains contacts lors de mon premier séjour.

Mercedes ne tenait plus en place.

— Il faut les prendre, il ne faut pas qu'ils s'échappent. Vite.

Avec un grognement, le colonel Nuncio s'arracha à sa chaise longue et roula à travers la pelouse, comme un fût vide. Jusqu'au poste de garde. Malko et les autres suivirent. Malko avait un goût de cendres dans la bouche. C'était abominable. Doug Swiners ramassa au passage son Uzi posée dans le hall. Le colonel quitta le groupe de soldats et rejoignit Malko.

— Nous sommes prêts. Vous allez vous diriger vers votre voiture, en compagnie de Mercedes. Vous bavarderez. Ouvrez le coffre le plus vite possible et écartez-vous. Nous nous chargeons du reste.

Mercedes passa son bras sous celui de Malko. Elle tremblait. Ils s'avancèrent vers la Ford d'une démarche d'automate. Le bruit du gravier crissant sous ses pas semblait démesuré à Malko. D'une voix totalement artificielle, Mercedes lui dit :

— Aujourd'hui, il ne fait pas assez beau, mais, quelquefois, on peut voir la côte du Pacifique d'ici.

Il tira le trousseau de clefs de sa poche, prit la

ronde, l'enfonça dans la serrure et tourna. Se disant dans la même seconde que les deux sandinistes avaient pu se douter d'un piège et attendaient peut-être, leurs armes braquées. Il aperçut derrière lui les soldats qui s'avançaient, fusil au poing. Brusquement, au moment où le coffre se soulevait, Mercedes s'arracha à son bras et s'enfuit en courant.

Malko aperçut les deux corps serrés l'un contre l'autre, les visages crispés de Julia et du barbu, les yeux clignant sous la lumière brutale. La musette d'armes n'avait pas été ouverte. La voix de stentor du colonel Nuncio brisa le silence, théâtrale et grinçante :

— Sortez, *peros inmundos* (1) !

Les soldats avancèrent. Pendant quelques secondes, il ne se passa rien, puis la tête du barbu émergea du coffre, Il s'en extirpa difficilement, aussitôt agrippé par deux soldats qui le firent s'allonger par terre à coups de crosse. Doug Swiners le fouilla rapidement. Le visage de Julia émergea à son tour. Déformé par la haine, les lèvres serrées, les yeux fixes. Digne, malgré tout. Elle sortit elle-même du coffre, sauta à terre, laissa un soldat la tâter sous toutes les coutures, tandis qu'un autre sortait le sac d'armes du coffre. Le silence était absolu. Mercedes Puntas, transformée en statue de sel, regardait les deux sandinistes comme si c'étaient des monstres. Elle tendit le doigt vers le barbu et demanda d'une voix tremblante :

— C'est toi ? C'est toi, le salaud qui a tué mon chien ?

Julia tourna la tête vers Malko. Il ne put soutenir son regard. La jeune sandiniste n'ouvrit pas la bouche, mais, de toute sa force, elle cracha soudain

(1) Chiens immondes.

dans sa direction. Ce qu'il lut dans ses yeux donna à Malko envie de vomir. Il maudit la CIA comme il ne l'avait jamais encore fait. Rien n'effacerait ces secondes-là.

*
* *

Le colonel Nuncio rayonnait, paraissant encore plus gros. Il tenta d'étreindre Malko, mais son ventre l'en empêcha et il dut se contenter de grandes claques dans le dos, répétant comme un disque usé :

— *Muy bien ! Muy bien !* Je rapporterai ceci au président et demanderai une audience pour qu'il vous félicite lui-même. Il faut que tout le monde collabore à l'extinction des sandinistes, des communistes qui menacent la paix de notre pays.

Malko avala d'un coup son « flooded cañon » sans coca. Le ciel lui paraissait moins bleu, et il avait envie de hurler. Les soldats avaient entraîné les deux sandinistes vers le fond du jardin après leur avoir passé les menottes.

— Qu'allez-vous faire de vos prisonniers ? demanda Malko.

Otero Nuncio s'épanouit, ravi.

— Les interroger, d'abord. C'est le travail de la BECAT, le señor Swiners. C'est eux qui ont tous les dossiers. Ensuite, ils passeront en jugement. Cette fille est recherchée depuis longtemps. C'est une capture très importante. *Muy importante.*

Il se rengorgeait, l'immonde...

Malko l'écoutait, rentrant sa rage. Se disant qu'avec un peu de chance les hommes de Somoza n'auraient pas le temps de faire beaucoup de mal aux deux sandinistes.

Doug Swiners, assis sur le bord d'une chaise longue, son Uzi entre les genoux, ne paraissait pas pressé d'interroger les prisonniers. Visiblement, il ne comprenait pas encore ce qui s'était passé. Malko percevait son désarroi. Il guettait l'occasion de s'éclipser pour récupérer la machine infernale dans le coffre de la Ford. Mais, pour l'instant, le colonel tournait autour de lui, comme une mouche monstrueuse.

Le souvenir de la haine de Julia donnait physiquement mal au cœur. Bien sûr, quand elle connaîtrait la vérité, elle approuverait Malko... Mais que se serait-il passé avant ?

Malheureusement, la disparition de Somoza justifiait tous les risques. Tout à coup, Malko réalisa que Mercedes avait disparu.

— Où est la señora Puntas ? demanda-t-il d'un ton détaché.

— Elle assiste à l'interrogatoire, dit le colonel Nuncio. Vous savez, ils ont tué son chien, elle y tenait beaucoup.

Il n'avait pas fini de parler qu'un hurlement atroce s'éleva du fond du jardin.

— Ahahahahah ! Non, saloperie ! Noooooon !

Pris d'un pressentiment atroce, Malko démarra comme une fusée. Le pavillon près de la piscine était vide. Il tendit l'oreille. Le cri avait fait place à une sorte de couinement plaintif. Cela venait de l'escalier menant au local sous la piscine où on entreposait les meubles de jardin.

Juste en face de lui. Il se rua dans l'escalier de ciment, descendit deux marches et se heurta de plein fouet à Mercedes Puntas qui remontait. Son visage lui fit peur. Elle avait une expression égarée, sa grande bouche s'ouvrait et se fermait spasmodiquement sans qu'un son en sorte.

Malko l'arrêta, la prit par les épaules, la secoua.

— Mercedes ! Qu'est-ce que vous avez fait ?

Elle ne répondit pas, luttant silencieusement pour se dégager. Il réalisa qu'elle tenait quelque chose de sanglant dans la main droite. Avec une obstination de somnambule, elle contourna Malko et s'enfuit vers le jardin.

Il dégringola l'escalier, déboula dans la pièce, aperçut un soldat hébété fixant un spectacle atroce.

Julia était allongée dans un coin, ligotée, sur le ventre. Intacte. Le barbu se tordait sur le sol, la bouche ouverte, blanc comme un mort, le pantalon et le slip descendus jusqu'aux genoux. Un trou sanglant au bas-ventre par lequel s'échappait du sang à gros bouillons.

A côté, par terre, il y avait un énorme sécateur à la lame pleine de sang.

Mercedes Puntas venait de châtrer le prisonnier.

Malko se précipita vers lui, tenta de boucher l'horrible blessure avec son mouchoir. En quelques instants, il fut trempé de sang. Conscient de son impuissance, au bord de la nausée, il remonta l'escalier pour se heurter au colonel Nuncio qui descendait comme un tonneau ivre. Le Nicaraguayen était livide. Il bredouilla :

— Elle est folle, elle n'aurait pas dû...

— Il faut le faire transporter à l'hôpital, dit Malko, le soigner, arrêter l'hémorragie. Sinon, il va mourir.

— *Si, si, si,* acquiesça Nuncio.

Il semblait complètement affolé, n'arrivait pas à regarder l'homme mutilé. A grands coups de gueule, il se mit à lancer des ordres. Le soldat de garde enfonça son pansement individuel dans l'affreuse blessure. D'autres surgirent et transportèrent le blessé inanimé, choqué, à l'extérieur.

Doug Swiners surgit à son tour, jurant entre ses dents comme un charretier.

— Partez avec eux, dit Malko. Veillez à ce qu'on le soigne vite.

On remit Julia sur ses pieds. Elle fixa longuement

Malko avant de monter l'escalier et dit d'une voix blanche :

— Bientôt, on vous fera la même chose.

Malko, écrasé d'horreur, ne dit rien. Qu'eût-il pu répondre ? Il remonta dans le jardin, traversa la pelouse, regarda les véhicules franchir la grille. Le colonel Nuncio s'approcha du bar et se versa un grand verre de rhum. Ses mains tremblaient. Mercedes avait disparu avec son macabre trophée. Le colonel fit face à Malko et dit d'une voix blanche :

— Señor, il faut la comprendre. Nous sommes tous énervés. La peur... Les sandinistes nous menacent sans arrêt. Moi, je reçois des coups de téléphone tous les jours. J'ai dû envoyer mes enfants à Miami. Ils menaçaient de les kidnapper, de les torturer. Cet homme avait commis d'abominables forfaits. De toute façon, nos médecins vont le sauver. Mais il ne faut plus parler de ce qui s'est passé.

— Bien sûr, fit Malko, absent.

Il venait de réaliser que Doug Swiners était reparti sans prendre la machine infernale ! Il devait donc la remporter à l'hôtel avec les risques que cela comportait. Les quatre cent mille dollars, eux, se trouvaient dans le coffre de l'*Intercontinental*. Pour l'instant, il avait surtout envie d'oublier ce qu'il avait vu. Il s'allongea, regardant le ciel bleu, essayant de vider ses oreilles du cri horrible.

Il resta là un bon moment. Le colonel Nuncio avait disparu, probablement en train de s'occuper de Mercedes. Comment avait-elle pu commettre une horreur pareille... Ne pouvant plus supporter le soleil brûlant, Malko décida de se rhabiller et de partir. Doug Swiners le contacterait.

Quant au colonel Nuncio, il préférait ne pas lui dire au revoir. Après avoir traversé la pelouse, il s'arrêta net derrière le datura qui se trouvait avant le coin de la maison. Le coffre de sa voiture était toujours ouvert. Deux soldats étaient penchés dessus, ainsi que le colonel Nuncio. Ce dernier avait dans les mains l'attaché-case contenant l'explosif !

C'était la dernière catastrophe de la série !

Malko se précipita, tordu d'angoisse. En le voyant, le colonel Nuncio tourna vers lui un visage ravi.

— Señor Linge, regardez ce que nous avons trouvé. Les deux terroristes avaient amené cela aussi. Un peu plus et on ne le trouvait pas ! Sans ce brave Pedro...

Le soldat concerné se rengorgea, hilare. Malko regardait l'attaché-case, essayant de se souvenir si la fermeture à chiffres était enclenchée ou non. Il avait quelques secondes pour clamer sa propriété. A la condition expresse que le colonel Nuncio soit incapable de l'ouvrir. Ce dernier se tourna vers le soldat avec impatience.

— Donne-moi ta baïonnette.

L'autre la lui tendit aussitôt. Malko sentit qu'il était trop tard. Même s'il disait que l'objet était à lui, le colonel était capable de l'ouvrir quand même. La serrure céda avec un bruit sec, et le couvercle se rabattit. Malko s'approcha, dissimulant son anxiété et sa rage. Le colonel Nuncio fronça les sourcils, sortit le cylindre noir et le soupesa.

— Qu'est-ce que c'est ?

Il le tourna dans tous les sens, le reposa, puis s'empara du déclencheur à distance. Visiblement, ses connaissances radio étaient limitées. Mais il voyait bien que c'était une machine infernale. Son sourire s'épanouit encore. Les yeux tournés vers Malko, il annonça triomphalement :

— Ils préparaient un attentat !

— Laissez-moi voir, dit Malko.

A son tour, il prit le cylindre en main, l'examinant avec soin. Il ne portait heureusement aucune marque. Son cœur battait la chamade. Est-ce que les services de sécurité du Nicaragua n'allaient pas pouvoir remonter la source ? Ce n'était pas de la fabrication locale. Comme s'il avait deviné ses pensées, le colonel Nuncio lui reprit le cylindre, le remit dans l'attaché-case et le posa par terre.

— Bravo, senor Linge, dit-il, c'est une prise très importante.

A ce moment, Malko réalisa que si la bombe ne portait aucune marque, l'attaché-case, lui, venait des Etats-Unis... La bombe à retardement était amorcée. La seule personne capable d'arrêter le tic-tac était Doug Swiners.

— Mr. Swiners revient ? demanda-t-il.

Nuncio secoua la tête.

— Je ne crois pas. Je vais m'en aller aussi. Au « Casino » militaire, rendre compte de la capture de ces deux dangereux terroristes.

Malko ne se souciait pas de rester en tête à tête avec cette folle de Mercedes. Il serra la main de l'officier et remonta dans sa voiture. Le parcours jusqu'à l'*Intercontinental* lui parut interminable. Il se maudissait. Le temps de faire venir une autre bombe, beaucoup de choses pouvaient se passer. En plus, maintenant, le colonel Nuncio et Somoza seraient sur leurs gardes...

Il était à peine dans sa chambre que le téléphone sonna. C'était la voix joviale et traînante de Henry Gall, le COS de la CIA à Managua.

— Bravo, fit-il, mon ami Nuncio vient de me dire ce qui est arrivé. Je vois que vous avez enfin rejoint le bon camp. Je vous félicite.

— Merci, dit Malko.

L'Américain continua :

— Je vais aller voir Nuncio. Il paraît qu'il a saisi un matériel assez sophistiqué. Je me demande où ces cochons-là l'ont piqué. Ils ne sont pas capables de fabriquer plus que des cocktails Molotov... ou des « contact-bombs ».

Malko n'écoutait plus, glacé. La catastrophe prenait des proportions inattendues. Le chef de station, lui, allait identifier immédiatement la machine infernale. Et dire sa provenance au colonel Nuncio. Il fallait la faire disparaître d'urgence. Seul Doug Swiners pouvait y arriver.

S'il n'était pas déjà trop tard.

CHAPITRE XVII

L'orage quotidien se déchaînait sur Managua. Le ciel avait la couleur du plomb et des trombes d'eau frappaient les vitres de la suite de Malko, si violemment qu'elles semblaient prêtes à se briser. Des éclairs zébraient les nuages presque sans interruption et les coups de tonnerre faisaient trembler les murs de l'*Intercontinental.* Le rideau de pluie était si épais qu'on ne voyait même plus le lac. Cette ambiance sinistre n'était pas pour remonter le moral de Malko.

Il réalisa soudain que la bouteille de Stolichnaya était à moitié vide. Il l'avait bue tout seul. Aussi bien pour chasser l'image de Mercedes brandissant son horrible trophée que pour écarter l'angoisse et la fureur qui le rongeaient. Sa manœuvre délicate et tortueuse n'avait servi à rien, qu'à faire arrêter Julia et son compagnon. Sans parler de l'affreuse mutilation. Ensuite, si le colonel Nuncio réalisait que la machine infernale appartenait à Malko et non aux sandinistes, sa peau ne valait pas cher...

Pas de nouvelles de Doug Swiners. Mercedes Puntas avait téléphoné une heure plus tôt. La voix pâteuse, ayant visiblement bu, disant des mots sans suite. Malko lui avait raccroché au nez.

Le téléphone sonna. Il se rua sur le récepteur. Ce

n'était pas Doug Swiners, mais une voix d'homme qui dit en espagnol, lentement, détachant bien les mots :

— Tu es condamné à mort. On te coupera les couilles à toi aussi.

On raccrocha. Malko se resservit un verre de vodka. Les sandinistes savaient. Il était en danger de mort de ce côté-là aussi. Une explosion sourde retentit vers l'est, le quartier d'Alta Mira, couvrant le bruit de l'orage. Une « contact-bomb » de fabrication locale. Des groupes armés s'étaient infiltrés en ville. Les gens ne sortaient plus, murés dans leur peur. Personne ne savait comment l'insurrection allait tourner. Un hélicoptère décolla malgré l'orage et rasa le toit de l'hôtel dans un fracas assourdissant. Malko se décida d'un coup. Il ne pouvait pas continuer à attendre. Enfilant son imperméable, il descendit. Le hall de l'hôtel était vide, désert. Tous les journalistes se trouvaient sur les lieux des différentes insurrections. Le portier écarquilla les yeux en voyant Malko prêt à affronter l'orage. Heureusement, la pluie venait de diminuer. Il franchit en courant les cent mètres qui le séparaient de l'entrée du « Casino » militaire.

Une sentinelle lui barra le passage.

— Señor Swiners, à la BECAT, demanda Malko.

L'autre ne comprenait pas. Après dix minutes de palabres, il consentit enfin à appeler le poste de garde. On fit entrer Malko, qui répéta sa demande... Un sergent alla aux nouvelles et revint escorté d'El Chigüin !

Le tueur était enveloppé dans un imperméable en nylon transparent, bardé de revolvers et de cartouches, comme toujours, son chapeau blanc détrempé par la pluie.

En voyant Malko, il eut un large sourire et se précipita pour lui serrer la main.

— Señor Linge ! Vous avez fait du bon travail !

Décidément, tout Managua était au courant de son ignominie. El Chigüin rayonnait, empêtré dans ses armes.

— Où est Doug Swiners ? demanda Malko.

— Il travaille, dit El Chigüin. Cette nuit, il y a beaucoup à faire. Ils ont attaqué une jeep à Alta Mira. Il est là-bas. Vous voulez l'attendre ? Vous avez d'autres informations ? demanda-t-il d'un ton gourmand.

— Oui, dit Malko. Peut-être.

— Venez.

On le conduisit dans un poste de repos attenant au bunker avec des couchettes, une table, des armes dans un râtelier et trois prisonniers hébétés assis par terre, menottés. El Chigüin désigna une chaise à Malko.

— Il va venir. Je préviens la garde.

Sifflotant gaiement, il disparut dans la nuit. Des jeeps et des station-wagons entraient et sortaient sans arrêt dans un concert de vociférations. Malko s'installa sur une couchette et essaya de tromper son angoisse.

Peu à peu, l'orage s'éloignait. Des soldats entrèrent, et s'étendirent tout habillés sur des couchettes.

Le ronflement d'un hélicoptère se rapprocha. Dix minutes après, Doug Swiners entra dans la pièce où se trouvait Malko, balançant son Uzi à bout de bras, l'air fourbu, une radio accrochée au cou. Il se laissa tomber à côté de lui.

— Quelle merde ! J'ai failli me faire flinguer dix fois ce soir. Les sandinistes sont déchaînés.

Une voix sortit de son talkie-walkie au milieu des parasites :

— *Tiger One ! Tiger One ! Aqui Tiger Two ! Donde esta ?*

— Ils nous font chier, fit le mercenaire en coupant le son.

— Vous avez des nouvelles du barbu ? demanda Malko.

Doug Swiners inclina la tête.

— Oui. Il est mort. Ces fumiers l'ont laissé se vider comme un poulet. Comme ils ont la fille, ils sont tranquilles. El Chigüin a empêché qu'on le transfère à l'hôpital.

Malko crut sentir le goût fade du sang dans la bouche. Il était la cause de cette mort. Il se maudissait.

— Doug, dit-il, nous sommes dans la merde. Le colonel Nuncio a ouvert l'attaché-case et se trouve en possession de ce que je devais vous remettre.

Le mercenaire sembla se tasser sur lui-même. Ses traits se tirèrent brusquement.

— *No shit !*

Il regarda la porte comme si le colonel allait surgir.

— Il faudrait récupérer cette machine infernale et la détruire, dit Malko. Qu'ils ne puissent pas en trouver la provenance.

Doug Swiners sourit ironiquement.

— Vous rêvez, mon vieux. Jamais ils ne me laisseront mettre la main dessus. Au mieux, ils me demanderont mon avis. Là, je pourrai peut-être être utile...

Un soldat entra, entraîna un des prisonniers et ressortit. Doug Swiners alluma une cigarette avec un ricanement désabusé.

— Encore un qui ne rentrera pas chez lui...

Il n'avait pas fini de parler qu'une rafale de PM claqua dehors. On venait d'abattre le prisonnier. Ensuite, on jetterait son corps criblé de balles dans un terrain vague et *Novedades* annoncerait que les sandinistes avaient encore une fois tué un honnête citoyen... Malko chercha le regard de Swiners.

— Que faisons-nous ? Je ne peux pas retourner à Washington chercher un autre matériel. C'est beaucoup trop dangereux.

Le mercenaire frottait pensivement sa joue mal rasée.

— Je vais penser à un plan de secours, dit-il. Le président doit partir pour sa résidence de week-end. C'est au bord du lac Nicaragua, non loin de la ville de Granada. Il va souvent faire du ski nautique. On pourrait peut-être tenter quelque chose là-bas. Maintenant, je suis trop fatigué pour penser.

Malko se leva, furieux de ce qu'il avait à demander.

— Doug, dit-il, vous pouvez me donner une arme ? J'ai été menacé par les sandinistes. Je préfère rester vivant pour le moment.

Le mercenaire eut un sourire désabusé.

— On en est tous là pour le moment... Tenez.

Il alla au râtelier d'armes, l'ouvrit grâce à une clef prise à sa ceinture, fouilla dans un tiroir et tendit à Malko un Smith et Wesson au canon de trois pouces, un 357 Magnum facile à glisser dans une ceinture. Plus une boîte de cartouches.

— N'allez quand même pas dans des coins isolés, conseilla-t-il. Et retournez-vous de temps en temps. Je vous contacte dès que j'ai du nouveau. Mais pourquoi diable avez-vous été monter ce coup avec cette Julia ? Vous aimez la roulette russe ou quoi ?

— Depuis que je suis à Managua, j'ai eu beaucoup de contacts, dit Malko. Ils ne sont pas faciles à manipuler.

Swiners le raccompagna jusqu'à la grille du « Casino » militaire, longeant le bunker en briques blanches où Somoza se reposait. L'humidité était stupéfiante. Il fut heureux de retrouver la fraîcheur de l'hôtel. Malgré lui, dans le couloir, il se retourna plusieurs fois, comme le lui avait dit le mercenaire. Il mit le 357 Magnum dans le tiroir du bureau. Se demandant qui tenteraient, les premiers, de le liquider, les sandinistes ou les hommes du colonel Nuncio ? Au moment où il allait s'endormir, une forte explosion fit trembler les vitres. Cette fois, ce n'était pas loin.

*
* *

Les coups frappés à la fenêtre firent lever la tête à Malko. Un ouvrier, un grand seau de peinture à la main, se trouvait sur le toit plat en forme d'auvent et lui faisait signe d'ouvrir. Deux autres se profilaient derrière lui, chargés de tout un matériel hétéroclite.

Malko fit coulisser la fenêtre à guillotine.

— Señor, demanda le peintre, nous voudrions passer par la chambre pour aller sur la terrasse.

— Je vous en prie, dit Malko.

L'ouvrier sauta dans la chambre et tendit la main à son compagnon, qui lui donna son seau plein de pinceaux. Malko s'était replongé dans *Novedades*.

Les ouvriers allaient et venaient entre le toit principal et la petite terrasse qui dominait les arbres et le grand monument de pierre à Roosevelt de l'avenida Roosevelt. Ils s'interpellaient gaiement, chantonnant, riant, plaisantant entre eux. Brusquement, Malko réalisa quelque chose.

Ils n'auraient pas dû être là ! La grève générale paralysait Managua, seuls quelques petits commerces étaient ouverts.

Intrigué, il leva la tête de son journal, prêt à leur demander des explications. Au moment précis où le premier ouvrier, celui qui lui avait fait ouvrir la fenêtre, sortait de son pot de peinture un énorme piolet de montagne dont le manche s'était confondu avec ceux des pinceaux.

Il bondit vers le bureau où Malko lisait et abattit

de toute sa force le piolet à l'endroit où se trouvait sa tête. Malko se rejeta en arrière, tout en plongeant la main dans le tiroir ouvert où il avait mis le 357 Magnum prêté par Doug Swiners. Le piolet s'enfonça de quinze centimètres dans le cuir du bureau. Les deux hommes demeurèrent quelques secondes face à face. L'ouvrier avait perdu brusquement son expression gaie et souriante. Son regard balaya Malko, puis se tourna vers le toit derrière lui. Malko se retourna, aperçut un autre « ouvrier » en train d'extraire un riot gun d'une musette. Sans hésiter, il tira. Le projectile frappa l'homme au riot gun en plein estomac et, sous la violence du choc, il tomba en arrière.

L'ouvrier au pistolet bondit par la fenêtre ouverte sur la terrasse. Malko se leva, fit le tour du bureau et l'aperçut en compagnie du troisième. Ce dernier, debout à l'extrémité du toit, arrosait à la mitraillette le « Casino » militaire, de l'autre côté de l'avenida Roosevelt.

Instinctivement, Malko se rejeta en arrière, à l'abri du mur. Bien lui en prit. Trente secondes plus tard, c'était Stalingrad. Les balles sifflaient en entrant par la fenêtre, déchirant les murs de la chambre, brisant les lampes, faisant sauter des éclats de bois dans les meubles. Tout ce qui devait avoir une arme au « Casino » militaire était en train de riposter.

Il y eut une explosion violente, comme une grenade, et les tirs redoublèrent. Un déluge de feu. Malko attendait, aplati contre le mur. La façade de l'hôtel était criblée comme par des grêlons...

Les rafales rageuses et courtes de M. 16 alternaient avec les coups sourds des mitrailleuses lourdes et le sifflement strident des rafales de 50.

Cela dura plusieurs minutes, ralentit et se calma enfin. Malko risqua un œil par la fenêtre, ou plutôt ce qu'il en restait. La chambre était jonchée de débris de verre et les deux « ouvriers » gisaient sur le toit, vraisemblablement morts. Près d'eux, le tube d'un bazooka de fabrication locale. L'explosion entendue par Malko.

Celui sur lequel il avait tiré était toujours à la même place. Malko rentra son revolver et ouvrit la porte du couloir. Une animation fiévreuse régnait dans tout l'hôtel. Une femme de chambre sanglotait, accroupie près des ascenseurs en panne. Il descendit par l'escalier de secours, gagna le hall. Les soldats étaient partout, casqués, en gilets pare-balles, fusil au poing, terrorisés, fouillant jusqu'au moindre recoin. Le personnel de l'hôtel, à plat ventre, osait à peine relever la tête. Toutes les vitres du hall étaient brisées. Malko s'approcha de l'employée d'Avis, qui émergeait timidement de sous son bureau, pleurant de terreur.

— Que s'est-il passé ? demanda-t-il.

— Des commandos sandinistes ont attaqué le « Casino » militaire, dit-elle. La Guardia a riposté en tirant partout. Elle a tué deux passants et un chauffeur de taxi.

Malko regarda à l'extérieur. Un taxi était arrêté devant ce qui restait de la porte tournante. Le chauffeur était affalé sur son volant, mort, le pare-brise en miettes, et les corps de deux hommes gisaient sur le trottoir. Criblés de balles. Ceux-là étaient arrivés au mauvais moment. Malko regagna sa suite. Inutile de se faire remarquer. L'homme sur qui il avait tiré serait attribué à la Guardia. On n'irait sûrement pas faire une autopsie. Le piolet était toujours planté dans le bureau. Il l'arracha et le jeta dans le pot à peinture. Il y avait tellement de dégâts qu'un trou de plus ou de moins passerait inaperçu... Il caressa de l'index le trou dans le cuir vert. Cela aurait pu être son cerveau.

Le téléphone sonna. Miraculeusement, il n'avait pas été pulvérisé. C'était la voix de Mercedes Puntas. Plus posée, presque timide.

— Je suis désolée pour hier, dit-elle. Je ne sais pas ce qui m'a pris... J'ai pensé à mon pauvre chien... Je sais que ce que j'ai fait est horrible, mais...

Malko écoutait. Attendant la suite. Visiblement, Mercedes ignorait l'attaque sur le « Casino ».

— Que se passe-t-il ? demanda Malko.

— Otero voudrait vous rencontrer, dit Mercedes. Chez lui, après le déjeuner.

— Pourquoi ? demanda Malko sur la défensive.

— Il vous le dira lui-même, dit Mercedes. Vous savez où se trouve le quartier de Las Colinas, sur la route de Masaya ? Sur la gauche, au kilomètre 10 1/2. Ensuite, le colonel habite avenida del Campo, n° 22. Je serai là aussi. A tout à l'heure.

***

Las Colinas ressemblait à un Beverly Hills du pauvre dont les villas les plus somptueuses auraient eu des toits de tôle ondulée. Comme la colline s'élevait un peu au-dessus du niveau de la mer, le temps était légèrement moins abominable qu'à Managua. Il y avait deux cents officiers de la Guardia au kilomètre carré... Tout le *nec plus ultra* de la corruption était là.

Malko sonna à la grille et aussitôt Mercedes Puntas surgit, avec ses énormes lunettes noires carrées. Moins exubérante que d'habitude. Elle embrassa Malko sur les deux joues. Ne parut pas remarquer la bosse du Smith et Wesson glissé sous sa ceinture, à même la peau. Il n'avait pas envie de se laisser abattre comme un mouton. Lui qui abhorrait la violence, ce pays où la mitrailleuse lourde était la seule forme de dialogue commençait à lui sortir par les yeux.

— Merci d'être venu, dit-elle. Otero tenait beaucoup à vous voir.

Le colonel Nuncio attendait, toujours aussi pachydermique, à l'ombre d'une balancelle. Il fit l'effort de se lever pour accueillir Malko, tandis que Mercedes disparaissait chercher du café. Le colonel prit la main droite de Malko et la serra dans les siennes, le regardant droit dans les yeux. Emouvant comme une première communiante.

— Señor Linge, demanda-t-il, est-ce que je peux avoir confiance en vous ?

La question à dix francs. Malko sentit tout de suite que la conversation allait atteindre des sommets d'hypocrisie... Prudent, il répondit froidement :

— Je pense que oui, Colonel.

— C'est pour quelque chose de très important, insista l'officier. De vital même.

Malko surmonta son dégoût :

— Nous sommes tous deux des hommes d'honneur, dit-il, vous avez ma parole que ce que vous me direz restera entre nous.

— *Muy bien*, fit l'officier. Venez, je vais vous montrer quelque chose.

Il s'ébranla en direction de la maison, soufflant comme un phoque, se dandinant d'un pied sur l'autre. Ils traversèrent un living sans personnalité et pénétrèrent dans un bureau. Un énorme coffre, presque une chambre forte, occupait tout un mur.

Le colonel Nuncio prit une clef dans sa poche et ouvrit la porte. Dévoilant un empilement de lingots de vingt centimètres de long sur cinq de large. Il se pencha, en prit un et le tendit à Malko.

— Tenez !

Malko le prit et faillit le laisser tomber tant il était lourd. Plus de dix kilos.

— C'est de l'or, dit le colonel. Chacun de ces lingots pèse douze kilos et demi. Il y en a trente. Tout ce que je possède au monde. J'ai vendu les terres qui m'appartenaient, mes affaires, tout. Même cette maison.

Malko regarda les barres d'or entassées sur quatre épaisseurs. Il y en avait pour deux millions de dollars. Un joli magot.

— Pourquoi me montrez-vous cela ? demanda-t-il.

— Pour vous prouver ma confiance, dit le colonel.

Il referma la porte du coffre, et ils sortirent du bureau, pour regagner la balancelle dans le jardin. Les cafés étaient servis, mais Mercedes demeurait invisible. Le colonel Nuncio installa avec précaution ses énormes fesses dans le siège.

— Señor Linge, dit-il, je veux vous faire une proposition. Je sais pourquoi vous êtes à Managua. La vraie raison. Vous avez pour mission de liquider le président Somoza. La situation est très mauvaise. Les sandinistes gagnent partout du terrain. Il faut faire vite.

» Alors, mon offre est la suivante. Je vous aide à éliminer Somoza et vous m'aidez à partir aux Etats-Unis avec mon or. J'ai besoin d'un avion qui vienne me chercher discrètement. Je connais un terrain tranquille près du volcan Mombacho d'où nous pourrons décoller. C'est facile de venir de Panama.

Malko était estomaqué. Le deuxième traître ! Et celui-là était de taille.

— Colonel, dit-il, vous avez travaillé avec Somoza pendant quinze ans. Pourquoi voulez-vous le trahir ?

Le colonel Nuncio eut un sourire cynique.

— Le régime est perdu. Moi, je suis trop compromis, on ne me pardonnera pas. Si j'essaie de partir officiellement, il y a trop de risques. Ils se méfient déjà de moi. Plus tard, Mercedes me rejoindra. Est-ce que ma proposition vous intéresse ?

— Pourquoi ne l'avez-vous pas faite au responsable de la CIA à Managua ? demanda Malko.

Le colonel eut un sourire en coin.

— Pour qu'il aille trouver Somoza... Il faut me donner vite votre réponse.

— Il me faut quarante-huit heures, dit Malko.

Il y avait son engagement de ne pas communiquer par écrit avec la CIA. Le colonel ne parut pas désarçonné par le délai.

— Je pense que cela ira, fit-il. De mon côté, je vais voir comment nous nous organisons. Il faudra frapper pendant que le président est au lac Nicaragua. C'est plus facile.

Décidément... Malko faillit parler de Doug Swiners, puis se ravisa. La vieille règle de cloisonnements des services. Deux traîtres valaient mieux qu'un... Mais, en dépit de la « franchise » du colonel, il se sentait mal à l'aise. Les Sud-Américains avaient beau ne pas être des rois de la subtilité, l'offre du colonel l'inquiétait.

— Colonel, demanda-t-il. Ce n'est pas par hasard si vous me faites cette offre ?

Le colonel ne broncha pas.

— Non, dit-il. Je sais que l'attaché-case trouvé dans le coffre et contenant des explosifs vous appartenait. Les douaniers ont parlé. Autrement, je ne me serais pas avancé ainsi.

Tout se recoupait, pensa Malko. Le colonel Nuncio était un traître. Mais un traître prudent...

***

Le chef de station de la CIA serra la main de Malko à lui arracher les doigts et l'entraîna dans son bureau où régnait une température sibérienne.

— *Well done ! Well done !* exulta-t-il.

Ses cheveux noirs gominés brillaient sous la lampe. Il ôta ses lunettes à monture d'écaille et adressa un sourire chaleureux à Malko.

— Le colonel Nuncio m'a parlé de vous. Il est très content. Le président aussi, je crois. Il n'est pas impossible que vous soyez invité chez lui, pour le prochain week-end. C'est un homme très simple, vous savez.

— Il n'est pas inquiet de la situation ? ne put s'empêcher de demander Malko.

L'Américain balaya l'objection d'un gros rire joyeux.

— Inquiet ! On les laisse faire ! Quand on aura liquidé quelques milliers de ces salauds, on sera tranquilles. Ensuite, on pourra inviter la Commission des Droits de l'homme. C'est ce que j'ai conseillé moi-même au président.

— Et la grève générale ?

Le sourire de Henry Gall s'élargit.

— C'est un de nos amis qui dirige la Banque d'investissement du Nicaragua. Il a averti les commerçants ! Tous ceux qui poursuivront la grève verront leurs prêts bancaires exigibles immédiatement...

Ce qu'on appelle de la démocratie directe. Malko se leva :

— Eh bien, ce sont de bonnes nouvelles, dit-il. Je vais envoyer quelques câbles.

Henry Gall le raccompagna jusqu'au couloir menant à la salle des codes. Christopher, le blondinet bostonien, était toujours là.

— Vous avez un téléphone codeur ? demanda-t-il.

— Certainement, sir, répondit Christopher. Le vert.

— Très bien, dit Malko, demandez-moi la Company et laissez-moi.

Cela prit deux minutes. Lorsque Malko eut Jim Thorp au bout du fil, il fit signe au blondinet de se retirer. La voix du DDO était tendue. Il avait visiblement peur que Malko ne dise quelque chose de compromettant.

— J'ai besoin d'un contact, annonça Malko. Il y a eu un changement dans nos plans. Pouvez-vous m'envoyer quelqu'un ?

— Non, répondit immédiatement Jim Thorp, trop dangereux.

— C'est impératif et urgent, insista Malko.

Silence sur la ligne, à part les crépitements. Puis Jim Thorp dit :

— Vous avez des vols tous les jours pour Guatemala City ?

— Oui, je crois, dit Malko.

— Très bien. Prenez le vol de demain. Dix heures trente. Je viendrai moi-même. Retrouvons-nous à midi dans le transit. En face de la porte 10.

***

Une longue queue s'allongeait devant la station d'essence, au coin de l'avenida Roosevelt et de la calle Colón. La façade de l'*Intercontinental,* criblée de balles par la Guardia, avait piteuse allure. Malko se retourna pour vérifier si on ne suivait pas son taxi. Les rues de Managua étaient désertes. Malko n'arrivait pas à chasser le dégoût qui l'habitait. Tant qu'il ne pourrait pas se retourner en face de Julia sans rougir, il en serait malade. Et cela passait par la mort de Somoza.

CHAPITRE XVIII

Une foule compacte évoluait entre les boutiques offrant toutes le même assortiment de ponchos multicolores et de souvenirs guatémaltèques. Des groupes de vieilles Américaines gloussaient de joie devant ces merveilles. Malko et le Deputy Director of Operations s'installèrent sur une banquette, à côté de la boutique des disques. Jim Thorp semblait fourbu et de mauvaise humeur. A cause de la grève générale à Managua, l'avion de Malko avait une heure et demie de retard. Il pleuvait sur Guatemala City. Le ciel était bas et nuageux.

— Alors, que se passe-t-il ? demanda Jim Thorp.

Malko raconta. Son vis-à-vis était décomposé, atterré. Il explosa :

— Si ce con de Henry Gall voit le matériel, il va savoir tout de suite que cela vient de chez nous...

— Prévenez-le, suggéra Malko.

L'Américain eut une grimace degoûtée.

— *No way*. Il devinerait tout de suite. Il faut faire le mort et se débarrasser de Somoza dare-dare... Vous avez confiance dans ce colonel ?

Malko sourit devant la naïveté volontaire ou feinte de l'Américain.

— Comme dans un serpent à sonnettes, dit-il. Mais, dans ce genre de job, on ne choisit pas ses alliés, n'est-ce pas... Le fait qu'il ait vendu ses propriétés pour de l'or est un signe encourageant. Il veut filer avant la fin. Si les sandinistes l'attrapent, ils le feront cuire à petit feu dans de l'huile bouillante.

— Ça va, ça va, fit le DDO. Ne faites pas de Grand Guignol.

— Vous devriez faire un tour au Nicaragua, conseilla Malko, vous réviseriez vos conceptions de la race humaine... Alors, que décidez-vous ?

— Vous acceptez, dit Jim Thorp. De toute façon, cela ne nous engage pas à grand-chose. J'enverrai un Piper Comanche de Panama. Une compagnie de charters que nous contrôlons. A bord il y aura Chris Jones et Milton Brabeck. Il ne reste plus que le terrain, dit l'Américain. Où doivent-ils se poser ?

Malko sortit de sa poche le plan remis par le colonel Otero Nuncio.

— Voilà, c'est au bord du lac Nicaragua. Pas loin de Granada. La piste dessert un ranch qui n'est pas occupé en ce moment. Elle mesure six cents mètres de long, en herbe. Dégagée.

— Ils se poseraient dans un mouchoir, fit le DDO. Au Laos ils atterrissaient sur les pitons de calcaire. Quand est le rendez-vous ?

— Je vous le communiquerai par téléphone, dit Malko. Il vous faut combien de préavis ?

— Vingt-quatre heures. Il y a deux heures de vol de Panama. Mais n'oubliez pas qu'il faut un plan de vol et tout le toutim.

— Je n'oublierai pas.

Ils se serrèrent la main. L'Américain posa un regard perçant sur Malko.

— Si cela marche, je ne regretterais pas d'être venu jusqu'ici.

— Ça marchera, dit Malko. Je tiens à pouvoir me regarder dans une glace le restant de mes jours. Vous repartez tout de suite ?

— Décollage dans une heure. Miami et Washington.

— Moi, dans une demi-heure. J'espère qu'il n'y aura pas de pépins.

Le DDO croisa les doigts et les brandit vers Malko avec un sourire encourageant.

— Vous vous êtes déjà tiré de pire.

Ils se séparèrent à l'entrée du long couloir en surélévation qui desservait toutes les portes. Le vieux 707 de Malko était déjà là. Il eut un petit serrement de cœur en voyant disparaître Jim Thorp. Lui, repartait vers le cauchemar.

Mais, Somoza disparu, il pourrait se réhabiliter aux yeux des sandinistes. Seul le malheureux barbu ne serait pas réhabilité.

Une vingtaine de personnes attendaient l'avion pour Managua. Malko regarda partir tristement le 747 de Los Angeles. Le crachin avait repris. On se serait cru en Bretagne. Le Guatemala n'était pas accueillant.

***

Le colonel Nuncio se pencha au-dessus de la table, la moustache cirée et la panse rebondie.

— Alors, señor Linge, vous avez vu vos amis ?

— Je les ai vus, dit Malko. Ils sont d'accord.

L'officier avala une cuillerée d'huîtres noires et se rengorgea.

— *Muy bien, muy bien...*

Ils étaient pratiquement seuls dans le grand *Country Club*. Là où Malko avait déjà déjeuné avec Ruben Dario. Dès son retour à l'hôtel, il avait trouvé un mot du colonel, l'invitant à dîner. L'ambiance s'était encore alourdie, à Managua. La plupart des centres commerciaux restaient fermés et les jeeps de la BECAT étaient de plus en plus nerveuses dans les rues, menaçantes avec le canon de leur 50. Des hélicoptères arrivaient et partaient sans cesse du Retiro. *La Prensa* titrait : *Matagalpa en Guerra.*

Malko fixa le Nicaraguayen :

— Et de votre côté ?

— Tout est prêt, assura le colonel Nuncio. Le président part ce soir sur le lac Nicaragua. Il y restera quelques jours. Nous allons agir après-demain. Il a projeté d'aller sur le lac. Il adore le ski nautique.

— Que comptez-vous faire ?

Nuncio avala d'un coup une demi-douzaine d'huîtres.

— Moi, rien, dit-il. Je vais mettre un hélicoptère à la disposition du señor Swiners. Pour aller porter des messages urgents au président. Je lui signerai un ordre de mission... Vous irez avec lui. Je vous donnerai également l'heure de sortie et la position du bateau du président. Ces hélicoptères sont des *gun ship* équipés d'armes automatiques. Très efficaces contre les objectifs au sol. Cela ne devrait pas poser de problèmes.

Il parlait d'un meurtre comme d'un pique-nique. Malko l'observa. Le colonel Nuncio paraissait parfaitement maître de lui. Il lui sourit et demanda d'un ton détaché :

— Vous avez quelqu'un en vue pour remplacer le président. Je veux dire sur le plan politique... Ruben Dario, peut-être ?

— Nous ne savons pas encore, dit Malko.

Brusquement, il éprouvait un malaise. Tout se passait trop bien, trop facilement.

— Comment avez-vous parlé de ce projet à Mr. Swiners ? demanda-t-il.

Le colonel eut un sourire onctueux.

— Oh ! je crois qu'il s'en doutait. Il est lucide, vous savez. Il m'a semblé que vous étiez très liés, tous les deux. Et puis, il est américain, n'est-ce pas ?...

— Quand partirez-vous ? demanda Malko.

— Le même jour, en fin de journée, dit Nuncio. Disons vers six heures. Juste avant la nuit. Cela ne pose pas de problèmes ?

— Je ne pense pas, dit Malko. Comment faisons-nous en pratique ?

— Je laisse des instructions à la garde du « Casino » dit le colonel. Vous embarquerez avec le señor Swiners de l'aire du Retiro. Il y a vingt minutes de vol environ jusqu'au lac Nicaragua. Il faudrait que vous attendiez à l'hôtel. Car nous ne sommes pas encore sûrs de l'heure. Normalement, ce sera après la sieste. Vers quatre heures. Quand il ne fait plus trop chaud.

— Parfait, fit Malko.

Absolument dégoûté. Il fallait que Somoza soit ce qu'il était pour qu'il accepte de marcher dans cette combine. Il était dix heures du soir. Le colonel consulta ostensiblement sa montre.

— Je vais vous ramener à l'hôtel, dit-il. Il vaut mieux que vous ne sortiez pas trop en ce moment. Il y a beaucoup de sandinistes en ville. Avec des armes. Cette Julia nous a dit que ses camarades viendraient bientôt la délivrer. Elle rêve. Mais ils peuvent faire du mal...

Ils sortirent. Le silence était oppressant. On voyait les lumières du centre de Managua. Ils prirent place dans la Mercedes du colonel, escortés de deux jeeps de protection qui les suivirent jusque devant l'*Intercontinental*. Malko ne savait plus où se mettre. Le colonel Nuncio agita sa main boudinée avec son cigare.

— *Hasta luego,* señor Linge.

Ils ne se reverraient plus qu'autour du Piper Comanche deux jours plus tard.

*
* *

Le bar était vide, le restaurant en contrebas de la piscine aussi. Malko se sentait seul. Il prit sa clef et monta. La minuterie du couloir ne marchait pas. En arrivant devant sa porte, il vit une raie de lumière qui s'éteignit aussitôt. Il s'arrêta. On l'attendait. Cela risquait d'être les sandinistes. Sûrement pas pour le féliciter. Faisant demi-tour silencieusement, il redescendit et gagna le bar. Pour réfléchir. S'il appelait la Guardia à la rescousse ou Doug Swiners, il prenait la responsabilité d'un nouveau massacre.

S'il entrait dans sa chambre, il risquait de se faire abattre avant même de pouvoir s'expliquer. Il y avait peut-être une troisième solution. Prenant une feuille de son bloc, il écrivit en espagnol : *Je sais que vous m'attendez. Je ne vous veux pas de mal. Rejoignez-moi au bar. J'ai des choses importantes à vous dire.*

Avec des professionnels, cela ne marcherait pas. Mais avec les sandinistes, un peu fous, il y avait une chance. Ils comprendraient au moins qu'il ne voulait pas les surprendre. Il appela un garçon, lui donna un dollar et le mot. Puis il changea de place afin d'être en face de la porte du bar, vérifia que le 357 Magnum était glissé dans sa ceinture et attendit.

Il était en train de jouer une belle partie de roulette russe. Si les sandinistes arrivaient avec des grenades et des mitraillettes, son revolver lui serait aussi utile qu'un lance-pierres.

Les minutes s'écoulèrent, interminables. Dix depuis qu'il avait envoyé son message. Ceux qui l'attendaient avaient filé sans demander leur reste. D'un côté, il en était soulagé.

Un homme pénétra soudain dans le bar. Très

grand, une soutane élimée, des lunettes, un attaché-case. Il examina les rares clients, puis se dirigea droit vers Malko.

— Señor Linge ?

— Oui, dit Malko.

Il s'assit en face de lui. Malko remarqua ses mains : gigantesques.

Le nouveau venu l'examina attentivement.

— C'est curieux, fit-il d'une voix superbe, une voix de basse. Vous n'avez pas l'air de ce que vous êtes.

Ça commençait bien. Malko préféra ne pas demander ce qu'il était... Il le voyait dans le regard de son interlocuteur.

— Vous êtes prêtre ? demanda-t-il.

Son interlocuteur lui adressa un regard choqué.

— Je suis prêtre. L'église de ma paroisse a été brûlée par la Guardia il y a six mois. Ils m'ont blessé au bras. Depuis, je me consacre à la défense de la liberté. Que voulez-vous nous dire ?

— Que je ne suis pas ce que vous croyez, dit Malko. Pas l'allié de Somoza, ni de la Guardia. Au contraire. Je vous le prouverai bientôt. Les circonstances m'ont obligé à me conduire d'une certaine façon qui ne correspond pas à ce que je souhaite.

Le prêtre l'écoutait, la tête penchée de côté, le regard impénétrable. Il demeura silencieux quelques instants avant de dire :

— Dieu seul sait ce que vous pensez vraiment. Mais il faut aussi juger vos actes. Vous avez dénoncé deux de nos camarades dans des circonstances ignobles. L'un d'eux a été assassiné d'une façon atroce. Par votre faute... Vous êtes responsable. La raison pour laquelle vous avez agi ainsi, je l'ignore. Mais je suis chargé de vous porter un message. (Il se pencha au-dessus de la table. Malko pouvait voir ses grandes dents jaunes.) Partez. Quittez Managua, ce soir si vous pouvez. Mes camarades voulaient venir vous tuer ici, dans ce bar. J'ai refusé. Je suis un homme de Dieu. Même les gens comme vous ont droit qu'on les écoute. Je vous ai écouté. Maintenant, ma conscience est libre. Je n'interviendrai plus.

Malko demeura silencieux. Impossible de révéler ce qui se préparait. Il ne pouvait pas quitter Managua non plus.

— Je vous remercie, dit-il. Un jour prochain, j'espère pouvoir vous donner la preuve de ce que je vous dis.

Le prêtre se leva avec un geste fataliste signifiant qu'il n'y croyait pas beaucoup. Malko regarda sa silhouette massive s'éloigner dans le couloir. Amer. Le lendemain matin, pour passer le temps avant son rendez-vous avec Swiners, il irait revoir Ruben Dario. Pour prévoir l'après-Somoza.

* * *

Le vieil homme sembla se ratatiner encore plus devant la question de Malko. Il prit son verre à porto de ses deux mains tremblantes et le porta à ses lèvres.

— Je comprends votre situation, dit-il d'une voix chevrotante, mais je crains de ne guère pouvoir vous aider.

Malko venait de lui demander de convoyer un message aux sandinistes. Il n'avait pas fermé l'œil de la nuit, sursautant au moindre bruit, au plus petit craquement. La situation de condamné à mort n'était pas excellente pour les nerfs.

L'accueil de Ruben Dario avait été nettement dépourvu de chaleur. Le vieil homme était arrivé, plus voûté que jamais, dans un salon sinistre au plafond encore fendu par le tremblement de terre...

— Pourquoi ? demanda Malko.

L'autre grimaça un sourire faussement cordial.

— Je pars à Miami rejoindre ma femme. L'ambiance ici est trop pesante. Et puis...

Il s'arrêta. Malko continua pour lui :

— Et puis vous avez peur des sandinistes.

Le vieillard baissa la tête et murmura :

— Ils sont très durs, vous savez. Et ils vous considèrent à tort ou à raison comme leur ennemi.

Malko s'abstint de discuter. Tout ce qu'il pourrait dire ne convaincrait pas Ruben Dario. Aux yeux de tous, il était devenu l'auxiliaire de la Guardia. Et de l'espèce la plus méprisable. Il se leva et lui tendit la main.

— Eh bien, bon voyage, monsieur Dario.

Rassuré, Ruben Dario redevint plus cordial.

— Je vais chercher mon visa tout à l'heure. Il faut que je donne un certificat garantissant que je paie mes impôts et que je prenne en même temps un visa pour rentrer. (Il eut un sourire résigné.) C'est le seul pays au monde où il faut un visa pour rentrer. Enfin...

Il trottina jusqu'à la porte et l'ouvrit pour Malko.

— Bonne chance.

Il n'y avait aucune ironie dans sa voix. Seulement une grande lassitude. Malko regarda la rue vide, écrasée de soleil. Rien de suspect en vue.

S'assurant que le Magnum était à portée de sa main, il marcha rapidement jusqu'à sa voiture. Le seul vrai problème était de rester vivant jusqu'au rendez-vous avec Doug Swiners.

CHAPITRE XIX

Malko sursauta quand la sonnerie du téléphone se déclencha. Son déjeuner était presque intact. Il n'avait pas faim. Même la bouteille de Moët et Chandon était à peine entamée. Sa seule consolation avait été d'appeler Alexandra en Autriche. Autant le téléphone était mauvais, autant l'international fonctionnait bien. Il décrocha, s'efforçant au calme. La voix de Doug Swiners envoya une grande bouffée d'optimiste sur ses pensées moroses.

— OK, vous êtes là ! dit le mercenaire. Le colonel Nuncio m'a demandé de vous emmener sur le lac Nicaragua où le président souhaiterait vous voir. Nous partons dans une demi-heure. Etes-vous prêt ?

— Je suis prêt, dit Malko.

La voix du mercenaire était calme. On devait l'écouter. Malko n'avait eu aucun contact, ni avec le colonel ni avec Mercedes Puntas, depuis son dîner au *Country Club*. Le colonel devait préparer sa fuite. On avait tiré toute la nuit dans Managua. Des rafales entrecoupées par les explosions sourdes des bombes locales. L'insurrection s'étendait. A part des journalistes, l'hôtel était vide. Les derniers businessmen avaient fui. Des chars légers de la Guardia avaient pris place avenida Roosevelt, alourdissant encore l'atmosphère. Malko raccrocha, ramassa le Magnum, hésitant. Il risquait d'être fouillé à la grille du « Casino » militaire. Une fois dans l'hélicoptère, il ne risquait plus rien. Evidemment, il y avait le parcours de cinquante mètres jusqu'à l'entrée du « Casino » militaire. Mais il y avait peu de chances que les sandinistes se risquent une seconde fois en plein jour à quelques mètres des soldats de la Guardia.

Malko balaya sa chambre du regard. Les dégâts causés par la contre-attaque de la Guardia étaient loin d'être réparés. Sauf les vitres. Lorsqu'il y remettrait les pieds, les choses auraient changé au Nicaragua. Il était en train d'écrire l'Histoire. Sensation grisante. Après son dernier coup d'œil à la photo panoramique du château de Liezen posée sur le bureau, il referma la porte, laissant le 357 Magnum sous le matelas. Couloir désert. Hall désert. La fille d'Avis lui sourit, les vitres du hall étaient remplacées par des planches. Malko sortit et la chaleur lourde tomba sur ses épaules. Personne en vue, à part les chauffeurs de taxi. Il tourna à droite et marcha rapidement vers l'entrée du « Casino ». Doug Swiners devait le guetter, car il surgit du corps de garde et vint écarter la sentinelle.

— Venez, dit-il à haute voix, nous décollons dans cinq minutes.

Ils prirent une jeep de la Guardia pour gagner l'esplanade du Retiro, où se trouvaient cinq hélicoptères. Ils s'installèrent dans l'étroite cabine vitrée. Les tubes noirs de six mitrailleuses sortaient de deux containers accrochés sous le fuselage. Ronflement, balancement, ils étaient en l'air, au-dessus de la lagune Tiscapa.

Le building orgueilleux de la Bank of America semblait minuscule, Managua ressemblait de plus en plus à Pompéi. Malko se tourna vers le mercenaire en train de noter une carte.

— Vous êtes sûr des informations du colonel Nuncio ?

L'Américain hocha la tête et cria, pour dominer le bruit de la turbine :

— *No problem !* Il est trop mouillé maintenant. C'est lui qui m'a eu l'ordre de mission pour cet appareil. Il m'a informé aussi du parcours du canot automobile sur le lac Nicaragua.

Le lac Managua disparut derrière eux. Ils survolaient une région accidentée, couverte de jungle, avec quelques villages. L'appareil filait à sa vitesse maxima. Le lac Nicaragua apparut dans le lointain, avec à leur droite le volcan Mombacho au sommet perdu dans les nuages. Doug Swiners montra à Malko la carte accrochée sur son genou.

— Nous allons passer au-dessus de Granada, qui se trouve au bord du lac. De là, nous filons sur l'île Concepción, au sud-est. Le bateau de Somoza doit se trouver au nord-est de l'île.

Malko regarda les tubes des mitrailleuses. Huit cents coups minute. Avec cette puissance de feu, on ne retrouverait rien de Somoza. En plus, le lac Nicaragua était le seul endroit au monde où il y avait des requins d'eau douce. Maintenant qu'il approchait du dénouement, toute son angoisse s'était envolée. Le ronronnement de l'hélicoptère le berçait, comme un tranquillisant.

— Pourquoi le colonel s'est-il rallié ? demanda-t-il pour tuer le temps.

Doug Swiners sourit :

— Il est malin ! Quand il a su que l'attaché-case était à vous, il a compris que les Américains — les vrais, ceux qui comptent — lâchaient Somoza... Qu'il fallait prendre le train en marche. Il m'a parlé à cœur ouvert. Sans paraître croire que j'étais déjà dans le coup. Attention, voilà Granada, la ville la plus ancienne d'Amérique centrale.

Malko aperçut en dessous d'eux une petite agglomération étalée au bord du lac aux eaux limoneuses. D'énormes rondins de bois flottaient tout près du bord.

L'hélicoptère perdit de l'altitude et se mit à voler au ras de l'eau, à une dizaine de mètres, invisible de loin. Ils passèrent au-dessus d'une barque de pêcheurs. Ceux-ci leur adressèrent des signes joyeux. Granada était derrière eux. A leur droite se dressait la masse impressionnante du Mombacho. Une ligne basse apparut sur le lac.

— Voilà Concepción ! annonça Doug Swiners.

Du pouce, il fit coulisser la sécurité des mitrailleuses, découvrant un poussoir rouge carré. Il se tourna vers Malko avec un drôle de sourire et un tic sous l'œil gauche.

— Pour bien faire, il faudrait les essayer. Une petite rafale. Mais c'est plus prudent de ne pas trop se faire remarquer. On va arriver sur eux comme la foudre. Attrapez les jumelles qui sont là et commencez à regarder. Vers dix heures...

Il utilisait encore la terminologie des pilotes... Malko prit les jumelles et les braqua, à gauche, en avant de l'appareil, balayant la surface du lac. L'hélicoptère se déplaçait plus lentement, dans un froissement soyeux.

Soudain, Malko aperçut une tache jaune sur le lac. Un bateau. Il régla les jumelles, et l'engin apparut dans tous les détails. Un grand canot automobile d'une dizaine de mètres de long, avec une énorme plage arrière. Une seule personne s'y trouvait. Le canot était immobile; vraisemblablement à l'ancre.

— Ils sont là ! dit-il. Un peu à gauche.

Des jumelles il balaya la surface du lac. Cherchant un skieur. Mais il ne vit personne. La surface du lac Nicaragua était lisse et vide. Le canot ne se trouvait plus qu'à cinq cents mètres environ. Il rebraqua les jumelles dessus. Cette fois, il vit distinctement les occupants. A l'avant, à la barre, il y avait un homme en uniforme, probablement un soldat. La plage arrière n'était occupée que par une seule personne : une femme en maillot, allongée sur le dos, qui les regardait venir. Malko se tourna vers Swiners.

— Somoza n'est pas là !

Le mercenaire jura, déconcerté. Lui aussi scrutait la surface du lac. Il inclina l'hélicoptère pour mieux voir l'eau. Sans plus de résultats.

— *Shit, shit, shit !*

Ses traits s'étaient brusquement tirés. Ses mains étaient crispées sur les commandes.

— Il a dû changer d'avis au dernier moment, dit-il. Nuncio ne m'a pas raconté d'histoire. Le canot est bien là. Ce con doit faire la sieste !

Il tournait en rond, se rapprochant peu à peu du canot immobile. La femme se redressa sur un coude et agita joyeusement le bras gauche. Malko eut un choc en reconnaissant Mercedes Puntas, dans un éblouissant maillot blanc qui ne cachait pas grand-chose de son corps musclé.

Malko, l'œil collé aux jumelles, faisait travailler son cerveau à la vitesse d'un ordinateur. Le canot n'était plus qu'à trois cents mètres. Doug Swiners tourna vers lui un visage décidé.

— Il n'y a qu'à aller le chercher dans l'île. Ça va être un peu plus difficile, mais on y arrivera. Il n'y a pas de DCA. Avec cet engin, on va tout réduire en bouillie.

— Que fait Mercedes ici ? demanda Malko. Vous saviez qu'elle était là ?

— Non, cria Doug. Qu'est-ce que cela peut foutre ?

— Beaucoup, dit Malko sans lâcher les jumelles.

Il venait de repérer à côté de la jeune femme un objet qui lui donnait froid dans le dos. Une petite boîte rectangulaire, comme un paquet de cigarettes... Avec horreur, il vit la jeune femme étendre le bras et le prendre. Tout en continuant à agiter le bras gauche. Elle ne devait pas savoir qu'il avait des jumelles.

Il les lâcha et hurla à Doug Swiners :

— Vite, foncez sur le bateau !

Le mercenaire le regarda, ahuri.

— Quoi ! Pourquoi ?

Là-bas, Mercedes Puntas, dans le canot, étendit la main devant elle d'un geste gracieux comme si elle se protégeait du soleil. Malko sentit son cœur remonter dans sa gorge. Il regarda au-dessous de lui. La surface du lac était à une quinzaine de mètres. D'un coup d'épaule, il ouvrit la porte, qui fut aussitôt emportée par le vent.

— Hé ! qu'est-ce que vous faites ! hurla Doug Swiners.

Machinalement, il avait obéi à Malko, et l'hélicoptère se trouvait pratiquement au-dessus du canot automobile. L'homme qui se trouvait à la barre leva la tête et Malko reconnut les traits brutaux d'El Chigüin qui avait abandonné son chapeau blanc. Mercedes était à genoux, se tenant d'une main, visiblement effrayée par l'énorme appareil au-dessus d'elle, la boîte rectangulaire dans la main droite.

Pendant quelques secondes, l'hélicoptère se balança au-dessus du canot. Puis Doug Swiners cria à Malko :

— Foutons le camp, nous perdons notre temps.

Malko le vit appuyer sur le manche. Il n'avait pas le temps de discuter. D'un seul élan, il se jeta hors de l'appareil, visant la plage arrière du canot. Tandis qu'il tombait, les pieds en avant, l'hélicoptère eut le temps de parcourir une vingtaine de mètres. Malko était encore en l'air lorsque l'appareil se transforma brusquement en une boule de feu orange, avec une explosion sourde.

La tache blanche de Mercedes Puntas se rapprochait à toute vitesse. Malko vit son visage déformé par la terreur puis ne pensa plus qu'à son atterrissage.

CHAPITRE XX

Le choc fut beaucoup plus violent que Malko ne l'avait escompté. Au lieu de rebondir sur la plage arrière couverte de coussins, il roula sur lui-même, balayant au passage El Chigüin qui s'était dressé pour porter secours à Mercedes. Sans le mât du ski nautique, à l'arrière du canot, Malko serait tombé à l'eau aussi.

Brutalement bloqué par la tige d'acier. Sa rétine enregistra plusieurs images simultanées : l'hélicoptère transformé en une boule de feu orange, s'engloutissant dans une immense gerbe d'eau à moins de cent mètres du canot; le visage contracté de terreur de Mercedes; les jambes d'El Chigüin émergeant de l'eau saumâtre. Il voulut se redresser, ressentit une violente douleur dans le dos et dans le pied gauche. D'un effort surhumain, il parvint à se mettre à genoux.

Son regard accrocha la mitraillette Uzi posée sur la banquette avant. Ecartant Mercedes, il plongea vers l'avant, et ses mains se refermèrent sur l'arme. Mercedes poussa un cri sauvage, brandit le bras droit et lui jeta de toutes ses forces la boîte de contrôle de la bombe télécommandée. Celle-ci le frappa à l'épaule sans lui faire grand mal et tomba à l'eau.

D'un dernier effort, Malko bascula sur le siège avant et se redressa face à Mercedes.

Il y eut un clapotis sur sa gauche. El Chigüin avait refait surface et nageait vers le bateau; de l'hélicoptère il ne restait plus qu'une colonne de fumée noire et une nappe de carburant achevant de se consumer à la surface du lac. Doug Swiners ne finirait jamais de payer sa ferme dans l'Indiana. Malko tremblait encore du choc, tous ses muscles commençaient à lui faire mal. Sans les jumelles, il aurait subi le sort du mercenaire. Le colonel Nuncio avait bien manœuvré en retournant son gadget mortel contre lui... Dès qu'il avait vu Mercedes, Malko s'était méfié.

Celle-ci, à quatre pattes sur la plage arrière, le contemplait avec un mélange de stupéfaction et de rage.

— *Basura*, cria-t-elle, d'une voix hystérique, *basura, basura* (1) !

Malko vit les deux mains d'El Chigüin s'accrocher au plat-bord. Le tueur tentait de se hisser dans le bateau. Malko tourna son arme vers lui. Il y avait un certain nombre de choses à faire s'il voulait retrouver sa dignité. Son regard croisa celui du Nicaraguayen. Celui-ci comprit, lâcha le plat-bord pour se laisser couler.

Pas assez vite. L'index de Malko effleura la détente de l'Uzi. Une demi-douzaine de détonations sèches claquèrent. Une tache sombre apparut sur le front d'El Chigüin, comme un troisième œil, et sa tête fut rejetée en arrière par le choc. Pour lui, le monde se termina sur un choc sourd et un éclair blanc. Le sang n'avait même pas commencé à couler lorsque son visage fut englouti par l'eau saumâtre.

(1) Ordure.

Malko tourna le canon de l'Uzi vers Mercedes. Pendant une fraction de seconde, elle resta la bouche ouverte, puis se rua en avant, rampant vers lui en hurlant :

— *No, no ! piedad ! Ten piedad ! Ten piedad* (1) !

Quelque chose bloquait Malko. Il n'avait jamais tué une femme. Même quelqu'un comme Mercedes qui le méritait cent fois. Soudain il aperçut un point qui grandissait : un canot automobile fonçant vers eux, venant de l'île. Cela réglait son dilemme. De la main gauche, il saisit les courts cheveux noirs de Mercedes et l'attira sur la banquette avant, où elle tomba, les quatre fers en l'air.

L'autre bateau approchait. Malko braqua le canon de l'Uzi sur Mercedes.

— Vous allez vous agenouiller sur la banquette en me tournant le dos. Expliquez-leur que s'ils tentent quoi que ce soit je vous abats.

Sans un mot, elle prit position, les mains appuyées sur le plat-bord.

— N'essayez pas de sauter à l'eau, conseilla Malko. Vous n'aurez pas le temps.

Il tourna la clef de contact de la main gauche et le moteur ronfla.

L'autre canot approchait dans une gerbe d'écume. Malko aperçut la silhouette massive du colonel Nuncio au milieu du canot, entouré de soldats. Le pilote coupa le moteur et l'esquif courut sur son erre. Malko appuya le canon de l'Uzi dans les reins de Mercedes.

— Allez-y.

— Eloignez-vous, cria Mercedes. Partez ou il va me tuer.

Le bateau approchait encore lentement. Une vingtaine de mètres les séparaient. Le colonel Nun-

(1) « Non, non ! Pitié ! Pitié ! »

cio avait du mal à maintenir son énorme masse en équilibre. Malko le vit dire quelque chose à un des soldats. Ceux-ci avaient leurs armes braquées sur son bateau. A son tour, il cria :

— Reculez ! Sinon je lui tire une balle dans le genou, pour commencer...

— Fais ce qu'il dit ! hurla Mercedes, hystérique.

Après un moment de flottement, le colonel Nuncio cria un ordre. Il y eut un bouillonnement à l'arrière de son bateau, qui s'éloigna. Aussitôt, Malko embraya et poussa à fond la manette des gaz.

Son canot fit un bond en avant. Mercedes perdit l'équilibre et roula au pied de la banquette. Malko mit le cap sur Granada, à une dizaine de kilomètres au nord-ouest, laissant l'île Concepción derrière lui. Bientôt le canot du colonel Nuncio ne fut plus qu'un petit point sur le lac. Malko filait à près de vingt-cinq nœuds, dans une gerbe d'écume. Mercedes s'ébroua et se rassit à l'autre bout de la banquette, le fixant avec une rage indicible. Lui, calé contre le bord, conduisait d'une main, l'Uzi dans la saignée du coude.

— Vous n'irez pas loin, dit soudain Mercedes. Ils ont des hélicoptères sur l'île.

— Je n'ai pas l'intention d'aller loin, dit Malko froidement.

Il était quatre heures trente. Dans moins d'une heure l'avion de la CIA avec Milton Brabeck et Chris Jones atterrirait sur le terrain, à côté du Mombacho. A moins d'une demi-heure de route de Granada. Il suffisait d'y arriver. Mercedes lui servirait de bouclier jusque-là. Bien sûr, sa mission était un échec, Somoza et le colonel Nuncio étaient toujours vivants. Mais il pratiquait un jeu où on ne pouvait pas gagner à tous les coups. C'était déjà bien beau de sauver sa peau.

Il eut une pensée pour Doug Swiners. Les mercenaires étaient toujours du côté perdant.

Mercedes dit avec méchanceté :

— Bientôt, tous vos amis sandinistes seront morts. Nous nous en occupons.

La côte était en vue, plate et marécageuse. On apercevait les premières maisons de Granada et d'énormes billes de bois flottantes. Malko vit des voitures qui filaient le long de la rive. La Guardia devait être prévenue. Il toisa Mercedes.

— Vous avez intérêt à ce que je m'échappe. Parce que, si je n'y réussis pas, vous prendrez une balle dans la tête.

Son ton exprimait assez la sincérité pour qu'elle ne réplique pas. Malko piqua vers le grand ponton de bois qui s'avançait d'une trentaine de mètres sur le lac. En se rapprochant, il aperçut une jeep de la Guardia à l'entrée du ponton, avec plusieurs soldats autour. Il mit aussitôt le cap sur la berge basse et sablonneuse, coupa le moteur et attira Mercedes contre lui, se protégeant de son corps.

— Faites ce que je vous dis, ordonna-t-il, et tout se passera bien.

La berge approchait. L'étrave du bateau s'enfonça dans le sable avec un bruit mou. Un officier courut vers le bateau, pistolet au poing. Malko sauta sur le sable, poussant Mercedes devant lui. Cela lui faisait horreur de se servir ainsi d'une femme, mais il n'avait pas le choix... Il cria en espagnol :

— Donnez-moi une voiture, sinon je tue cette femme.

Mercedes renchérit aussitôt d'un ton autoritaire. L'officier recula. Malko dit à Mercedes :

— Je veux que tout le monde disparaisse. Qu'ils laissent seulement une voiture. Une conduite intérieure. Portières ouvertes. Et qu'ils ne me suivent pas. Sinon...

Un ronflement lui fit lever la tête. Un hélicoptère approchait. Il se posa à côté de la jeep de la BECAT. Le colonel Nuncio s'en extirpa avec peine et se dirigea vers l'officier. Malko s'avança, et Mercedes se mit à crier ses instructions. Heureusement que la jeune femme était la maîtresse du colonel. Jamais ce dernier n'oserait prendre des risques. C'était la meilleure assurance-vie pour Malko.

Avec joie, il vit les soldats remonter dans la jeep et s'éloigner. Cinq minutes plus tard, une Pontiac blanche apparut, conduite par un soldat de la Guardia qui s'éloigna à pied, après l'avoir garée en face du ponton, portières ouvertes. L'hélicoptère se trouvait cent mètres plus loin, le rotor en marche, le colonel Nuncio à terre, observant Malko avec des jumelles. Un cordon de soldats isolaient cette partie de la berge.

— En avant, dit Malko.

Il poussa Mercedes devant lui. Collé à elle, le canon de l'Uzi enfoncé dans les reins de son otage. Il la sentait trembler contre lui. Ils parcoururent rapidement les cent mètres qui les séparaient de la voiture. Malko poussa Mercedes à l'intérieur de la Pontiac, à la place du conducteur, et s'assit à côté d'elle, la menaçant toujours de son arme.

— Prenez la route pour rejoindre la panaméricaine.

Elle démarra sans un mot. La route montait un peu, déserte. En quelques minutes, ils furent hors de la ville. Pas un seul véhicule militaire en vue. La Guardia jouait le jeu. Malko se détendit un peu. Mais le choc de l'explosion de l'hélicoptère pesait encore sur lui. Soudain, par la glace, il aperçut l'appareil du colonel Nuncio qui les suivait.

Du coin de l'œil, il surveillait Mercedes. La jeune femme paraissait terrifiée, les mains crispées sur le volant. Ils roulèrent ainsi une demi-heure sur la route n° 6, contournant le cône du volcan Mombacho. Sur la gauche, l'embranchement menant au ranch del Cañon, où se trouvait la piste d'atterrissage.

— Prenez cette piste, ordonna-t-il.

Il leva la tête. L'hélicoptère était toujours là. Menaçant et bourdonnant. La Pontiac se mit à cahoter sur la piste.

Encore un quart d'heure. Malko consulta sa montre. Il était en avance. De trente minutes. Cinq heures. Peu à peu, la végétation s'éclaircissait. Une manche à air apparut ainsi qu'une petite cabane. Il fallait vraiment être le nez sur le terrain pour la voir. La piste devait mesurer cinq cents mètres. Assez pour un Comanche.

— Arrêtez-vous là, dit-il à Mercedes.

Docilement, la jeune femme se gara en bout de piste et coupa le moteur. Le silence retomba, rompu seulement par le ronronnement de l'hélicoptère. Elle regarda Malko avec ironie.

— Qu'est-ce que nous faisons là ? Vous avez envie de me violer ?

Elle avait repris toute son assurance, jouant de son corps découvert par le deux-pièces blanc, croisant et décroisant ses cuisses bronzées, plus salope que jamais...

Malko réprima une furieuse envie de la gifler. Il quitterait le Nicaragua sans s'être réhabilité vis-à-vis des sandinistes, et en laissant Julia aux mains de ses tortionnaires. Et c'est ce qui lui pesait le plus. Somoza toujours vivant, jamais les rebelles ne croiraient son histoire... Mais il n'y avait pas à revenir là-dessus.

— Ne craignez rien, Mercedes, dit-il. Dans quelques minutes, je vais vous laisser.

— Et vous ?

— Moi, je m'en vais. Je quitte votre beau pays...

Elle eut un sourire venimeux.

— Vous en êtes sûr ?...

Il ne répondit pas. Elle l'observait moqueusement. Il prit la clef de contact et sortit de la voiture pour faire quelques pas. L'hélicoptère avait disparu. Tout était calme. L'assurance de Mercedes commençait à le troubler. Celle-ci sortit de la voiture à son tour et s'étira voluptueusement. Puis elle s'approcha de Malko de sa démarche ondulante.

— L'avion ne viendra pas, dit-elle langoureusement.

Donc elle était au courant. Malko ne répondit pas. Ce pouvait être de l'intox. Il consulta sa montre : cinq heures moins dix. Pour tuer le temps, il la fit remonter dans la Pontiac et mit la radio.

* * *

— *Son las seis de la tarde*, annonça d'une voix tonitruante le speaker de Radio-Managua.

Malko tourna rageusement le bouton. La nuit était pratiquement tombée. Il était hors de question de se poser. L'avion n'était pas venu. Il attendit encore dix minutes, guetté par le regard moqueur de Mercedes. Jusqu'à ce qu'il fasse vraiment noir.

— Je vous l'avais dit, triompha Mercedes.

— Très bien, dit Malko, nous allons à l'ambassade américaine. Reprenez la route de Managua.

Il était ivre de rage d'avoir à demander l'aide de Henry Gall, mais c'était sa dernière échappatoire. Il ne restait plus que l'asile diplomatique. La Pontiac se remit à cahoter sur la piste et, arrivée à la panaméricaine, prit la direction du nord. Ils n'auraient pas à traverser la ville. Mercedes conduisait en silence et Malko demeurait sur ses gardes, l'Uzi sur les genoux.

Mais rien ne se passa avant qu'il aperçoive le feu

de signalisation qui se trouvait juste en face de l'entrée principale de l'ambassade.

Il était presque sept heures, et le portail était fermé.

Une jeep de la BECAT était en faction devant la grille. Il distingua un sourire fugitif sur les lèvres de Mercedes. De ce côté aussi, il y avait un piège. Mais il était obligé d'aller jusqu'au bout.

— Arrêtez-vous devant la grille, dit-il, le plus près possible.

Mercedes obéit docilement. Un garde en uniforme s'approcha. Malko descendit la glace et lui cria :

— Est-ce que Mr. Henry Gall est encore là ?

— Je vais voir, dit le garde après avoir jeté un regard appuyé à Malko.

Il disparut dans le bâtiment plat où brillaient encore quelques lumières. Malko savait que le COS travaillait souvent très tard. S'il n'était pas là, il irait à la résidence de l'ambassadeur. Il se rapprocha de Mercedes qui attendait, impassible. Derrière la lunette arrière, il distinguait le canon de la mitrailleuse lourde.

A part ça, aucun signe de vie.

La porte de l'ambassade s'ouvrit sur Henry Gall, qui s'avança dans la lumière, escorté du garde. Aussitôt, Malko tira Mercedes hors de la voiture et, toujours protégé par elle, s'avança vers la grille.

— Ouvrez, cria-t-il à l'Américain.

Celui-ci, au lieu d'obtempérer, s'arrêta derrière les barreaux. A l'expression de son visage, Malko comprit aussitôt que quelque chose ne tournait pas rond. Le chef de station l'observait d'un air dégoûté.

— Je savais que vous viendriez ici, dit-il enfin d'une voix compassée et froide.

— Alors, qu'est-ce que vous attendez pour m'ouvrir ? dit Malko. Cela va mal finir.

— Je n'ai pas l'intention de vous ouvrir, répliqua calmement Henry Gall. J'ai été averti par les autorités que vous aviez trempé dans un complot destiné à assassiner le chef de l'Etat, en compagnie du mercenaire Doug Swiners. Que, pour vous sauver, vous aviez eu recours à une prise d'otage, après avoir assassiné un membre du service de protection présidentiel. Il n'est pas en mon pouvoir de vous soustraire à la justice de ce pays. Cela serait considéré comme un acte inamical. Le mieux serait de vous constituer prisonnier.

Malko le fixa, hésitant à lui tirer une balle dans la tête.

— Vous savez très bien pour qui je travaille, dit-il. Vous devez me donner le droit d'asile.

Le chef de station recula légèrement, comme s'il avait peur. Il dit d'une voix moins ferme :

— Vous n'êtes pas citoyen américain, et je n'ai aucune raison légale de vous ouvrir les grilles de cette ambassade. Je vous signale d'autre part qu'il est inutile de vous rendre à la Résidence. L'ambassadeur est au Costa Rica. Bonne chance.

Il fit demi-tour et rentra dans l'ambassade.

Mercedes se retourna et demanda ironiquement :

— Alors, où allons-nous, maintenant ?

Malko regarda la jeep et la mitrailleuse. La jeune femme était sa seule sauvegarde. Il la poussa dans la voiture.

— A l'*Intercontinental*.

Sans mot dire, elle se remit au volant, et ils prirent la direction du centre. Au bout d'un certain temps, elle tourna la tête vers Malko et dit d'une voix beaucoup plus douce :

— Je pourrais vous aider si vous le souhaitez... A une condition.

Ils étaient presque arrivés à l'hôtel. Malko se creusait la tête, cherchant une solution. Maintenant, il y avait trois jeeps pleines de soldats derrière lui, roulant pleins phares. S'il cherchait à rencontrer des sandinistes, ceux-ci le découpaient en morceaux avant de l'écouter.

— Quelle condition ? demanda-t-il.

— Un million de dollars, fit suavement Mercedes.

— Où voulez-vous que je prenne un million de dollars ? explosa Malko.

Tout à coup, il pensa à quelque chose.

— Demi-tour, ordonna-t-il. Nous allons chez vous.

Mercedes ne répliqua pas. Malko était pris au piège.

Elle tourna la tête vers lui.

— Pourquoi n'allons-nous pas tout de suite au « Casino » militaire ?... Je veillerai à ce que vous soyez bien traité...

— Comme le barbu, dit Malko durement. Mercedes, je m'en sortirai ou nous périrons ensemble.

Cette fois, il lut la peur sur le visage de la jeune femme. D'une voix moins assurée, elle dit :

— Ce n'est pas de ma faute, c'est Otero qui a tout monté. Il savait depuis le début que vous étiez complice avec Swiners. Il voulait se débarrasser des deux en même temps. Moi, je ne fais pas de politique...

Elle essuya ses mains moites sur le volant. Les jeeps étaient toujours derrière, menaçantes. Malko ne pouvait pas éternellement tourner en rond dans Managua. Bientôt il n'aurait plus d'essence.

— Ils vous veulent, dit Mercedes à voix basse. Ils ne vous laisseront pas partir du pays. Ils préféreraient me tuer.

Maintenant sa peur n'était pas feinte.

— Aidez-moi, dans ce cas, conseilla Malko.

Ils arrivaient devant la grille. Une jeep était stoppée en travers, interdisant le passage.

— Dites-leur de s'écarter, dit Malko.

Tout à coup, Mercedes se jeta contre lui, comme si elle fuyait un danger soudain.

— Oh ! Malko ! gémit-elle, pardonnez-moi, j'ai si peur !

Ce fut si rapide qu'il n'eut pas le temps de s'écarter. Mercedes plongea sur son poignet et y enfonça ses dents jusqu'au sang. Sous la douleur, il lâcha la crosse de l'Uzi. Rapide comme un serpent, Mercedes se rejeta en arrière, ouvrit la portière, roula à terre et disparut dans l'obscurité. Il entendit des cris, la voix hystérique de Mercedes et une rafale de 12,7 balaya la voiture, pulvérisant toutes les glaces. Ecrasé sur le siège, il reprit l'Uzi. La portière s'ouvrit brutalement, et il se trouva nez à nez avec plusieurs soldats en gilet pare-balles, le menaçant de leurs armes. C'était inutile de résister. On le sortit de la voiture dans la lueur des phares, on le fouilla brutalement. Mercedes fonça sur lui, échevelée, glapissant des injures, et se mit à le gifler et à le griffer. Le colonel Nuncio surgit à son tour et les sépara avec un sourire mielleux.

Mercedes Puntas crachait comme un chat.

— Laisse-le-moi ! supplia-t-elle.

Otero Nuncio la prit gentiment par le bras.

— Plus tard, chérie. Va t'habiller. Nous avons des questions sérieuses à poser à Mr. Linge...

Les soldats poussèrent Malko à l'arrière d'une jeep. Maintenant, la fatigue tombait d'un coup sur lui. Le colonel Nuncio monta devant et se retourna.

— Mr. Linge, dit-il en anglais, je dois vous avertir qu'officiellement il n'y a pas eu de survivants dans l'hélicoptère. Vous n'existez plus... Personne ne viendra vous chercher. Donc, soyez coopératif. Cela évitera beaucoup d'ennuis.

Malko ne répondit pas, certain que le colonel disait la vérité. Le DDO ne pouvait que le laisser tomber. Dans son cas, la Company appliquait à la lettre son slogan occulte : « *Cover your ass...* » Même si la division des Opérations souhaitait le récupérer, elle avait les mains liées par la diplomatie... Malko ne serait pas le premier agent à avoir trouvé la mort dans ces conditions...

A toute vitesse, ils traversèrent la ville, ouvrant la route à grands coups de klaxon... Au passage, il reconnut la grille du « Casino » militaire. Le véhicule tourna à gauche, en contrebas du bunker de Somoza.

On le fit sortir et on le traîna dans un petit bâtiment à l'écart, une pièce nue, avec des murs en ciment et une ampoule pendant au plafond.

Des taches suspectes sur les murs. Malko vit avancer vers lui un énorme sergent indien, massif comme un éléphant, agité de tics, balançant une longue matraque en bois. Malgré lui, il se recroquevilla comme si cela pouvait le protéger.

Derrère lui, la voix du colonel Nuncio annonça suavement :

— Votre ami Doug Swiners n'est plus là, mais, Dieu merci, il a eu le temps de former des spécialistes. Le sergent Chavez est tout à fait à la hauteur.

Malko regarda la bête en face de lui. Plus personne ne pouvait lui venir en aide. Il se tendit et attendit le premier coup.

CHAPITRE XXI

Le garde fixait Malko, absolument sans expression, à travers les barreaux, prêt à frapper s'il le voyait s'endormir. Ses yeux, petits, circulaires, noirs et vides, faisaient penser au canon d'un fusil. La cellule ne comportait pas de lit, seulement une chaise sur laquelle Malko était obligé de se tenir en permanence. La lumière — une très forte ampoule — brillait vingt-quatre heures sur vingt-quatre.

C'était ce que les conseillers américains appelaient le *no-sleep treatment.* Au début, Malko l'avait réalisé. Puis il avait perdu, avec la notion du temps, la possibilité de coordonner sa pensée.

Son menton commença à s'affaisser sur sa poitrine. Aussitôt, le garde bondit en avant et, d'un geste automatique, le frappa de sa matraque en bois sur la tête. Pas assez pour l'assommer, suffisamment pour lui faire rouvrir les yeux. Il ne comptait plus les coups reçus ainsi. Le seul moment de détente était le repas. La nourriture était copieuse et bonne. On lui avait même servi de la langouste ! Cela faisait partie du « traitement ». Il fallait que le prisonnier soit en excellente forme physique pour résister. Les coups que Malko avait endurés le premier jour avec le sergent Chavez n'étaient qu'une mise en train. Maintenant, on s'occupait de lui scientifiquement.

Il essaya de compter les jours qui s'étaient écoulés. En vain. Au moins quatre; après, il ne savait plus. Il n'avait pas dormi plus d'une heure par jour, depuis le début. Comme dans un brouillard, il vit la porte de sa cellule s'ouvrir et plusieurs personnes y pénétrer. Il ne distinguait pas les visages. On le força à se lever. Il tomba, le plancher semblait se dissoudre sous ses pieds.

Il entendit des mots qu'il ne comprit pas. On le remit debout. Pour prendre un point de repère, il regarda les murs. Il dut aussitôt détourner son regard : ils se gondolaient horriblement, des formes bizarres semblaient y ramper. Il essaya de marcher mais tomba de nouveau. Il ne pouvait plus coordonner ses mouvements. Il n'arrivait pas à penser, non plus. Il éprouvait seulement une sensation de brouillard, de vide, de flou. Confusément, il sentit qu'on le prenait sous les aisselles et qu'on le traînait hors de la cellule.

Vers quel autre supplice ?

*
* *

Le projecteur était braqué à deux mètres de lui, si près qu'il en sentait la chaleur. Derrière s'agitaient des ombres chinoises. Il était attaché par des courroies de cuir à une lourde chaise de bois sur laquelle il se sentait incroyablement léger. Il entendit une voix vaguement familière demander :

— Qui était au courant ? Qui sont vos complices ?

Il ne commandait plus sa voix. Il voulait dire qu'il était seul, que personne ne l'avait aidé, mais les sons ne sortaient pas. Il resta là, remuant les lèvres dans le vide, tandis que les mêmes questions faisaient douloureusement vibrer ses tympans. Ce fut plus fort que lui : de nouveau, sa tête tomba sur son menton et il perdit conscience dans un concert d'injures en espagnol.

Lorsqu'il rouvrit les yeux, on était en train de lui enfiler une sorte de veste matelassée, très épaisse. Il sentit vaguement qu'on serrait des courroies de cuir sur sa poitrine. Il se demanda si on l'avait changé de pays, s'il faisait froid. Les silhouettes et les murs continuaient à se gondoler chaque fois qu'il les fixait plus d'une fraction de seconde.

Tout à coup, il ressentit une sensation nouvelle, atroce. La veste qu'on lui avait enfilée paraissait avoir une vie propre. Elle gonflait, gonflait, transformant Malko en bibendum, l'étouffant progressivement, comme une camisole de force infernale. Il se retint le plus qu'il put, puis, les poumons écrasés, se mit à hurler, essayant vainement d'aspirer un peu d'air, privé d'oxygène, la bouche ouverte comme un poisson hors de l'eau, les côtes écrasées par la pression.

La douleur lui rendit sa conscience. Il reconnut l'énorme sergent Chavez, debout à côté d'une grosse bouteille d'air comprimé. Ce dernier relâcha une valve, et la veste cessa d'étouffer Malko. Celui-ci remplit ses poumons d'un coup, le cœur cognant contre ses côtes. Il n'en pouvait plus. L'acier des menottes lui entrait dans la chair, des mouches lumineuses dansaient devant ses yeux. Combien de temps allait-il tenir ? Il préférait les coups comme au début lorsque Chavez et un second bourreau se le renvoyaient d'un coin de la pièce à l'autre, comme un punching-ball. Sans un mot, frappant comme des sourds, méthodiquement, férocement.

Chavez tourna sa valve et Malko recommença à étouffer. Cette fois, il eut l'intuition qu'il allait cracher ses poumons, que ses yeux allaient jaillir hors de leurs orbites.

Cela dura un temps infini. Puis il y eut le sifflement de la veste qui se vidait. Chavez l'observait avec amusement.

— C'est une invention des *gringos*, tu sais, dit-il. On l'appelle la veste Dan Mitrione...

Dan Mitrione, agent de la CIA, était mort, victime des Tupamaros, en Uruguay, quelques années plus tôt. Cela ne consolait pas Malko. Son bourreau le regardait, intrigué.

— Tu ferais mieux de dire qui était avec toi, dit-il. On finira par le savoir. Moi, ça me fatigue, tout ça. Je suis un brave type, tu sais.

— Le seul qui m'a aidé, c'était Doug Swiners, dit Malko.

Sans rien dire, Chavez recommença à tourner sa valve, mais plus lentement. Puis il la laissa ouverte, sortit une cigarette de sa poche, l'alluma et fit un signe joyeux à Malko.

— Je vais prendre l'air, fit-il. Je te laisse crever. Tu me fatigues.

Il sortit de la pièce, laissant Malko sous la garde d'un soldat. La veste gonflait, écrasant progressivement la cage thoracique de Malko. D'abord, il tenta de se raisonner, se disant que Chavez ne le laisserait pas mourir. Puis, la panique le submergea, au fur et à mesure que ses poumons se vidaient. Il essaya de hurler, mais les sons ne sortaient plus. Le soldat le contemplait avec horreur. Il devait être terrifiant à regarder. A la fin, sa bouche s'ouvrit sur un cri silencieux. Un voile noir passa devant ses yeux et, d'un coup, il bascula dans l'inconscient.

***

Un coup de crosse frappa Malko à l'estomac et, instinctivement, il se recroquevilla. Une voix espagnole ordonna :

— Debout.

Il ouvrit les yeux. Réalisa qu'il était couché à même le sol, dans une petite cellule en ciment, sans aucun meuble, et surtout qu'il avait dormi ! Il ne se souvenait de rien, depuis qu'il s'était évanoui. Les douleurs lancinantes dans sa poitrine dès qu'il voulut se lever lui rappelèrent la veste gonflante. La terreur le submergea. Ils allaient recommencer.

Deux soldats l'aidèrent brutalement à se mettre debout et il resta appuyé au mur, le sang battant dans les tempes, dans un état de faiblesse indescriptible, se demandant ce qu'on allait encore lui faire.

Il y eut des pas dans le couloir, et la monstrueuse silhouette du colonel Otero Nuncio s'encadra dans la porte. En civil, le col de la chemise ouverte sur une poitrine noire de poils, les cheveux ondulés soigneusement gominés, le regard vif derrière les lunettes d'écaille, le nez plus pointu que jamais, écrasant de sa masse les deux soldats.

Il inspecta Malko avec une moue dégoûtée. Ce dernier se dit qu'il ne devait pas être beau à regarder.

— Mr. Linge, dit-il, j'ai de bonnes et de mauvaises nouvelles pour vous. Lesquelles préférez-vous entendre d'abord ?

Malko ne se donna même pas la peine de répondre.

Nuncio alluma un cigarrillo infect, souffla la fumée et dit :

— L'instruction de votre affaire est terminée. Vous allez être transféré dans une prison militaire. En attendant l'exécution du jugement.

— Quel jugement ? ne put s'empêcher de demander Malko.

L'œil du colonel Nuncio brilla, derrière le verre des lunettes. Malko était tombé dans le piège.

— Le tribunal spécial des Forces armées vous a condamné à mort ce matin, annonça-t-il. Comme vous n'êtes pas citoyen du Nicaragua, nous sommes obligés de vous exécuter sans publicité. En compagnie de quelques-uns de vos camarades sandinistes. *Hasta luego*.

Il tourna les talons et sortit en se dandinant, comme un ours malfaisant, laissant Malko découragé. Le colonel prendrait les Américains de vitesse. Le temps que la CIA retrouve la trace de Malko, il serait à six pieds sous terre ou dans la lave...

De nouveau, la porte s'ouvrit. C'était le sergent Chavez, escorté de quatre soldats. Il poussa Malko dehors.

Malko fut heureux de sentir l'air tiède sur son visage. Il aperçut l'énorme réflecteur parabolique blanc de l'antenne des télécommunications. Il se trouvait dans l'ancien *Country Club* de Nejapa, au fond de la lagune du même nom, près de la carretera del Sur. A des centaines de mètres au-dessus de lui, il aperçut une énorme inscription en lettres blanches, tracée sur la paroi de l'ancien cratère : *Somoza Viviendas* (1) ! Puis on le poussa dans un fourgon gris de la Guardia, et la porte se referma sur lui. Ils roulèrent presque une heure, cahotant de plus en plus.

Le fourgon stoppa enfin et la porte s'ouvrit.

Tout de suite, il reconnut le volcan et la ferme : il se trouvait à l'endroit où Brenda Trent avait été détenue !

Des soldats l'emmenèrent jusqu'à un bâtiment à l'écart, fermé par un énorme cadenas. Malko distingua trois corps étendus. On lui remit les menottes aux poignets et aux chevilles, puis, d'une bourrade, un des soldats le jeta à terre. Il demeura

(1) Longue vie à Somoza :

quelques minutes étourdi, et sentit que quelqu'un se frottait contre lui.

Il se retourna, ouvrit les yeux et distingua le visage de Julia. Méconnaissable, enflé, plein des taches sombres des hématomes, le nez écrasé, avec dans le cou les sinistres petites taches noires et rondes de brûlures de cigarette. La jeune femme essaya de sourire.

— *Compañero*..., dit-elle. Je ne pensais pas te revoir.

Malgré la situation, Malko fut balayé par une grande onde de bonheur. Elle savait ! Il n'était plus déshonoré.

— Vous savez, demanda-t-il, pourquoi j'ai... ?

— Je sais tout, dit-elle, mais cela ne sert à rien.

— Que vont-ils faire de nous ?

Les yeux noirs de Julia semblèrent foncer encore.

— Nous tuer, dit-elle. Très vite, parce que nous leur faisons peur.

Malko n'essaya pas de lui remonter le moral. Il n'y croyait plus lui-même. Il se sentait envahi par une grande lassitude. Le silence retomba, et bientôt, il entendit le léger ronflement de la jeune sandiniste. Il demeura les yeux ouverts, songeant à son château, à Alexandra, à sa vie tumultueuse. Il était toujours plus tard qu'on ne le croyait.

*
* *

La secousse réveilla brutalement Malko. Des soldats étaient en train de les faire lever, Julia et lui. On les poussa dehors. Deux voitures attendaient : une jeep et une Mercedes noire aux vitres fumées. Le sergent Chavez se tenait près de la jeep. Il s'inclina comiquement devant Malko.

— *Buenos días, gringo.* Nous allons nous promener.

On les poussa à l'arrière de la jeep. Chavez monta à l'avant et une autre jeep pleine de soldats emboîta le pas à la Mercedes. Le petit convoi s'engagea dans la route serpentant au flanc du volcan. Le temps était superbe. Julia ne disait rien, ballottée contre Malko.

Le sifflement des tubes crachant la vapeur commença à se faire entendre de plus en plus fort. Puis, à un virage de la piste, les deux grands tuyaux apparurent, horizontaux, crachant leur jet blanc à cent mètres, comme deux canons gigantesques.

Les trois véhicules stoppèrent.

Malko descendit de lui-même. Ne pas donner cette dernière joie à ses bourreaux. Il se demandait s'il allait être ébouillanté ou fusillé. Julia sauta à terre à son tour. Titubant, elle rejoignit Malko. Chavez s'approcha et réunit leurs paires de menottes, les liant l'un à l'autre. Puis il les tira vers le bord du précipice. Ils allaient être abattus sur place et le grondement de la vapeur couvrirait le bruit des détonations.

Le sergent Chavez désigna la Mercedes du bout de sa mitraillette.

— Tu as des spectateurs, *gringo*... El Coronel. D'habitude, il ne se déplace pas.

Julia et Malko échangèrent un regard. Dans ces moments-là, il n'y a pas grand-chose à dire.

Chavez courut vers la Mercedes, dont une glace se baissa. Malko enregistrait tous les détails, même sans importance. Un des soldats avait son lacet défait. De petits nuages flottaient au-dessus du lac Jiloa.

Il aperçut soudain une jeep sur le sentier en contrebas. Venant vers eux à toute vitesse. Chavez parlait avec l'occupant de la limousine. Il se retourna et aperçut la jeep. Celle-ci déboucha sur le plateau à toute allure et stoppa près de la Merce-

des. Un sous-officier de la Guardia en descendit.
Il y eut un conciliabule de plusieurs minutes. Puis, sans un mot, le sergent Chavez marcha jusqu'à Julia et Malko et les tira brutalement vers la jeep, l'air furieux. La vapeur continuait à jaillir dans un sifflement assourdissant.

Que se passait-il ?

Les quatre véhicules firent demi-tour. Chavez ne sifflotait plus. A tombeau ouvert, ils redescendirent vers la ferme.

— Qu'est-ce qui se passe ? demanda Malko.

— Je ne sais pas, avoua Julia, je ne comprends pas. C'est peut-être pour nous intimider, nous faire peur...

Malko ne le croyait pas. Il avait senti un vrai désarroi chez leurs adversaires. A la ferme, on les repoussa vers leur appentis. Julia se mit à parler à voix basse avec un soldat qui se tenait à l'écart. Puis elle se tourna vers Malko, de la joie plein les yeux.

— Nous sommes sauvés ! Nos amis se sont emparés du Palacio Nacional. Avec cinq cents otages. Il y a le neveu de Somoza. S'ils nous fusillent, ils le tuent ! Ils vont être obligés de nous libérer.

Malko ferma les yeux : c'était trop beau pour être vrai. Comment quelques guérilleros mal armés avaient-ils pu se livrer à une action aussi spectaculaire, en plein Managua ?

Julia se pencha vers lui :

— Bientôt nous serons libres.

La porte s'ouvrit et la silhouette redoutable du colonel Otero Nuncio se profila dans l'ouverture. L'air franchement méchant.

— Ne triomphez pas trop, dit-il. Nous allons donner l'assaut et liquider ces porcs. Ensuite, on s'occupera de vous.

CHAPITRE XXII

Depuis trois heures, on les avait détachés. On avait même permis aux hommes de se raser et on leur avait donné des vêtements propres, des treillis militaires. Une animation fiévreuse régnait dans tout le « Casino » militaire et la garde était renforcée autour du bunker blanc de Somoza. Une vingtaine de prisonniers avaient rejoint Malko et Julia, en provenance de la prison modèle de Tipitapa. La jeune sandiniste se pencha vers Malko, triomphante.

— *Ils* ont ordonné que pas un soldat ne soit dehors pendant qu'ils gagnent l'aéroport. Nous partons dans une heure. C'est merveilleux.

Cela s'était passé comme dans un conte de fées. Deux jours interminables à la ferme pendant que les sandinistes négociaient avec Somoza, menaçant de faire sauter le Palacio Nacional avec tous les otages. Somoza, lui , voulait donner l'assaut. Finalement, grâce à des interventions de diplomates, les sandinistes et Somoza s'étaient mis d'accord. Ils libéraient tous les otages contre cinquante prisonniers politiques, dont Julia et Malko. Encore vingt-quatre heures de négociations. A la rage du Colonel Nuncio, Malko pouvait se rendre compte des progrès réalisés.

Un capitaine de la Guardia ouvrit la porte, l'air renfrogné, et commença à lire des noms. Un par un, les prisonniers sortaient. Ce fut interminable. Il faisait une chaleur à crever. Finalement, il ne restait plus que Malko, Julia et deux sandinistes de haut rang.

Ils sortirent à leur tour. Une Land-Rover les attendait. Avec un chauffeur civil. Malko regarda une dernière fois le bunker et le « Casino » militaire. Il n'était pas près de remettre les pieds au Nicaragua. Tous les autres prisonniers étaient montés dans un grand bus bleu qui sortit lentement du « Casino », descendant vers le lac et le Palacio Nacional par l'avenida Roosevelt.

La Land-Rover lui emboîta le pas. Julia se pencha vers Malko :

— Ils ont tué Ruben Dario aussi. Le pauvre vieux !

Les rues étaient pleines de monde, mais pas un seul soldat de la Guardia en vue. Devant le Palacio Nacional, ils rejoignirent d'autres bus qui attendaïent avec les otages et les guérilleros. L'un d'eux, masqué, remplaça le chauffeur. Le petit convoi prit la direction de la carretera del Norte, à travers le *no man's land* de la ville détruite.

Malko avait l'impression que tout Managua se trouvait sur le passage des bus, applaudissant, brandissant des drapeaux sandinistes noir et vert. Le convoi avançait lentement, entre deux haies d'applaudissements. Il leur fallut presque une heure pour arriver à l'aéroport de Las Mercedes.

Peu avant l'entrée principale, gardée par la Guardia, la Land-Rover pénétra sur le terrain. Au lieu de se diriger vers le 707 venu de Panama qui attendait les otages et les sandinistes, le chauffeur fila sur la droite, vers un petit avion dont les moteurs tournaient déjà. Un homme attendait, à terre.

Malko eut un choc. Malgré les lunettes noires, il venait de reconnaître Jim Thorp, le Deputy Director of Operations !

Ce dernier s'avança vers lui et lui serra longuement la main.

— Foutons le camp, dit-il simplement.

Julia était descendue de la jeep aussi. Elle étreignit Malko en pleurant.

— *Thank you*, dit-elle. *Thank you.*

— Je n'ai rien fait, dit Malko. J'ai raté.

— Rien ! s'exclama-t-elle. Et ça ? Somoza ne s'en relèvera pas. C'est fantastique.

Malko ne comprit pas ce qu'elle voulait dire. Puis il aperçut le sourire de Jim Thorp.

Tout à coup, il comprit pourquoi les sandinistes avaient des armes toutes neuves, ultra-modernes, des uniformes, des radios...

— On leur a donné un petit coup de main, dit gentiment le DDO. On n'allait quand même pas vous laisser tomber.

Julia était rayonnante.

— Cela a sauvé la vie de beaucoup de camarades, dit-elle.

Jim Thorp regarda sa montre.

— Allez, faut qu'on décolle avant l'autre.

Malko étreignit une dernière fois Julia. Puis il monta dans le Comanche, tandis que la sandiniste se dirigeait vers ses camarades. Il la suivit du regard aussi loin qu'il le put. Le Comanche prenait déjà sa piste. Ils attachèrent leurs ceintures. Le DDO regardait les sandinistes en train d'embarquer dans le 707. Il se tourna vers Malko :

— Le père de Brenda Trent a été trouver le directeur général et lui a dit qu'il faisait un foutu scandale si on ne vous sortait pas de là, qu'en quittant son bureau il appelait le *Washington Post*. Alors, l'autre a calé. Le reste, c'était facile. Il y avait un importateur d'ici, tout prêt à nous aider. C'est fou ce qu'on a envoyé comme épicerie...

— Et les quatre cent mille dollars que j'ai laissés au coffre ?

Le sourire de Jim Thorp s'élargit.

— Ils vont servir à emmerder Somoza. Ils font partie de la rançon.

Malheureusement, le colonel Nuncio et Mercedes étaient toujours là.

— Henry Gall ? demanda Malko. Il est passé au travers.

— Muté, fit Jim Thorp au moment où le Comanche commençait à grimper. Au Paraguay. Passera jamais GS 18.

Le Comanche vira, et Malko regarda la chaîne des volcans qui disparaissait dans les cumulus blancs. Puis ce furent les collines couvertes de jungle. Lorsqu'ils passèrent au-dessus du Santiago, Malko crut voir une tache rouge minuscule : la lave bouillonnante. Il ferma les yeux. Il y avait des choses qu'il préférait chasser de sa mémoire.

IMPRIMÉ EN FRANCE PAR BRODARD ET TAUPIN
7, bd Romain-Rolland - Montrouge.
Usine de La Flèche, le 15-02-1979.
1349-5 - N° d'Editeur 10486, 1er trimestre 1979.